U0504067

山东省社会科学规划研究项目文丛·重点项目

来自历史与人伦罅隙中的笑声

比较研究中西喜剧意识的审美意蕴

马小朝◎著

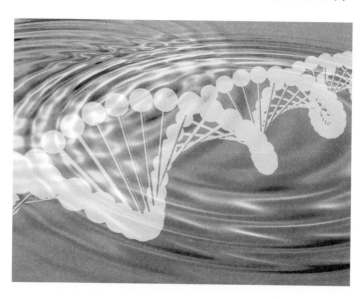

中国社会科学出版社

图书在版编目（CIP）数据

来自历史与人伦罅隙中的笑声：比较研究中西喜剧意识的审美意蕴/
马小朝著. —北京：中国社会科学出版社，2016.3
ISBN 978 - 7 - 5161 - 7613 - 9

Ⅰ.①来… Ⅱ.①马… Ⅲ.①喜剧—比较文学—文学研究—中国、
西方国家 Ⅳ.①I207.3②I106.3

中国版本图书馆 CIP 数据核字（2016）第 025252 号

出 版 人	赵剑英
责任编辑	史慕鸿
责任校对	季　静
责任印制	戴　宽

出　　　版	中国社会科学出版社
社　　　址	北京鼓楼西大街甲 158 号
邮　　　编	100720
网　　　址	http://www.csspw.cn
发 行 部	010 - 84083685
门 市 部	010 - 84029450
经　　　销	新华书店及其他书店

印　　　刷	北京君升印刷有限公司
装　　　订	廊坊市广阳区广增装订厂
版　　　次	2016 年 3 月第 1 版
印　　　次	2016 年 3 月第 1 次印刷

开　　　本	710 × 1000　1/16
印　　　张	14.5
插　　　页	2
字　　　数	226 千字
定　　　价	56.00 元

凡购买中国社会科学出版社图书，如有质量问题请与本社营销中心联系调换
电话：010 - 84083683
版权所有　侵权必究

喜剧是对于比较坏的人的模仿,"坏"不是指一切恶而言,而是指丑而言,滑稽是其中的一类。滑稽的事物是某种不引起痛苦或伤害的错误或丑陋,现成的例子如滑稽面具,又丑又怪,然而并不使人感到痛苦。

　　　　　　　　　　　　　　　　——亚里士多德《诗学》

天道恢恢,岂不大哉!谈言微中,亦可以解纷。

　　　　　　　　　　　　　　——司马迁《史记·滑稽列传》

目 录

绪　论

中西喜剧意识的文化发生

　　笑是人的天性。人的天性既是千万年自然生理进化的结果，更是千万年社会劳动实践的产物。人类天性里的笑，既是自然生物性的反映，更是社会文化性的表现。C.W.基明斯在《笑的源泉》中提供了这样一个统计数据：以他人的不幸作为笑的原因，在七岁的儿童中所占比例很大，之后逐渐减弱。七岁时，男孩约占25%，女孩约占16%；到了八岁，比例分别降为18%和10%；九岁、十岁的比例变得更小了；十岁以上的比例几乎微不足道。① 其实，笑的发生里隐藏着人类千万年文化实践活动积淀下来的文化心理机制和保持生命和谐韵律、健康节奏的无尽资源。作为人类审美表现的喜剧意识的笑，更是人类社会实践复杂文化心理机制和生命自由资源的审美升华。所以，美国散文作家爱默生说："滑稽是我们心理构造中一只永不倾斜的罗盘，又仿佛是崇高的心灵不可或缺的成分。无论在哪里，只要智力是建设性的，滑稽就一定会出现在那里。"② 俄国文论家普罗普说："人有别于无机界是因为他有精神因素，即理智、意志和情感。这样，我们就可以用纯逻辑的方法得出这样的假设：滑稽总是同人的精神生活领域有某种联系。"③ 德国美学家里普斯说："开心就是喜悦，令人喜

---

　　① 埃德蒙德·伯格勒撰：《短命的理论——永恒的笑》，梁根顺译，王树昌编：《喜剧理论在当代世界》，新疆人民出版社1989年版，第33页。

　　② 爱默生：《喜剧性》，《爱默生散文选》，姚暨荣译，天津百花文艺出版社1995年版，第142页。

　　③ 普罗普：《滑稽与笑的问题》，杜书瀛等译，辽宁教育出版社1998年版，第21页。

悦的就是具有审美价值的。但是我们同样知道：并非每种喜悦都是审美的喜悦，并非每种喜悦感情都是具有审美价值的感情。"① 也就是说，只有具有审美价值的喜悦感情，才能成为审美表现的喜剧意识的笑。反过来说，作为审美表现的喜剧意识的笑，又深化了具有审美价值的喜悦感情。正如英国作家梅瑞狄斯所说："喜剧的笑是不带个人意气的，而且极端有礼貌，几乎是一种微笑；往往止于一种微笑。它是通过心灵而笑的，因为心灵在指挥它；我们称之为心灵的诙谐。"② 俄国文学家果戈理也说："这个笑，不是那种出于一时的冲动和喜怒无常的性格的笑，同样也不是那种专门供人消遣的轻松的笑；这是另一种笑，它完全出于人的明朗的本性，之所以如此，是因为在人的本性的最深处蕴藏着一个永远活跃的笑的源泉，它能够使事物深化，使可能被人疏忽的东西鲜明地表现出来，没有笑的源泉的渗透力，生活的无聊和空虚便不能发聋振聩。"③

　　那么，什么样的喜悦感情才具有审美价值，从而能够成为审美表现的喜剧意识的笑呢？从通常意义上说，审美是人的心灵自由本质的象征性实现。我们知道，人是通过劳动才真正成为了人，但劳动从一开始就不是个体的活动，而是集体的活动。所以，劳动资源的占有、劳动方式的采纳、劳动成果的分配等人与人的关系问题，几乎就是人类与生俱来的严酷考验，也是人类社会不得不解决的基本问题。17 世纪英国思想家霍布斯说："如果要建立这样一种能抵御外来侵略和制止相互侵害的共同权力，以便保障大家能通过自己的辛劳和土地的丰产为生并生活得很满意，那就只有一条道路：──把大家所有的权力和力量付托给某一个人或一个能通过多数的意见把大家的意志化为一个意志的多人组成的集体。"④ 法国启蒙思想家卢梭也说："我设想，人类曾达到过这样一种境地，当时自然状态中不利于人类生存的种种障碍，在阻力上已超过了每个个人在那种状态中为

---

　　① 里普斯：《喜剧性幽默》，刘半九译，伍蠡甫、胡经之主编：《西方文艺理论名著选编》中卷，北京大学出版社 1986 年版，第 463 页。

　　② 梅瑞狄斯：《喜剧的观念及喜剧精神的效用》，周煦良译，伍蠡甫主编：《西方文论选》下卷，上海译文出版社 1979 年版，第 87 页。

　　③ 果戈理：《剧场门口》，《春风》（文艺丛刊）1979 年第 3 期。

　　④ 霍布斯：《利维坦》，黎思复、黎廷弼译，商务印书馆 1985 年版，第 131 页。

了自存所能运用的力量。于是，那种原始状态便不能继续维持；并且人类如果不改变其生存方式，就会消灭。然而，人类既不能产生新的力量，而只能是结合并运用已有的力量；所以人类便没有别的办法可以自存，除非是集合起来形成一种力量的总和才能够克服这种阻力，由一个唯一的动力把它们发动起来，并使它们共同协作。"① 我们从纯逻辑的意义上，可以认同霍布斯、卢梭的假设：人从个体走向集体、从自然走向社会，也就是把自我个体的自由权利以"契约"的形式转让给了集体社会。人们逐步习惯凭借其转让"契约"把个体眼下的利害计较遮蔽甚至融化在集体未来的社会目的中。但是，这种为未来长远而牺牲目前短暂的理性驯化毕竟是一个压抑个体生命欲望、枯萎个体生命激情的痛苦过程，所以，每一个人的意识深处一定会潜藏着随时随地逃逸社会"契约"的原始愿望。正如18世纪法国哲学家孟德斯鸠所说："但是理智界远不如自然界治理得那样好。因为理智界虽然也有本性上不变的法，却并不始终不渝地遵守这些法，像自然界遵守它的法那样。其理由在于特殊的理智实体受到自己本性的局限，因而会犯错误；而另一方面，他们的本性又使他们凭自己行动。因此他们并不始终不渝地遵守他们的原始法；甚至他们自己制定的法他们也并不永远遵守。"② 我们从社会历史变化发展的意义上，不能不指出，霍布斯、卢梭假设的出发点是坚信人在社会建立前就具有先验的合乎理性的本质，所谓社会"契约"就是这个先验的合乎理性本质的对象化。其实，所谓先验的合乎理性的人的本质如同马克思所说："并不是单个人所固有的抽象物。在其现实性上，它是一切社会关系的总和。"③ 而人类社会关系则是伴随社会劳动实践不断变化发展的历史性存在。人的先验的合乎理性的本质也就是人类社会劳动实践从低级往高级不断变化发展的结果，因而转让权利的社会"契约"也是人类文明从低级往高级不断变化发展的结

---

① 卢梭：《社会契约论》，何兆武译，商务印书馆 1980 年版，第 22 页。

② 孟德斯鸠：《法的精神》，《西方哲学原著选读》下卷，北京大学哲学系外国哲学史教研室编译，商务印书馆 1982 年版，第 39 页。

③ 马克思：《关于费尔巴哈的提纲》，《马克思恩格斯选集》第一卷，人民出版社 1972 年版，第 18 页。

果。具体而言，人类最初转让权利的社会"契约"一定不是源自建立和谐社会的文质彬彬的理性协商，而是源自争夺生存繁衍机会的尖锐激烈的欲望交战。其实，霍布斯就同时指出了两种转让权利的方式，他说："一种方式是通过自然之力获得的，例如一个人使其子孙服从他的统治就是这样，因为他们要是拒绝的话，他就可以予以处死；这一方式下还有一种情形是通过战争使敌人服从他的意志，并以此为条件赦免他们的生命。另一种方式则是人们相互达成协议，自愿地服从一个人或一个集体，相信他可以保护自己来抵抗所有其他的人。"① 因此，所谓的社会"契约"也就是各方利益争夺者，既有斗争又有妥协，既有强迫又有退让的艰难博弈的阶段性结果。所有的利益争夺者都不会完全满足社会"契约"的规定。随着人类社会劳动实践从低级往高级的不断变化发展，劳动资源占有、劳动方式采纳、劳动成果分配等问题也在不断变化发展，因而也就没有包罗万象、一劳永逸的社会"契约"，只有不断变化发展的社会"契约"。法国18 世纪启蒙思想家霍尔巴赫说："社会契约常会更新。人总是反复盘算从他生活所在的社会得到的利益或害处，全面权衡利害，评价得失。"② 我们由此不难想象，人类文明历史上的所谓社会"契约"应该是始终充满错裂罅隙的过程。这就为前面所说"逃逸社会契约的原始愿望"预留了现实的客观空间。同时，社会"契约"还难以保证转让出去的权利不会被误用、滥用，情况更可能如孟德斯鸠所说："但是我们有一条颠扑不破的经验：凡是有权力的人，总要滥用权力，非碰到限度不止。"③ 日本重要启蒙思想家福泽谕吉也认为："从人类天性来看，掌权的人，一般的通病，是陶醉于权威以至恣意胡为。"④ 因此，社会"契约"也就难以保证权利转让者会心甘情愿地严格遵守。这就为前面所说"逃逸社会契约的原始愿望"预留了现实的主观空间。这样，纯逻辑意义上的"逃逸社会契约的原

---

① 霍布斯：《利维坦》，黎思复、黎廷弼译，商务印书馆 1985 年版，第 132 页。
② 霍尔巴赫：《自然政治论》，陈太先、眭茂译，商务印书馆 1994 年版，第 11 页。
③ 孟德斯鸠：《法的精神》，《西方哲学原著选读》下卷，北京大学哲学系外国哲学史教研室编译，商务印书馆 1982 年版，第 44 页。
④ 福泽谕吉：《文明论概略》，北京编译社译，商务印书馆 1959 年版，第 25 页。

始愿望",也就因为社会劳动实践不断变化发展的历史性过程而获得了现实的主观、客观空间,从而使人的心灵自由本质呈现出复杂微妙的多维性。一方面,人的心灵自由本质不得不服从尽管充满错裂罅隙的社会"契约",遵循人类文明的必然规律,因为问题正如黑格尔所说:"无疑地,必然作为必然还不是自由;但是自由以必然为前提,包含必然性在自身内,作为被扬弃了的东西。"① 另一方面,人的心灵自由本质不会不利用社会"契约"预留的主、客观空间寻觅逃逸愿望实现的机会,获得精神嬉戏的喜悦感情。这种利用社会"契约"预留的主、客观空间实现逃逸愿望,获得精神嬉戏的喜悦感情就具有审美价值,就能够成为审美表现的喜剧意识的笑。所以,人类文化发生学的探讨,倾向于认为文学艺术的起源同人的喜悦感情具有天然的密切关系。比如马克西米利安·戈蒂埃就认为:"笑从本质上说是发生在人身上的一种现象,所以可以认为,艺术伊始,就把引人发笑当作它的一种功能。关于这种功能的最早证据之一是一张发现于埃及的莎草纸图画,现保存在都灵博物馆里。这张画所表现的内容是一个神甫和一个舞女之间的爱情生活。"② 还比如中国喜剧意识的萌芽可以追溯到原始的卜筮歌舞、祭祀飨宴。王国维先生说:"歌舞之兴,其始于古之巫乎?巫之兴也,盖在上古之世。""是古代之巫,实以歌舞为职,以乐神人者也。"③ 当然,因为各民族历史文化实践活动基础上的文化心理、人文艺术精神、文学艺术实践活动的不同,喜剧意识的发生发展也会有所不同。反过来说,喜剧意识可以从一个特殊维度显示一个民族的文化心理、人文艺术精神、文学艺术实践活动的重要特征。所以,梅瑞狄斯说:"我认为一国文明的最好考验就是看这个国家的喜剧思想和喜剧发达与否;而真正喜剧的考验则在于它能否引起有深意的笑。"④ 克里斯蒂·大卫也说:"一个种族的笑话是一个桥梁,通过它,讲笑话的人用一种过分的或

---

① 黑格尔:《小逻辑》,贺麟译,商务印书馆1980年版,第323页。
② 马·戈蒂埃:《漫画发展简史》,徐晓亚译,王树昌编:《喜剧理论在当代世界》,新疆人民出版社1989年版,第237页。
③ 王国维:《宋元戏曲考》,《王国维文学论著三种》,商务印书馆2001年版,第58页。
④ 梅瑞狄斯:《喜剧的观念及喜剧精神的效用》,周煦良译,伍蠡甫主编:《西方文论选》下卷,上海译文出版社1979年版,第87页。

可笑的风格向别的种族描述本种族的弱点。"①

中西方文学有没有共同认可的喜剧呢？喜剧本是一个西方文学的审美概念。中国文学中的喜剧似乎更应当称为"滑稽戏"。西方文学里作为戏剧形式的喜剧，远在古希腊就达到了相当的成熟境界，中国文学里作为戏剧形式的喜剧直到宋、元以后才达到相应的成熟程度。为了避免因为更多牵涉中西戏剧产生的历史文化原因而冲淡中西文学的喜剧性研究，我们不妨从更加宽泛、广义的角度，探讨中西文学审美意义上的喜剧意识。那么，中西文学有没有共同认可的喜剧意识呢？应该说，中、西方人在漫长的历史文明实践活动中，都会有前面所说的纯逻辑意义与社会历史变化发展意义上的社会"契约"问题，其心灵自由本质都会呈现出复杂微妙的多维性，即一方面不得不服从尽管充满错裂罅隙的社会"契约"，另一方面不会不利用社会"契约"预留的主、客观空间寻觅逃逸愿望实现的机会。从这个意义上说，中西文学都应该有审美意义上的喜剧意识。纵观中西文学史上集中体现其喜剧意识的经典文学作品，我们不难发现中西喜剧意识的审美意蕴里有几个具有共通性的审美要素：幽默滑稽、嘲弄讽刺、智慧启迪、夸张巧合。

中西喜剧意识审美意蕴里最有普遍意义的差异性是什么呢？喜剧意识的审美意蕴既同文学艺术实践活动发生的社会现实生活密切相关，也同文学艺术实践活动的内在生命机理密切相关。所谓文学艺术实践活动的内在生命机理，主要源自最初发生学时期的历史文化实践活动基础上的审美文化心理、人文艺术精神、文学艺术实践。关于中西喜剧意识审美意蕴差异性的研究，就不得不首先探讨中西历史文化最初发生学时期的社会生产实践活动，如何生成了相应的审美文化心理、培育了相应的人文艺术精神、引动了相应的文学艺术实践活动。从某种意义上说，我们关于中西喜剧意识审美意蕴差异性的研究，更注重中西喜剧意识审美意蕴的文化发生学研究。德国启蒙理论家赫尔德最早开创了文学艺术的文化发生学研究新方法。他说："树从根处生长，艺术的产生和繁荣也不例外，一开始有艺术，

---

① 克里斯蒂·大卫：《全世界的种族幽默：比较分析》，简·布雷默、赫尔曼·茹登伯格编：《搞笑——幽默文化史》，北塔等译，社会科学文献出版社 2001 年版，第 329 页。

艺术的产生也就有了全部的存在，犹如一种植物的整体或所有组成部分都蕴藏于这植物的一颗种子中了。"① 深谙历史辩证发展规律的黑格尔也赞同这种文化发生学的研究方法。他说："萌芽虽然还不是树本身，但在自身中已有着树，并且包含着树的全部力量。树完全符合于萌芽的简单形象。"② "如像一粒萌芽中已经含有树木的全部性质和果实的滋味色相，所以'精神'在最初迹象中已经含有'历史'的全体。"③ 后来的瑞士心理学家皮亚杰的发生心理学研究带动的发生认识论原理研究，更进一步奠定了人类文化和文学发生学研究的理论基础。皮亚杰认为："传统的认识论只顾到高级水平认识，换言之，即只顾到认识的某些最后结果。因此，发生认识论的目的就在于研究各种认识的起源，从最低级形式的认识开始，并追踪这种认识向以后各个水平的发展情况，一直追踪到科学思维并包括科学思维。"④ 中西历史文化的最初发生时期就是恩格斯所说的野蛮时代的高级阶段，美国社会学家马克斯·韦伯和帕森思所说的"哲学的突破"（Philosophic breakthrough）时期，雅斯贝尔斯所说的"超越的突破"（Transcendent breakthrough）或者"轴心时代"（Axial age）。也就是大约公元前一千年内，分别在希腊、以色列、印度、中国以各不相谋的方式所发生的各不相同的高层次理性认识实现时期。这个高层次理性认识实现时期，分别形成了中西文化或文明的基本雏形。所以，恩格斯说："在希腊哲学的多种多样的形式中，差不多可以找到以后各种观点的胚胎、萌芽。因此，如果理论自然科学想要追溯自己今天的一般原理和发展的历史，它也不得不回到希腊人那里去。"⑤ 甚至现代物理学家海森伯也说："一个人没有希腊自然哲学的知识，就很难在现代原子物理学中作出进展。"⑥ 这个文化或文明基本

---

①　引自伍蠡甫《欧洲文论简史》，人民文学出版社 1985 年版，第 178 页。
②　黑格尔：《法哲学原理或自然法和国家学纲要》，范扬、张企泰译，商务印书馆 1961 年版，第 1 页。
③　黑格尔：《历史哲学》，王造时译，上海世纪出版集团上海书店出版社 2006 年版，第 16 页。
④　皮亚杰：《发生认识论原理》，王宪钿等译，商务印书馆 1981 年版，第 17 页。
⑤　恩格斯：《自然辩证法》，《马克思恩格斯选集》第三卷，人民出版社 1972 年版，第468 页。
⑥　海森伯：《物理学家的自然观》，引自《物理学和哲学——现代科学中的革命》"译后记"，商务印书馆 1981 年版，第 221 页。

雏形孕育的文学基本雏形，无疑建构起了文学的内在生命机理，从而制约和影响了后来中西喜剧意识审美意蕴的差异性。

古希腊文明诞生于爱琴海域的诸多海湾、岛屿之上。这些地区的陆地大多山石嶙峋、荒瘠不毛。少量肥沃山谷的陆上交通又为群山所阻隔，只能依赖比较方便的海上交通。希腊人先天薄弱的农业只能主要种植橄榄、葡萄等，无以孕育出自给自足的自然经济生产方式。希腊人最初一定是狩猎业（包括海洋捕捞）高于采集基础上的农业。这个猜测已经因为有考古发现而得以证实。兹拉特科夫斯卡雅在其《欧洲文化的起源》的第二章《爱琴文化的出现》中说："新石器早期地层所发现的工具和武器足以说明狩猎是当时居民的主要职业。我们还没有发现新石器早期从事农业的迹象。"[①] 狩猎业必然促进手工业、商业的发生发展，从而孕育出贸易交换为主的商品经济生产方式。海上交通的天然条件又扩展了商品经济生产方式的广度与深度。古希腊人的生产实践活动一开始就同变幻无常的大海、波谲云诡的商业贸易纠缠在一起。黑格尔说："活跃在希腊民族生活里的第二个元素就是海。他们的国土的地形，造成了他们的两栖类式的生活，使他们能够随心所欲地凌波往来，无异于陆上行走，——他们不像游牧人民那样漂泊无定，也不像江河流域居民那样安土重迁。"[②] 冯友兰先生说："希腊人生活在海洋国家，靠商业维持其繁荣。他们根本上是商人。""商人也就是城里人。他们的活动需要他们在城里住在一起。所以，他们的社会组织形式，不是以家族共同利益为基础，而是以城市共同利益为基础。由于这个原故，希腊人就围绕着城邦而组织其社会。""在一个城邦里，社会组织不是独裁的，因为在同一个市民阶级之内，没有任何道德上的理由认为某个人应当比别人重要，或高于别人。"[③] 变幻无常的大海、波谲云诡的商业贸易使古希腊人不能不产生宇宙自然、人类社会深不可测的命运感。

① 兹拉特科夫斯卡雅：《欧洲文化的起源》，陈筠、沈澄译，生活·读书·新知三联书店1984年版，第53页。

② 黑格尔：《历史哲学》，王造时译，上海世纪出版集团上海书店出版社2006年版，第213页。

③ 冯友兰：《中国哲学简史》，北京大学出版社1996年版，第23页。

更重要的是，古希腊人的海洋作业和商业贸易都要求人们必须在瞬间作出快速应答，这就决定了杰出人物有理由占有更多的物质财富；海洋作业和商业贸易还要求人们分工合作、信守约定，这就决定了人们有理由超越家庭宗亲关系的束缚。所以，在古希腊人的生产实践活动中，个人的力量智慧发挥与集体的分工合作、信守约定成了社会进步出发点的同时，更催生了他们理解、说明宇宙自然和人类社会必然规律的"命运"观。正如法国哲学家丹纳所说："希腊人对于命运的观念，不过等于我们现代人对于规律的观念。事有必至，理有固然：这是我们用公式说出来的，而他们是凭猜想预感到的。"① 他们关于"命运"的主要理解和说明，就是强调人类征服改造自然的历史活动，必须变更、调整人与人关系。具体而言，就是将自然关系变更为社会关系，或者说，将原始血缘宗亲关系变更为文明社会劳动协作关系。这种变更、调整的结果就是人与人血缘亲族纽带的被撕裂、毁弃。在此基础上，古希腊人的最初生产实践活动孕育了历史理性主义文化，其核心是肯定历史与人伦的二律背反原则。古希腊人由此而勇敢地迈开了历史文明的沉重步履，哪怕肩负"杀父杀母"的人伦罪孽。但是，古希腊人又终归难以忍受人伦受践踏的情感痛苦、灵魂负疚，他们从审美角度将伴随历史进步的痛苦和负疚升华为悲剧精神。正如黑格尔所说："束缚在命运的枷锁上的人可以丧失他的生命，但是不能丧失他的自由。就是这种守住自我的镇定才可以使人在苦痛本身里也可保持住而且显现出静穆的和悦。"② 所以，古希腊人特别钟情既表达历史信念，又寄托人伦情感的悲剧精神，而不太看重狂欢放纵的喜剧意识。这就决定了喜剧意识非主流而边缘、非严肃正经而戏谑调侃的审美自由特征。但是，古希腊人的"命运"观在强调宇宙世界和人类社会必然规律的同时，又在某种程度上预留了人们自由抉择的空间。因为宇宙世界和人类社会必然规律往往是不可见的抽象存在，它还需要依靠具体的超验神灵、经验权威的理解、解释。但是，所谓的宇宙世界和人类社会必然规律本是包含许多个别、特殊的偶然碰撞、纠缠，从而不断发展变化的复杂过

---

① 丹纳：《艺术哲学》，傅雷译，人民文学出版社 1963 年版，第 258 页。
② 黑格尔：《美学》第一卷，朱光潜译，商务印书馆 1979 年版，第 203 页。

程，正如人类文明历史上的社会"契约"充满错裂罅隙一样，人们如何判定"超验神灵"、"经验权威"是否真正理解、正确解释了宇宙世界和人类社会必然规律呢？他们有没有发生无意识的错误，或者别有用心的歪曲呢？既然"超验神灵"、"经验权威"皆有可能发生无意识的错误，或别有用心的歪曲，人们为什么一定要无条件忍受压抑个体生命欲望、枯萎个体生命激情的痛苦呢？人们为什么不能在充满错裂罅隙、蜿蜒曲折的历史活动中寻求一些狂欢放纵或精神嬉戏，从而获得一种特殊的心灵自由本质的象征性实现呢？还如丹纳所说："他们先用悲剧表现情感的伟大庄严的一面，再用喜剧发泄滑稽突梯和色情的一面。"① 所以，在古代希腊文化沐浴着金色阳光的奥林匹克神祇的阴影中，一直有一种更原始、更充满激情的神灵崇拜。"那不是和奥林匹克诸神联系在一起的，而是与狄俄尼索斯或者说巴库斯相联系的，我们极其自然地把这个神想象成多少是一个不名誉的酗酒与酩酊大醉之神。"② 古希腊喜剧就直接起源于欢庆狄俄尼索斯酒神死而复生的民间狂欢游行和歌舞。古希腊文"喜剧"一词的意思就是"狂欢游行者之歌"。莫里斯·瓦伦赛说："喜剧的起源，在某种程度上说，不像悲剧的起源那样具有很多神秘色彩。亚里士多德将喜剧的起源归于那些最早唱崇拜男性生殖器歌曲的人们。'喜剧'一词，显然是从狂欢演变而来的。各种推测表明，这一戏剧形式，起始于酒神节里那些身携男性生殖器样东西的狂欢者行列。狂欢者们面对围观的人群，又是唱，又是叫，满嘴尽是下流而又有一定分寸的词语。"③ 显然，欢庆狄俄尼索斯酒神死而复生的民间狂欢游行和歌舞里包含的生殖崇拜内容，可以使人们暂时摘下日常的面具，冲破束缚原始情感的礼仪规范，释放赤裸裸的原始生命激情。所以，简·布雷默认为："会饮和酒神节是幽默大展身手的时候。"④ 普罗普也说："笑具有创造生命力的意义，不仅存在于古希腊罗马时期，而且也

---

① 丹纳：《艺术哲学》，傅雷译，人民文学出版社 1963 年版，第 267 页。

② 罗素：《西方哲学史》上卷，何兆武、李约瑟译，商务印书馆 1963 年版，第 37 页。

③ 莫里斯·瓦伦赛：《论喜剧的力量》，户思社译，王树昌编：《喜剧理论在当代世界》，新疆人民出版社 1989 年版，第 215 页。

④ 简·布雷默：《古希腊文化中的笑话、滑稽演员和笑话书》，简·布雷默、赫尔曼·茹登伯格编：《搞笑——幽默文化史》，北塔等译，社会科学文献出版社 2001 年版，第 27 页。

见于其他氏族制的早期观念。……垂死的和复活的神的宗教从根本上说乃是农业宗教，因为神的复活标志着冬眠之后万物的复苏。促进大自然复活的是狂欢节，节日期间允许各种各样的越轨行为。"① 古希腊人通过边缘的狄俄尼索斯酒神释放生命激情的同时，还以玩笑嬉戏态度对待主流的奥林匹克诸神，从而拓展了冲决理性规约、蔑视必然规律的喜剧意识。还如丹纳所说："希腊人的世界上不容许有巨大无边，渺渺茫茫的神明，也不容许有专制暴虐，吞噬生灵的神明。能设想这样一个世界的心灵当然健全，平衡，不会感到宗教的迷惘。"② 比如古希腊神话就表现宙斯不停息地猎取女性，赫拉不间断地犯忌妒病。甚至描写赫淮斯托斯的妻子阿佛洛狄忒与战神阿瑞斯偷情做爱时，被赫淮斯托斯用网子罩住，放到众神面前取笑、嘲弄了一番，等等。所以，柏拉图就极端不满意诗人把神和英雄描写得跟平常人一样满身都是毛病。丹纳在谈到荷马时也说："这位神学家式的诗人在他的天国中漫游，自由和平静的心境活像游戏时的儿童。"③ 古希腊最优秀的喜剧作家阿里斯托芬更是肆无忌惮地表现对奥林匹克诸神的玩笑嬉戏态度。比如其喜剧《鸟》描写普罗米修斯来鸟国通风报信时，就劝告珀斯特泰洛斯别同宙斯讲和，除非宙斯把巴西勒亚嫁给他。因为巴西勒亚"是个顶漂亮的姑娘，她管着宙斯的霹雳跟他的全部财产，什么政策呀，法律呀，道德呀，海军基地呀，造谣诽谤呀，会计出纳呀，陪审津贴呀"。描写波塞冬、赫拉克勒斯来鸟国谈判时，珀斯特泰洛斯为了争取赫拉克勒斯的支持，告诉赫拉克勒斯说："根据现行法律你父亲的财产丝毫也不属于你，因为你是个杂种，不是亲的。""现在鼓动你的这个波塞冬到时候就会宣布自己为亲兄弟，把你爸爸的遗产要过去的，我可以给你念念梭伦法：'若有嫡亲儿子，妾生不得继承；若无嫡亲儿子，财产归于近亲。'"④ 还如丹纳所说"与人如此接近的神明，不久变为人的伙伴，后来

① 普罗普：《滑稽与笑的问题》，杜书瀛等译，辽宁教育出版社1998年版，第151页。
② 丹纳：《艺术哲学》，傅雷译，人民文学出版社1963年版，第259页。
③ 同上。
④ 阿里斯托芬：《鸟》，杨宪益译，《古希腊戏剧选》，人民文学出版社1998年版，第479、483页。

又变为人的玩具。总之，希腊人的头脑那么明确，为了配合自己的理解力，使神没有一点儿无穷与神秘的意味；他知道神是自己造出来的，他以自己编的神话为游戏。"① 最后，还需要补充说明的是，古希腊人的海洋作业和商业贸易，还创造了比较早的城市文明，产生了要求分享社会地位的工商业奴隶主和特殊的民主政治、自由民阶层。城市文明、民主政治和自由民阶层，无疑也是古希腊喜剧意识发生发展的重要促进因素。

　　中国古代文明诞生于大陆农耕文化，因而它不同于古希腊的海洋文化。中国人最初的生产方式是从原始的野外采集到农业种植的自给自足的自然经济，因而它也不同于古希腊的生产方式是从原始的狩猎、手工业到商业贸易为主、农业生产为辅的相互交换的商品经济。中国古人最初的生产实践活动主要是顺从自然的农业耕作，生产关系是男耕女织的家庭分工，因而它也不同于古希腊人最初的生产实践活动主要是海洋作业和商贸交易，生产关系是超越家庭宗亲关系的团体协作。冯友兰先生说："古代中国和希腊哲学家不仅生活于不同的地理条件，也生活于不同的经济条件。由于中国是大陆国家，中华民族只有以农业为生。""在农业国，土地是财富的根本基础。所以贯串在中国历史中，社会、经济的思想和政策的中心总是围绕着土地的利用和分配。""中国哲学家的社会经济思想中，有他们所谓的'本''末'之别。'本'指农业，'末'指商业。区别本末的理由是，农业关系到生产，而商业只关系到交换。在能有交换之前，必须先有生产。在农业国家里，农业是生产的主要形式，所以贯串在中国历史中，社会、经济的理论、政策都是企图'重本轻末'。"② 重要的是，中国古人的生产实践活动在很长一段历史时期里都无须剧烈变更、调整人与人关系，特别无须像古希腊人那样破碎血缘宗亲基础上的家庭伦理关系。所以，中国古代的社会制度主要是以血缘宗亲为基础的宗法伦理等级制度，因而它也不同于古希腊的社会制度主要是以经济利益为基础的财富占有阶级制度。冯友兰先生说："农只有靠土地为生，土地是不能移动的，

---

① 丹纳：《艺术哲学》，傅雷译，人民文学出版社 1963 年版，第 260 页。
② 冯友兰：《中国哲学简史》，北京大学出版社 1996 年版，第 15 页。

作为士的地主也是如此，除非他有特殊的才能，或是特别的走运，他只有生活在他祖祖辈辈生活的地方，那也是他的子子孙孙继续生活的地方。这就是说，由于经济的原因，一家几代人都要生活在一起。这样就发展起来了中国的家族制度，它无疑是世界上最复杂的、组织得很好的制度之一。儒家学说大部分是论证这种制度合理，或者是这种社会制度的理论说明。"① "中国社会制度可以叫做家邦，因为在这种制度之下，邦是用家来理解的。""在一个家邦里，社会组织就是独裁的，分等级的，因为在一家之内，父的权威天然地高于子的权威。"② 在此基础上，中国人最初的生产实践活动孕育了伦理理性主义文化，其核心是无视历史与人伦二律背反原则，坚决维护人伦对历史的绝对优先地位。具体而言，中国人在面对征服自然与人伦和谐命题时，没有认可历史与人伦、理性与感性的二元对立矛盾。中国古人坚信"道"就在人伦日常之中。所以，中国人不注重宇宙自然和人类社会必然规律的探究，只注重社会等级伦理秩序的建构。中国人虽然也知道大自然的力量和人类社会的矛盾可能带给人们灾难、苦难，却始终不愿从科学理性的角度直面自然灾难、社会苦难的根本原因。中国人始终有"天地之大德曰生"、"生生谓之易"的坚定信念，始终有"天行健，君子自强不息"的乐观精神。所以，"乐"一直是儒家创始人孔子最津津乐道的话题。《论语》中有所谓"学而时习之，不亦说乎；有朋自远方来，不亦乐乎"（《学而》），"发愤忘食，乐以忘忧，不知老之将至"，"饭疏食饮水，曲肱而枕之，乐亦在其中矣"（《述而》）。孔子尤其推崇乐天知命的人生态度，所以他有"知者不惑，仁者不忧"（《子罕》），"君子坦荡荡，小人长戚戚"（《述而》）等等人生哲学和伦理思想的乐观表述。正如李泽厚先生所说："中国人很少真正彻底的悲观主义，他们总愿意乐观地眺望未来，即使是处在极为困难的环境里，他们也相信终究有一天会'否极泰来'，'时来运转'，因为这是符合'天道'或'天意'（客观运转规律）的。"③ 这一切无疑为了中国喜剧意识的发生发展提供了文化土

---

① 冯友兰：《中国哲学简史》，北京大学出版社 1996 年版，第 18 页。
② 同上书，第 23 页。
③ 李泽厚：《中国古代思想史论》，人民出版社 1986 年版，第 173 页。

壤，并最终孕育了中国喜剧意识发生发展的生命机理。但是，中国人在坚信宇宙自然法则、人类社会规律与伦理道德绝对统一的"天人合一"信念时，常常也会不经意地流露出社会历史违逆自然情感的失望情绪，从而生发出参透社会历史的人生虚无感和道德幻灭感。所以，中国历史文化最初发生时期还有同儒家思想相对应的道家思想。《汉书·艺文志》说："道家者流，盖出于史官，历记成败、存亡、祸福、古今之道，然后知秉要执本，清虚自守，卑弱以自持，此君人南面之术也。"① 道家思想因为中国卜筮祈神和历史记载活动的潜移默化而培育起了相应的历史哲学意识，从而能够认识到历史与人伦的对立矛盾。《老子》里所谓"天之道，损有余而补不足，人之道则不然，损不足以奉有余"② 就是其认识的经典表述。面对社会历史进步伴随的多方面矛盾，老子主张非历史的绝圣弃智、忘情寡欲、无为而治。其政治理想就是宁可退回到"小国寡民"，"鸡犬之声相闻，民至老死不相往来"③ 的乌托邦，或者说是宁可让历史（人道）停滞而自然（天道）回归。庄子继承了老子的基本历史观念，甚至更坚信人类历史无可更改的内在悖论。所谓"彼窃钩者诛，窃国者为诸侯"，④ 无疑是他关于历史运行与伦理道德互为内在悖论的经典表述。所以，庄子基本不讲所谓治国平天下的方略，而主要讲"齐万物、一死生"的人生观念。⑤ 庄子更进一步把老子的政治理想，转化为个人隐居遗世的生命态度选择，甚至宁可让历史彻底倒退至混沌自然状态。《史记·老子韩非列传》载："楚威王闻庄周贤，使使厚币迎之，许以为相。庄周笑谓楚使者曰：'千金，重利；卿相，尊位也。子独不见郊祭之牺牛乎？养食之数岁，衣以文绣，以入大庙。当是之时，虽欲为孤豚，岂可得乎？子亟去，无污我。我宁游戏污渎之中自快，无为有国者所羁，终身不仕，以快吾志焉'。"⑥ 李泽厚先生说："以庄子为代表的道家，实际上是对儒家的补充，

---

① 班固：《汉书》卷三十，中华书局标点本 1983 年版，第 1732 页。

② 王弼注：《老子》，上海古籍出版社 1989 年版，第 18 页。

③ 同上书，第 18、19 页。

④ 郭象注：《庄子·胠箧》，上海古籍出版社 1989 年版，第 56 页。

⑤ 郭象注：《庄子·齐物论》，上海古籍出版社 1989 年版，第 12 页。

⑥ 王利器主编：《史记注译》，三秦出版社 1988 年版，第 1619 页。

补充了儒家当时还没有充分发展的人格—心灵哲学，从而也在后世帮助儒家抵抗和吸收消化了例如佛教等外来的东西，构成中国传统的文化——心理结构中的一个很重要的方面。"① 应该说，中国人参透社会历史的人生虚无感和道德幻灭感，经过老庄思想形态一直延伸到后来吸收外来的佛教，终于在中国文化心理结构中发展出同儒家伦理道德互补的佛道超验解脱、同伦理政治哲学互补的人生审美哲学。当然，儒家的进取、佛道的退避，都源自无视或敌视历史理性逻辑的伦理理性主义，道德希望或失望终归是其心理情结。所谓"达则兼济天下，穷则独善其身"就是其经典表述。但无论如何，儒家的积极入世、乐观进取基础上发生的喜剧意识里，终归渗入了佛道的消极出世、悲观退避的虚无因素。这种虚无因素更因为中国历史上不断上演的改朝换代、治乱循环而得以蔓延、渗透到广阔的民间，不仅拓展了中国喜剧意识的文化心理发生环境，而且升华了中国喜剧意识的审美意蕴。中国明代文学家冯梦龙在《广笑府·序》中言："古今来莫非话也，话莫非笑也。两仪之混沌开辟，列圣之揖让征诛，见者其谁耶？夫亦话之而已耳。后之话今，亦犹今之话昔。话之而疑之，可笑也；话之而信之，尤可笑也。经书子史，鬼话也，而争传焉；诗赋文章，淡话也，而争工焉；褒讥伸抑，乱话也，而争趋避焉。或笑人，或笑于人，笑人者亦复笑于人，笑于人者亦复笑人，人之相笑宁有已时？《广笑府》，集笑话十三也，编犹云薄乎云尔。或阅之而喜，请勿喜；或阅之而嗔，请勿嗔。尧与舜，你让天子；我笑那汤与武，你夺天子；他道是没有个傍人儿觑，觑破了这意思儿，也不过是个十字街头小经纪。还有什么龙逄、比干伊和吕，也有什么巢父许由夷与齐，只这般唧唧哝哝的，我也那里工夫笑着你！我笑那李老聃五千言的《道德》，我笑那释迦佛五千卷的文字，干惹得那些道士们去打云锣，和尚们去打木鱼，弄儿穷活计。那曾有什么青牛的道理，白牛的滋味，怪的又惹出那达摩老臊胡来，把这些干屎橛的渣儿，嚼了又嚼，洗了又洗。又笑那孔子的老头儿，你絮叨叨说什么道学文章，也平白地把好些活人都弄死。又笑那张道陵、许旌阳，你便白日升天也成何济，只这些未了精精儿，到头来也只是一淘冤苦

---

① 李泽厚：《中国古代思想史论》，人民出版社 1986 年版，第 190 页。

的鬼。住住住！还有一古今世界一大笑府，我与若皆在其中供话柄。不话不成人，不笑不成话，不笑不话不成世界。"①

　　中国喜剧意识的萌芽可以追溯到原始的卜筮歌舞、祭祀飨宴。戏剧形式的喜剧表演艺术雏形至少可以追溯到春秋、战国时期专供宫廷贵族调笑娱乐的俳优，西汉时期在民间大量出现的角抵戏，唐代普遍盛行的参军戏，等等。中国戏剧形式的喜剧表演艺术显然比戏剧形式的悲剧表演艺术更早诞生。其实，中国的戏剧最初就是喜剧的同义语。王国维先生说："宋时所谓杂剧，其初殆专指滑稽戏言之。"② 吴自牧记载杂剧演出的情形为："先做寻常熟事一段，名曰艳段。次做正杂剧。通名两段。大抵全以故事，务在滑稽唱念，应对通遍。"③ 后来，甚至已经充分成熟的杂剧通常也分艳段、正杂剧、杂扮三部分表演。其中杂扮多保持调笑的段子。尽管中国人主观上不认可历史与人伦、理性与感性的二元对立矛盾，但客观上却不能摆脱人类社会矛盾的纠缠，所以，在中国历史舞台上，真正文学思想家的心灵情感常常不得不漂泊在社会意识边缘。正如宋代诗人欧阳修所言："予闻世谓诗人少达而多穷。""盖世所传诗者，多出于古穷人之辞也。"④ 还如清代文人归庄所说："故自古诗人之传者，率多逐臣骚客，不遇于世之士。"⑤ 这种社会意识边缘的漂泊流离也就奠立了中国文学"哀怨"、"忧愤"的久远传统。正如司马迁在《报任安书》中所言："盖西伯拘而演《周易》；仲尼厄而作《春秋》；屈原放逐，乃赋《离骚》；左丘失明，厥有《国语》；孙子膑脚，《兵法》修列；不韦迁蜀，世传《吕览》；韩非囚秦，《说难》《孤愤》。诗三百篇，大抵贤圣发愤之所为作也。"⑥ 司

　　① 《中国历代笑话集成》第一卷，时代文艺出版社 1996 年版，第 542 页。

　　② 王国维：《宋元戏曲考》，《王国维文学论著三种》，商务印书馆 2001 年版，第 192 页。

　　③ 吴自牧：《梦粱录》卷二十，转引自郑振铎《中国俗文学史》，商务印书馆 2005 年版，第 265 页。

　　④ 欧阳修：《梅圣俞诗集序》，郭绍虞主编：《中国历代文论选》第二册，上海古籍出版社 1979 年版，第 130 页。

　　⑤ 归庄：《吴余常诗稿序》，郭绍虞主编：《中国历代文论选》第三册，上海古籍出版社 1980 年版，第 294 页。

　　⑥ 司马迁：《报任安书》，郭绍虞主编：《中国历代文论选》第一册，上海古籍出版社 1979 年版，第 83 页。

马迁撰写《史记》时，就心怀"此人皆意有所郁结，不得通其道，故述往事，思来者"①的愤懑，创作了"究天人之际，通古今之变，成一家之言"的鸿篇巨著。重要的是，当文学思想家漂泊在社会意识边缘的"哀怨"、"忧愤"通过"寓哭于笑"的方式表现出来时，常常最容易成为广大下层民众情感宣泄的渠道。正如李卓吾编次，笑笑先生增订，哈哈道士校阅《山中一夕话·序》所言："窃思人生世间，与之庄言危论，则听之寥寥，与之谑浪诙谐，则欢声满座，是笑征话之圣，而话实笑之君也。""此书行世，行看传诵海宇，脍炙尘寰，笑柄横生，谈锋日炽，时游乐国，黼黻太平，不为无补于世。"②所以，在中国文学舞台上，喜剧有时候比悲剧享有更广阔的发生发展空间，比悲剧更能唤起文学家的创作热情。清代小说家吴沃尧说："余畴曩喜为奇言，盖以为正规不如谲谏，庄语不如谐词之易入也。"③民国李铎著《破涕录》，徐枕亚所作《序》则言："客有问于余者曰：'李子之《破涕录》中，多闾巷猥琐之谈，村野粗俗之语，比之志怪搜神之作，更觉荒唐。揆之讽世警俗之心，亦无寄托。愚夫稚子读之而神怡，道学缙绅见之而色变也。以李子之才之学，欲从事著述，何书不可为，而乃出之以滑稽游戏，窃东方、淳于之故智，摇唇鼓舌，晓晓不休。既无功于社会，且有损于人心。李子独何取于是乎？'余应之曰：'唯唯否否，不然。李子之著此书，盖别有深意，所谓哭不得而笑，笑有甚于哭者也。夫志士之所具者，良心；人生之难开者，笑口。吾辈不幸生此五浊世界，莽莽中原，剩一片荆天棘地，茫茫前路，费几回伫苦停辛，一点良心既不能自泯，百年笑口，又胡以自开？追念遗烈，学岘山之涕者；有人顾瞻国步，作新亭之泣者；有人慨念身世，下穷途之泪者；有人忧国忧家，各怀苦趣。斯人斯世，欲唤奈何？不数年而中国之志士且将憔悴以尽，只余一辈软媚人，赓歌扬拜而乐升平矣。李子忧之，爰著是书，以惠吾至亲至爱之同胞，为荡愁涤烦之资料，消磨此可怜日月，

---

① 王利器主编：《史记注译》，三秦出版社 1988 年版，第 2753 页。

② 《中国历代笑话集成》第一卷，时代文艺出版社 1996 年版，第 191 页。

③ 吴沃尧：《两晋演义自序》，郭绍虞主编：《中国历代文论选》第四册，上海古籍出版社 1980 年版，第 257 页。

延长此垂死光阴。庶几，中华民国共和之真种子，不遽绝于此日；而支离
破碎之山河，以一哭送之者，犹不如姑以一笑存之也。然则李子之书，实
大有功于社会，大有益于人心，乌得以荒唐二字概之哉?'"① 喜剧还往往
比悲剧更契合文学家的精神气质。明代冯梦龙辑《古今笑·自叙》言：
"龙子犹曰：人但知天下事不认真做不得，而不知人心风俗皆以太认真而
至于大坏。……后世凡认真者，无非认作一件美事。既有一美，便有一不
美者为之对，而况所谓美者又未必真美乎！……一笑而富贵假，而骄吝忮
求之路绝；一笑而功名假，而贪妒毁誉之路绝；一笑而道德亦假，而标榜
倡狂之路绝；推之一笑而子孙眷属亦假，而经营顾虑之路绝；一笑而山河
大地皆假，而背叛侵凌之路绝。即挽末世而胥庭之，何不可哉，则又安见
夫认真之必是，而取笑之必非乎？非谓认真不如取笑也，古今来原无真可
认也。无真可认，吾但有笑而已矣。无真可认而强欲认真，吾益有笑而已
矣。野菌有异种，曰'笑矣乎'，误食者辄笑不止，人以为毒。吾愿人人
得笑矣乎而食之，大家笑过日子，岂不太平无事亿万世?"② 《析津志》里
说中国戏剧成就的最高代表关汉卿，"生而倜傥，博学能文，滑稽多智，
蕴藉风流，为一时之冠"。③ 关汉卿具有自叙性质的散曲《不伏老》更以
滑稽放诞的方式自诩："我是个蒸不烂、煮不熟、捶不匾、炒不爆、响当
当一粒铜豌豆……"④ 从某种意义上说，关汉卿既是中国古代最伟大的悲
剧艺术家，更是中国古代最伟大的喜剧艺术家。另外，中国喜剧意识还在
文化边缘的民间笑话故事中有充分的表现，如同德里克·布里威尔所说：
"笑话书是供人解颐的一种以语言为媒介的微型艺术形式。它最初只是一
种人们群聚闲聊时的插科打诨，自从书面形式的笑话问世以后，这类小笑
话就与浮生之累和世事无常产生了关联。这种故事行文简洁，大多包含着
辛辣的反讽、唐突的调侃和机智的应对，并能使一群趣味相投的人声应气
求、心领神会。因此，它是一个社会更为一般的幽默文化的一部分。在一

---

① 《中国历代笑话集成》第五卷，时代文艺出版社1996年版，第210页。
② 《中国历代笑话集成》第二卷，时代文艺出版社1996年版，第3页。
③ 游国恩等主编：《中国文学史》（三），人民文学出版社1964年版，第187页。
④ 袁世硕主编：《中国古代文学作品选》（三），人民文学出版社2002年版，第202页。

定程度上，它还是事物可笑与否的一种表征。"① 最后，还需要补充说明的是，中国农耕生产方式下群体聚居的娱乐需要，皇权专制制度下的民生曲折表达，也给喜剧意识的发生发展提供了永恒的社会生活资源。

从最概括意义上说，西方历史理性主义文化中的喜剧意识主要源自社会历史的微妙。中国伦理主义文化中的喜剧意识主要源自伦理道德的迷醉。以此为出发点，中西喜剧意识的审美意蕴终归在审美本质、审美特征、审美风格方面表现出了诸多差异性。具体而言，中西喜剧意识的审美本质表现为历史告别与道德胜利；中西喜剧意识的审美特征表现为前后一贯的情景画面与从悲往喜的故事情节、缺陷的揭示与美德的礼赞；中西喜剧意识的审美风格表现为戏谑自嘲与讽刺批判、轻松释放的诙谐与抑圣为狂的苦涩。

————————

　①　德里克·布里威尔：《英格兰 16 世纪至 17 世纪的笑话书》，简·布雷默、赫尔曼·茹登伯格编：《搞笑——幽默文化史》，北塔等译，社会科学文献出版社 2001 年版，第 130 页。

第一章

中西喜剧意识的审美要素

　　既然笑的发生里隐藏着人类千万年社会实践活动积淀下来的文化心理机制和生命自由资源，那么，笑的活动自然可以有效地帮助人们缓解感情的紧张、释放精神的压抑。美国现代美学家苏珊·朗格说："正像说话是一种精神活动的顶点一样，笑是感情活动的顶点——感觉到的生命力浪潮的顶点。一种突然的优越感，需要这样一种生命情感的'升腾'。"① 喜剧意识的笑作为人类社会的审美活动，尤其可以有效地缓解社会生活中的感情紧张、释放历史发展中的精神压抑。所以，苏珊·朗格还说："观众对一出好戏发笑，当然是一种自我表现，同时表示了每一个发笑的人的生命情感的'升华'。"② 纵观中西文学中充分体现其喜剧意识的经典文学作品，我们不难发现，中西喜剧意识的审美意蕴可以归纳出最具有普遍代表性的几个重要审美要素：幽默滑稽、嘲弄讽刺、智慧启迪和夸张巧合。

一　中西喜剧意识的幽默滑稽

　　喜剧之为喜剧需要表现具有审美价值的喜悦感情。所谓具有审美价值的喜悦感情就不是简单的笑，而是在深刻洞悉人类社会历史发展复杂性、曲折性、甚至诡异性基础上的幽默滑稽。具体而言，人类为了实现从必然往自由的历史进步，需要建立起每个人必须放弃个人权利的社会规则。但

---

① 苏珊·朗格：《情感与形式》，刘大基等译，中国社会科学出版社1986年版，第394页。
② 同上书，第402页。

因为遵守社会规则毕竟是一个压抑个体生命欲望的痛苦过程，所以，每一个人的意识深处都会潜藏着逃逸社会规则束缚的原始愿望。同时，社会规则的建立无疑伴随着社会劳动实践从低级往高级不断变化发展的过程，其中隐藏着无数的错裂罅隙；社会规则的建立还伴随着各个方面的利益博弈，其中包含着胜利者与失败者的不公平关系。由此，我们不难想象，人类社会中的每一个体自然不会自觉地严格遵守社会规则，往往会有意无意地寻求破坏社会规则、释放生命欲望的机会。许多时候，正因为破坏社会规则、释放生命欲望的行为发生在历史的错裂罅隙或人为的微妙际遇里，其间有足够的主、客观空间使人们借助心照不宣的笑来巧妙表达共同的愉快与窘促。这就像两个男人在一家妓院偶然相逢的笑，双方都会有些愉快与窘促。愉快的是大家都释放了共同的内在欲望，窘促的是大家都违背了共同的规则。弗洛伊德说："由于文明压抑的影响，许多原始的乐趣现在都被审查掉了，而且永远地丧失了。但是人的精神发现，要抛弃这些乐趣是非常困难的；所以倾向机智便给我们提供了一种使抛弃倒行，并且使我们重新得到那些已经丧失了的乐趣的手段。"[1] "同样确实的是，在产生幽默态度时，超我实际上与现实断绝了关系，转而服务于幻想。但是（并不确切地知道为什么），我们把这种并不强烈的快乐看作具有很高价值的性质；我们感到它特别能使人得到解脱和提高。"[2] 保罗·麦吉则说："弗洛伊德还强调，成年人对于社会要求他们严格而又逻辑化地进行思考，和要求他们在行为上必须合乎理性、合乎道德的作法，感到十分厌倦。他认为，人们需要定期地从这些要求的压迫中解脱出来，希望能复归到童年时代的情感、行动和思想中去，因为那里没有这些社会责任。而幽默恰恰提供了一种解脱，这正是成年人何以特别喜欢幽默的缘故。"[3] 倍恩也说："笑是严肃的反动。我们常觉得现实界事物的尊严堂皇的样子是一种紧张

① 弗洛伊德：《机智及其与无意识的关系》，张增武、阎广林译，上海社会科学院出版社1989年版，第84页。
② 弗洛伊德：《论幽默》，《弗洛伊德论美文选》，张唤民、陈伟奇译，知识出版社1987年版，第146页。
③ 保罗·麦吉：《幽默的起源与发展》，阎广林等译，南京大学出版社1992年版，第14页。

的约束，如果突然间脱去这种约束，立刻就觉得喜溢眉宇，好比小学生在放学时的情形一样。"① 玛丽·李·堂森德则强调："在一起笑意味着参与一种共同的文化，对双方关心的问题进行交流。幽默在这一方面有助于开辟出一个公共空间，在这一领域或场域中，各种观念都能进行讨论和争论，不管它们是政治的、社会的还是道德的。在这一公共空间中表达出来的观点永远不会是单调的或单一的。大众幽默在玩笑的参与者中奠定了集体观念，但同时它也有助于定义并阐明那个集体中成员之间的歧异。"② 所以，喜剧意识的重要审美要素之一就是幽默滑稽。正如俄国文学批评家别林斯基所说："真正艺术的喜剧以深刻的幽默为基础。"③ 也如苏珊·朗格所说："幽默和'生命感'有密切的联系。""正如思想迸发出语言，波浪升华为形式一样，生命力达到一定高度就会产生幽默。幽默是戏剧的光辉，是生命节奏的突然加强。"④ 中西文学喜剧意识的幽默滑稽主要表现在几个方面。

（1）表现语言放纵嬉戏的幽默滑稽

因为社会规则中存在诸多错裂罅隙和不公平，所以，文学的喜剧意识就常常通过语言放纵嬉戏所产生的幽默滑稽来表达对社会规则的蔑视或冲撞，从而缓解个体生命欲望受压抑的痛苦。简·布雷默和赫尔曼·茹登伯格说："幽默确实能够在瞬息之间化解僵硬的社会规范——要知道，在平常我们却不得不遵循这些规范。"⑤ 弗洛伊德也说："就像玩笑和喜剧一样，幽默具有某种释放性的东西；……幽默不是屈从的，它是反叛的。它不仅表示了自我的胜利，而且表示了快乐原则的胜利，快乐原则在这里能够表明自己反对现实环境的严酷性。"⑥ "当幽默使嘲弄直指通常不会遭到

---

① 转引自朱光潜《文艺心理学》，《朱光潜全集》第一卷，安徽教育出版社 1987 年版，第 467 页。

② 玛丽·李·堂森德：《幽默与 19 世纪德国的公众场合》，简·布雷默、赫尔曼·茹登伯格编：《搞笑——幽默文化史》，北塔等译，社会科学文献出版社 2001 年版，第 293—294 页。

③ 别林斯基：《诗的分类和分型》，《别林斯基论文学》，新文艺出版社 1958 年版，第 188 页。

④ 苏珊·朗格：《情感与形式》，刘大基等译，中国社会科学出版社 1986 年版，第 392、399 页。

⑤ 简·布雷默、赫尔曼·茹登伯格：《幽默及其历史》，《搞笑——幽默文化史》，北塔等译，社会科学文献出版社 2001 年版，第 5 页。

⑥ 弗洛伊德：《论幽默》，《弗洛伊德论美文选》，张唤民、陈伟奇译，知识出版社 1987 年版，第 143 页。

社会批评的'神圣'领域时，幽默便成为'穷人'反对'富人'的武器。"① 玛丽·道格拉斯也说："正常的东西受到非正常东西的攻击，组织化的、受控制的东西受到生命力充沛的东西的嘲弄，这种生命力就是柏格森所说的生命的高涨，弗洛伊德所说的力比多。换句话说，一个玩笑就是一部戏剧的具体体现。"② 中国明代文人兼戏剧家李开先也说："忧而词哀，乐而词亵，此今古同情也。"③

西方文学喜剧意识中，语言放纵嬉戏的幽默滑稽传统仍然要追溯到古希腊。比如阿里斯托芬的《阿卡奈人》剧中的阿提卡农民狄开俄波利斯来到雅典公民大会会场时这样说："我可是头一个到场，就像这样子坐了这个位子；一个人坐好了以后，只好自个儿叹叹气、放放屁、打打哈欠、伸伸懒腰、转过来、转过去、画画符、拔拔鼻毛、算算数目、想望着田园、想望着和平。""因此我这次完全准备好，要来吵闹、来打岔、来痛骂那些讲话的人，如果他们只谈别的，不谈和平。"④ 出使波斯的使节甲说，他们到达波斯王宫时，大王带着大军出宫往金山去了，狄开俄波利斯则信口回应说："他'出恭'了什么时间才把裤子系好呢?"⑤ 阿里斯托芬的《鸟》剧中的两个厌烦现实生活、寻找乌托邦的雅典人，则运用语言的放纵嬉戏创造了一唱一和的幽默滑稽情景：

　　珀斯特泰洛斯：他来求，你们就告诉他现在下海怎么样："这会儿不要下海，要起风啦，""这会儿可以下海，会有钱赚。"

　　欧厄尔庇得斯：我不跟你们呆在一起啦，我要搞个船下海去了。

---

① 梅尔文·赫利茨：《幽默的六要素》，诺思罗普·弗莱等：《喜剧：春天的神话》，傅正明、程朝翔等译，中国戏剧出版社1992年版，第270页。

② 转引自亨克·德里森《幽默、笑话和田野工作：来自人类学的反思》，简·布雷默、赫尔曼·茹登伯格编《搞笑——幽默文化史》，北塔等译，社会科学文献出版社2001年版，第326页。

③ 李开先：《市井艳词序》，郭绍虞主编：《中国历代文论选》第三册，上海古籍出版社1980年版，第85页。

④ 阿里斯托芬：《阿卡奈人》，罗念生译，《古希腊戏剧选》，人民文学出版社1998年版，第358、359页。

⑤ 同上书，第361页。

　　珀斯特泰洛斯：你们还可以告诉他们从前人埋藏的银子宝贝在哪
儿，这你们都知道；俗话说得好："除了飞鸟谁也不知道我的宝藏。"
　　欧厄尔庞得斯：我要卖了船，买个锄头去挖坛子去了。①

　　这些蔑视或冲撞社会规则的语言放纵嬉戏，无疑实现了柏格森所说的"笑就是要使社会肌体表面的那种死板僵化变得灵活生动"② 的幽默滑稽。亚里士多德就因为古希腊喜剧的这种语言放纵嬉戏而指责说："因为有的人就是喜欢以玩笑的方式说和听。高贵的人所开的玩笑和俗流之辈不同。受过教育的人所开的玩笑和没受过教育的不同。这种区别我们在旧喜剧和新喜剧之间也能看到。在前者剧作家为了取笑而讲一些粗鄙的语言，在后者妙趣横生的语言则更令人发笑。"③ 亚里士多德的看法源自他对古希腊喜剧的轻视，但他却指出了古希腊喜剧语言放纵嬉戏的传统。这种传统通过新喜剧延伸到了古罗马喜剧里。比如古罗马最重要的喜剧作家普劳图斯在其《凶宅》中描写主人公菲洛拉切斯的宠姬菲勒玛提恩与女仆斯卡发互相对话的同时，菲洛拉切斯在旁边不断穿插自己的旁白。这些旁白里既有针对斯卡发的赞扬："斯卡发可真聪明，这个坏家伙真懂得不少；她真摸透了情人的行为和心情。"还有针对菲勒玛提恩的赞扬："老天爷！这真是一个又聪明又纯洁的好姑娘；我真作对了，就是倾家荡产也情愿。""上天见证，为了这句话，我情愿再一次给你赎身，同时把斯卡发弄死。""真的，我就是卖掉我的亲爸爸，也不能让你受穷讨饭，只要我活在世上。""我希望现在就听见我父亲去世的消息，那我就放弃全部家产，让她来继承。"当然，更多的是针对斯卡发的诅咒："天哪！我自己家里有了奸细了。上天把我狠狠地治死吧，要是我不把这个老太婆活活渴死，饿死，冻死。""这挑拨离间的东西！我真忍不住，真想去抓瞎她的眼睛。""真是岂有此

----

① 阿里斯托芬：《鸟》，杨宪益译，《古希腊戏剧选》，人民文学出版社 1998 年版，第 446 页。
② 柏格森：《滑稽的一般含义——相貌与动作中的滑稽——滑稽的延伸》，《笑与滑稽》，乐爱国译，广东人民出版社 2000 年版，第 14 页。
③ 亚里士多德：《尼各马科伦理学》，苗力田译，中国社会科学出版社 1990 年版，第 85—86 页。

理！我要是不把她千刀万剐，誓不为人！这个烂舌头的东西还在引坏我的女人。""我希望我现在能变成一个毒疮去锁住她的喉咙，把这挑拨离间的坏东西闷死。""我一定要先拿你试验节俭，让你在我家里整天不吃不喝。"①

从古希腊延伸到古罗马的喜剧语言放纵嬉戏传统在继续发展过程中，逐渐演变成西方经典喜剧的重要艺术手段。许多优秀作家尤其巧妙地运用了宏大严肃与渺小调侃极端不对称的语言放纵嬉戏，创造了超越插科打诨而深化主题、烘托氛围的幽默滑稽。比如文艺复兴时期的法国作家拉伯雷在《巨人传》里描写一件人们久久难以决断的法律诉讼案，不过是一串串文字游戏的随意堆砌。主人公庞大固埃让当事人心悦诚服、旁听的法学博士佩服得五体投地的不过是胡言乱语而已。另一主人公巴汝奇先生同一个英国学者陀摩斯特使用手势展开激烈的辩论，则完全是以此"胡乱"来应对彼"胡乱"。《巨人传》还描述庞大固埃的远祖赫儿姐隶，遵循天主旨意在大洪水里，双腿骑跨着挪亚方舟的船篷，不但自己获救，还帮助挪亚脱离危险。所以，德里克·布里威尔说："在拉伯雷的作品中，有魔术师的形象、吵吵嚷嚷的闹剧、污秽的词汇以及喜剧的颠三倒四现象。用现在流行的话来说，它们可以被称作'狂欢'，它们跟笑话书有着非常明显的联系。"② 17 世纪西班牙作家维加的喜剧《傻姑娘》则通过冥顽痴傻的主人公菲内娅，创造了别有意趣的语言放纵嬉戏。比如她同其追求者劳伦西奥的对话：

菲内娅：这么说，你要把我领到你家，还让我在你那里住下？
劳伦西奥：是的，小姐。
菲内娅：这种事情好吗？
劳伦西奥：对结婚的人这是理所当然。当初你的父亲和母亲就是这样结婚的：所以就生下了你。

---

① 普劳图斯：《凶宅》，杨宪益译，《古罗马戏剧选》，人民文学出版社 1991 年版，第 11—13 页。
② 德里克·布里威尔：《英格兰 16 世纪至 17 世纪的笑话书》，简·布雷默、赫尔曼·茹登伯格编：《搞笑——幽默文化史》，北塔等译，社会科学文献出版社 2001 年版，第 156 页。

菲内娅：我？

劳伦西奥：是的。

菲内娅：父亲结婚时，我还不在他家？①

喜剧还描写菲内娅看见父亲为自己选择的未来丈夫相片时，她告诉女仆克拉拉说："我拿起那个丈夫的相片，只看到他是个长着脸穿着上衣的家伙。不过，克拉拉，如果他只有半截身子，这样的丈夫或什么人，再漂亮又有什么用？"② 喜剧中其他人的一些语言放纵嬉戏也有相应的意趣，比如劳伦西奥严厉地要求仆从佩德罗说："闭嘴，笨蛋！"佩德罗则巧妙地回应："笨蛋一词便说明永远不会住口，因为笨蛋们从来不甘寂寞。"③

　　英国作家莎士比亚继续了古希腊以来的喜剧传统，更使语言放纵嬉戏不落斧凿痕迹地融会在喜剧艺术作品中。比如《威尼斯商人》在描写犹太人夏洛克的女儿杰西卡同朗斯洛特的一段对话里，杰西卡说："我可以靠着我的丈夫得救，他已经使我变成一个基督徒了。"朗斯洛特则戏谑说："这就是他大大的不该。咱们本来已经有很多的基督徒，简直快要挤都挤不下啦；要是再这样把基督徒一批一批制造出来，猪肉的价钱一定会飞涨，大家吃起猪肉来，恐怕每人只好分到一片薄薄的咸肉了。"④《温莎的风流娘儿们》描写招摇撞骗的福斯塔夫妄图勾引福德、培琪的妻子，自己不无得意地说："我已经写下一封信在这儿预备寄给她；这儿还有一封，是写给培琪老婆的，她刚才也向我眉目传情，她那双水汪汪的眼睛一霎不霎地望着我身上的各部分，一会儿瞧瞧我的脚，一会儿瞧瞧我的大肚子。"他的仆人则在旁边揶揄说："正好比太阳照在粪堆上。"⑤

---

① 维加：《傻姑娘》，胡真才译，《维加戏剧选》，昆仑出版社 2000 年版，第 494 页。

② 同上书，第 496 页。

③ 同上书，第 543 页。

④ 莎士比亚：《威尼斯商人》，朱生豪译，《莎士比亚全集》三，人民文学出版社 1978 年版，第 67 页。

⑤ 莎士比亚：《温莎的风流娘儿们》，朱生豪译，《莎士比亚全集》一，人民文学出版社 1978 年版，第 190 页。

莎士比亚因为驾驭语言的杰出能力，尤其特别擅长使用语言的移花接木、巧妙反复和语义的互文交织、错裂重叠等等，创造了语言放纵嬉戏的奇情异趣。比如《威尼斯商人》中私奔的夏洛克的女儿杰西卡与基督教青年罗兰佐，在鲍西娅的住宅守候时有这样一段对话：

> 罗兰佐：好皎洁的月色！微风轻轻地吻着树枝，不发出一点声响；我想正是在这样一个夜里，特洛伊罗斯登上了特洛亚的城墙，遥望着克瑞西达所寄身的希腊人的营幕，发出他的深心中的悲叹。

> 杰西卡：正是在这样一个夜里，提斯柏心惊胆战地踩着露水，去赴她情人的约会，因为看见了一头狮子的影子，吓得远远逃走。

> 罗兰佐：正是在这样一个夜里，狄多手里执着柳枝，站在辽阔的海滨，招她的爱人回到迦太基来。

> 杰西卡：正是在这样一个夜里，美狄亚采集了灵芝仙草，使衰迈的埃宋返老还童。

> 罗兰佐：正是在这样一个夜里，杰西卡从犹太富翁的家里逃了出来，跟着一个不中用的情郎从威尼斯一直走到贝尔蒙特。

> 杰西卡：正是在这样一个夜里，年轻的罗兰佐发誓说他爱她，用许多忠诚的盟言偷去了她的灵魂，可是没有一句话是真的。

> 罗兰佐：正是在这样一个夜里，可爱的杰西卡像一个小泼妇似的，信口毁谤她的情人，可是他饶恕了她。[①]

本来应该具有悲剧意味的神话传说故事，经过两个年轻人的语言模仿而实现了语言的放纵嬉戏，进而创造出了喜剧性的幽默滑稽。如同柏格森所说："悲剧的英雄人物所表现的是一种独一无偶的性格。人们也可以加以模仿，但是一经模仿，他就会有意或无意地从悲剧性滑入喜剧性当中去了。"[②]

---

① 莎士比亚：《威尼斯商人》，朱生豪译，《莎士比亚全集》三，人民文学出版社 1978 年版，第 87—88 页。

② 柏格森：《笑之研究》，蒋孔阳译，伍蠡甫主编：《西方文论选》下卷，上海译文出版社 1979 年版，第 282 页。

再比如《皆大欢喜》里在表现几个青年的爱情追求时有这样一段相互的对话：

　　菲苾：好牧人，告诉这个少年人恋爱是怎样的。

　　西尔维斯：它是充满了叹息和眼泪的；我正是这样爱着菲苾。

　　菲苾：我也是这样爱着盖尼米德。

　　奥兰多：我也是这样爱着罗瑟琳。

　　罗瑟琳：我可是一个女人也不爱。

　　西尔维斯：它是全然的忠心和服务；我正是这样爱着菲苾。

　　菲苾：我也是这样爱着盖尼米德。

　　奥兰多：我也是这样爱着罗瑟琳。

　　罗瑟琳：我可是一个女人也不爱。

　　西尔维斯：它是全然的空想，全然的热情，全然的愿望；全然的崇拜、恭顺和尊敬；全然的谦卑，全然的忍耐和焦心；全然的纯洁，全然的磨练，全然的服从；我正是这样爱着菲苾。

　　菲苾：我也是这样爱着盖尼米德。

　　奥兰多：我也是这样爱着罗瑟琳。

　　罗瑟琳：我可是一个女人也不爱。

　　菲苾：（向罗瑟琳）假如真是这样，那么你为什么责备我爱你呢？

　　西尔维斯：（向菲苾）假如真是这样，那么你为什么责备我爱你呢？

　　奥兰多：假如真是这样，那么你为什么责备我爱你呢？

　　罗瑟琳：你在向谁说话，"你为什么责备我爱你呢？"①

　　莎士比亚的《爱的徒劳》中的那瓦国王和三位侍从都分别堕入了爱河。侍从俾隆正在苦苦相思，看见国王来了，急忙爬上树。国王口中正

---

① 莎士比亚：《皆大欢喜》，朱生豪译，《莎士比亚全集》三，人民文学出版社1978年版，第189—190页。

抒发着心灵的爱情，看见侍从朗格维来了，急忙躲在旁边。朗格维正哀叹破坏誓言和抒发爱情的感受，看见侍从杜曼来了，急忙躲在旁边。杜曼则全心全意地赞美自己心中的爱人，于是引发了这样一段语言的巧妙反复：

> 杜曼：啊！但愿我能够如愿以偿！
>
> 朗格维：但愿我也如愿以偿！
>
> 国王：主啊！但愿我也如愿以偿！
>
> 俾隆：阿门，但愿我也如愿以偿！这总算够客气了吧？①

上述语言放纵嬉戏引发的幽默滑稽，如同桑塔耶纳所说："一件初时并不是有趣的事情，只因多次反复也可以使我们觉得有趣。"② 或者如同弗洛伊德所说："不管什么地方存在重复或完全的相似性，我们总要怀疑某种机械装置在该生命的背后起作用。""生命向机械产品偏斜（deflect ion）在这里是人们发笑的真正原因。我们可以说它是使人贬低到机械物或无生命物的过程。"③ 柏格森更加清楚地说明："让我们把那个一紧一松的弹簧的形象更加仔细地琢磨一遍，解开其中的奥秘，这样，我们就可以找到古典喜剧常用的手法——重复。""这种重复之所以会使我们发笑，只是因为它意味着一种特殊的精神游戏，而这种游戏的本身实际上又会带来一种实实在在的乐趣。这就是猫戏弄老鼠的乐趣，也是儿童在玩弄玩偶匣时把玩偶压回去、压到盒子底的乐趣——但采用了一种精致的和精神化了的形式，并转移到了情感和思想的领域。现在，让我们表述一条我们认为是确定戏台上各种言语重复是否具有滑稽味的规律：'在具有滑稽味的言语重复中，我们一般可以发现两样东西：一是希望像弹簧那

---

① 莎士比亚：《爱的徒劳》，朱生豪译，《莎士比亚全集》二，人民文学出版社 1978 年版，第 232 页。

② 桑塔耶纳：《美感》，缪灵珠译，中国社会科学出版社 1982 年版，第 168 页。

③ 弗洛伊德：《机智及其与无意识的关系》，张增武、阎广林译，上海社会科学院出版社 1989 年版，第 188 页。

样弹起却又受到压制的情感，另一个是把这种情感重新压制下去而后快的想法。'"① 柏格森还举例说："而在莫里哀的《司卡班的诡计》中，司卡班告诉老吉隆特，他的儿子被土耳其人的战船劫走，并要他赶快拿钱去赎回来。司卡班对吉隆特嗜钱如命的捉弄正像道丽娜对奥尔贡鬼迷心窍的捉弄。老吉隆特的贪婪一被压下去，立即又自动地弹上来。莫里哀为了要充分地表现这种自动性，让老吉隆特机械地重复一句将要破费而感到遗憾的话，'可他上那条战船干什么鬼事啊？'这种分析同样可以运用于《吝啬鬼》中法莱尔说阿尔巴贡不该把他的女儿嫁给一个她不爱的人的那一场。'不要嫁妆'，吝啬的阿尔巴贡不时地用这句话来堵法莱尔的口。在这句自动地反复出现的叫喊背后，我们可以隐隐约约地看到一台由固定观念开动的、彻头彻尾的重复机器。"② 我们还可以把柏格森的分析运用于《威尼斯商人》中夏洛克坚持要割安东尼奥身体上一磅肉的戏剧情景。当冒充律师的鲍西娅假装赞同夏洛克，夏洛克不断地赞叹：啊，尊严的法官！啊，聪明正直的法官！公平正直的法官！博学多才的法官！后来鲍西娅要求夏洛克严格遵守条款，不准多割或少割，不准流血。夏洛克面临败诉的逆转形势，葛莱西安诺也不断地赞叹：一个公平正直的法官，一个博学多才的法官！③

　　语言的放纵嬉戏在西方文学发展中，还逐步从作品中的人物对话衍生为作品的故事叙述，从而丰富了喜剧的艺术形式。中世纪城市文学的优秀笑剧《巴特兰律师的笑剧》描写律师巴特兰通过恭维一个布商去世父亲和年迈姑母的美德，而赊欠了九尺布的钱。当布商上门讨债时，律师头顶铁锅、腿骑扫帚装疯赖债。另外，布商雇佣的牧童三年里偷吃了30只羊，布商告发了牧童。牧童请律师辩护，律师教牧童在法庭上只是装羊叫。布商在法庭上一会儿控诉牧童的偷羊，一会儿谴责律师赖债，纠缠不清。法官宣告案情无法审理。最后，律师向牧童索取辩护酬金，牧童仍然只是装

① 柏格森：《情景中的滑稽与言语中的滑稽》，《笑与滑稽》，乐爱国译，广东人民出版社2000年版，第52页。
② 同上。
③ 莎士比亚：《威尼斯商人》，朱生豪译，《莎士比亚全集》三，人民文学出版社1978年版，第78—81页。

羊叫，律师无可奈何。最典型的还有文艺复兴时期的英国作家乔叟的《坎特伯雷故事》、意大利作家卜伽丘的《十日谈》。《坎特伯雷故事》主要表现为新兴市民冲破中世纪禁欲主义的性爱戏谑故事，比如第一组中的《磨房主的故事》、《管家的故事》，第二组中的《船长的故事》，第五组中的《商人的故事》，等等。卜伽丘的《十日谈》主要表现为讽刺教会教士利用虚伪面纱掩护而偷香窃玉的故事。比如第三天"劳丽达"的故事，第四天"潘比妮娅"的故事，第九天"爱莉莎"的故事，等等。

中国文学因为承担着表现道德劝诫的伦理目的，所以，常常喜欢运用语言放纵嬉戏创造出充满机智的反讽来引发若有所思的幽默滑稽。比如司马迁的《史记·滑稽列传》描写主人公优旃，针对秦始皇扩大狩猎场的想法，故意赞同说："善。多纵禽兽于其中，寇从东方来，令麋鹿触之足矣。"针对秦二世想用漆涂饰城墙的想法，也假意赞叹说："善。主上虽无言，臣故将请之。漆城虽于百姓愁费，然佳哉！漆城荡荡，寇来不能上。即欲就之，易为漆耳，顾难为荫室。"[1]《史记·滑稽列传》还描写主人公优孟，为了帮助已故楚相孙叔敖的儿子摆脱贫困生活，自己穿戴起孙叔敖的衣冠，模仿孙叔敖的声音笑貌。一年后装扮成孙叔敖为楚庄王奉酒上寿。"庄王大惊，以为孙叔敖复生也。欲以为相。优孟曰：'请归与妇计之，三日而为相。'庄王许之。三日后，优孟复来。王曰：'妇言谓何？'孟曰：'妇言慎无为，楚相不足为也。如孙叔敖之为楚相，尽忠为廉以治楚，楚王得以霸。今死，其子无立锥之地，贫困负薪以自饮食。必如孙叔敖，不如自杀。'因歌曰：'山居耕田苦，难以得食。起而为吏，身贪鄙者余财，不顾耻辱。身死家室富，又恐受赇枉法，为奸触大罪，身死而家灭。贪吏安可为也！念为廉吏，奉法守职，竟死不敢为非。廉吏安可为也！楚相孙叔敖持廉至死，方今妻子穷困负薪而食，不足为也！'"[2] 还比如《晏子春秋》描写晏子出使楚国，楚王赐晏子酒。酒酣，吏二缚一人诣王。王曰："缚者曷为者也？"对曰："齐人也，坐盗。"王视晏子曰："齐

---

[1]　司马迁：《史记·滑稽列传》，中华书局1982年版，第3202—3203页。

[2]　同上书，第3201页。

人固善盗乎？"晏子避席对曰："婴闻之，橘生淮南则为橘，生于淮北则为枳，叶徒相似，其实味不同。所以然者何？水土异也。今民生长于齐不盗，入楚则盗，得无楚之水土使民善盗耶？"① 再比如东晋杂记体小说《语林·桓温与刘越石老婢对答》的故事描写桓温自以为雄姿风气，可以同司马懿、刘琨媲美。"得一巧作老婢，乃是刘越石妓女。一见温入，潜然而泣。温问其故，答曰：'官家甚似刘司空。'温大悦，即出外。修整衣冠，又入，呼问：'我何处似刘司空？'婢答曰：'眼甚似，恨小；面甚似，恨薄；须甚似，恨赤；形甚似，恨短；声甚似，恨雌。'"② 南朝志人小说《妒记·刘夫人》描写谢安的刘夫人，不许谢立妓妾。谢的侄儿、外甥以《诗经》中《关雎》、《螽斯》"有不忌之德"试探刘夫人。"夫人知以讽己，乃问：'谁撰此诗？'答：'周公。'夫人曰：'周公是男子，乃相为尔；若是周姥撰诗，当无此语也。'"③ 唐传奇小说《集异记·集翠裘》描写武则天把珍丽异常的集翠裘赐给身边的男宠张昌宗，并命其披裘陪自己作双陆游戏。名臣狄仁杰入奏国事，武则天让狄仁杰与张昌宗以双陆为赌：

> 则天曰："卿二人赌何物？"梁公对曰："争先三筹，赌昌宗所衣毛裘。"则天谓曰："卿以何物为对？"梁公指所衣紫袍曰："臣以此敌。"则天笑曰："卿未知此裘价逾千金，卿之所指，为不等也。"梁公起曰："臣此袍乃大臣朝见奏对之衣，昌宗所衣乃嬖幸宠遇之服，对臣之袍，臣犹怏怏。"则天业已处分，遂依其说。而昌宗心赧神沮，气势索莫，累局连北。梁公对御就褫其裘，拜恩而出。及至光范门，遂付家奴衣之，乃促马而去。④

唐传奇小说《纂异记·三史王生》描写精通"三史"的王生醉入汉高祖庙，蔑视地笑对高祖神座说："提三尺剑，灭暴秦，剪强楚，而不能

---

① 袁世硕主编：《中国古代文学作品选》（一），人民文学出版社 2002 年版，第 108 页。
② 转引自吴志达《中国文言小说史》，齐鲁书社 1994 年版，第 82 页。
③ 同上书，第 219 页。
④ 同上书，第 443 页。

免其母乌老之称，徒歌大风起兮云飞扬，曷能威加四海哉？"刘邦怒令捉拿王生，质问："乌老之言，出自何典？"王生引《史记》、《汉书》原文及注作证。刘邦仍将王生付所司劾犯上罪，甚至告诉刘太公说："此虚妄侮慢之人也。罪当斩之。"因此引发了喜剧性的矛盾冲突：

王生逞目太公，遂厉声而言曰："臣览史籍，见侮慢其君亲者，尚无所贬，而贱臣戏语于神庙，岂期肆于市朝哉？"汉祖又怒曰："在典册，岂载侮慢君亲者？当试征之。"……王生曰："王即位，会群臣，置酒前殿，献太上皇寿，有之乎？"汉祖曰："有之。""既献寿，乃曰：'大人常以臣无赖，不事产业，不如仲力。今某之业，孰与仲多？'有之乎？"汉祖曰："有之。""殿上群臣皆呼万岁，大笑为乐，有之乎？"曰："有之。"王生曰："是侮慢其君亲矣。"①

运用语言放纵嬉戏创造出充满机智的反讽来引发的幽默滑稽，还表现在中国文化边缘的民间笑话故事里。比如宋代高怿撰《群居解颐》故事：散乐老崔嵬善弄痴大，帝令给事搦头向水下。良久，帝问之，曰："见屈原？"云："我逢楚怀王，乃沉汨罗水。汝逢圣明君，何为亦来此？"帝大笑，赐物百段。②宋代天和子撰《善谑集》故事：三国时，先主在蜀，严酒禁，凡有酿酒者皆杀。一日顾雍侍先主，登楼，见一少年与妇人同行，白先主："彼将行奸，何不执之？"先主曰："何以知之？"曰："彼有淫具，何故不知？"先主悟其旨，大笑，乃缓酒禁。③明代冯梦龙辑《笑府》故事：一师昼寐，及醒，谬言曰："我乃梦周公也。"明昼，其徒效之，师以界方击醒曰："汝何得如此？"徒曰："亦往见周公耳。"师曰："周公何语？"答曰："周公说，昨日并不曾会尊师。"④

明代郭子章撰《谐语·序》明确指出了中国文学运用语言放纵嬉戏创

① 转引自吴志达《中国文言小说史》，齐鲁书社1994年版，第453页。
② 《中国历代笑话集成》第一卷，时代文艺出版社1996年版，第72页。
③ 同上书，第115页。
④ 王利器、王贞珉选注：《中国古代笑话选注》，北京出版社1984年版，第256页。

造幽默滑稽的道德目的。即："顾谐有二：有无益于理乱，无关于名教，而御人口给者，班生所谓口谐倡辩是也；有批龙鳞于谈笑，息蜗争于顷刻，而悟主解纷者，太史公所谓谈言微中是也。"① 或清代陈庚著《笑史》，李为所作《弁言》称："其事不越人伦日用之常，而其言多托之子虚乌有之例，以为不如是，不足以发人笑，不足以发人笑，必不足令人有所观感，而劝善以惩恶。是大体仿之《说林》、《笑林》，而用意则有深焉者矣。夫《国语》曾载优孟之衣冠，《史记》亦录滑稽之列传，可知天下事法语不如巽语之善人涕泣，而道不如谈笑而之感人。将见是书一出，读之者为之解颐，闻之者为之抚掌或因笑而知劝，或因笑而加惩，其有裨于人心世道岂浅鲜哉。"②

中国戏剧成熟后的喜剧，因为吸取了话本小说和说唱文学的人物语言，所以也不乏渲染喜剧性氛围、预设喜剧性审美期待的语言放纵嬉戏。比如元代关汉卿的《救风尘》描写周舍同店小二的一段道白：

> 店小二：我知道，只是你脚头乱，一时间那里寻你去？
>
> 周舍：你来粉房里寻找。
>
> 店小二：粉房里没有呵？
>
> 周舍：赌房里来寻。
>
> 店小二：赌房里没有呵？
>
> 周舍：牢房里来寻。③

再比如明代高濂的《玉簪记》描写王尼姑受王公子托付来向陈妙常说媒时的一段对白：

> 陈妙常：远辱到此，有何话说？

---

① 《中国历代笑话集成》第一卷，时代文艺出版社1996年版，第250页。
② 《中国历代笑话集成》第四卷，时代文艺出版社1996年版，第254页。
③ 关汉卿：《救风尘》，王季思主编：《中国十大古典喜剧集》，上海文艺出版社1982年版，第15—16页。

王尼姑：久失相亲，特来听讲。

陈妙常：你平日不好经典，如何要听讲？

王尼姑：我近日比前不同。前日月下，我亲见观音菩萨说道：你平日念佛，功德将满，只少得一百多声，祥云就来接你上天去。

陈妙常：你何不做一会儿功夫，念完了，上天去。

王尼姑：人头上有些私债，未曾讨得，养下些狗羊鸡犬，未曾卖得，有几个相识和尚，舍他不得。因此上故意不念完了。①

　　其他还如元代康进之的《李逵负荆》描写冒充梁山好汉的鲁智恩、宋刚上场时的自言自语："柴也不贵，米也不贵。两个油嘴，正是一对。"② 元代施惠的《幽闺记》描写坊正上场时的开场白："身充坊正霸乡都，财物鸡鹅那得无？物取小民穷骨髓，钱剥百姓苦皮肤。当权若不行方便，后代儿孙作马驴。"③《幽闺记》还在"抱恙离鸾"里描写翁医生上场时的自白："医得东边才出丧，医得西边已入殓，南边流水买棺材，北边打点又气断。祖宗三代做郎中，十个医死九个半。你若有病请我医，想你也是该死汉。小子姓翁，祖居山东，药性医书看过，难经脉诀未通。做土工是我姐丈，卖棺材的是我外公。我若一日不医死几个，叫我外婆姐姐在家里喝风。"④ 清代戏剧家李渔凭借自己的喜剧创作和舞台实践经验说："极粗极俗之语，未尝不入填词，但宜从脚色起见。"⑤ 他在自己的戏曲理论著作里设计了宾白专章，强调："故知宾白一道，当与曲文等视。有最得意之曲文，即当有最得意之宾白。"⑥ 上述喜剧中的语言放纵嬉戏，皆符合具体的喜剧人物角色规定，无疑帮助人们感受到了喜

---

① 高濂：《玉簪记》，王季思主编：《中国十大古典喜剧集》，上海文艺出版社 1982 年版，第 408 页。

② 康进之：《李逵负荆》，王季思主编：《中国十大古典喜剧集》，上海文艺出版社 1982 年版，第 171 页。

③ 施惠：《幽闺记》，王季思主编：《中国十大古典喜剧集》，上海文艺出版社 1982 年版，第 250 页。

④ 同上书，第 293—294 页。

⑤ 李渔：《闲情偶寄》，江巨荣、卢寿荣校注，上海古籍出版社 2000 年版，第 37 页。

⑥ 同上书，第 61 页。

剧性的幽默滑稽。

中国明代以后，还有一些比较关注世俗社会生活与人性复杂性的小说，则喜欢运用蔑视或冲撞社会规则的语言放纵嬉戏来创造幽默滑稽。比如小说《西游记》第七回写孙悟空在如来掌里一个筋斗云到了有 5 根肉红柱子的天边，不但在第一根柱子下撒了一泡尿，而且在中间柱子上写下"齐天大圣，到此一游"。第十七回写观音菩萨用紧箍收服黑熊精，意欲带回去做守山神，孙悟空说："诚然是个救苦慈尊，一灵不损。若是老孙有这样咒语，就念上他娘千遍。"第二十五回写孙悟空因为打倒了五庄观大仙的人参果树，被大仙拿住放油锅里扎。孙悟空施法术用石头狮子替换了自己，结果砸漏了大仙的油锅。大仙骂道："你这猢猴！怎么弄手段捣了我的灶？"孙悟空笑着回答："你遇着我就该倒灶，干我甚事？我才自也要领你些油汤油水之爱，但只是大小便，若在锅里开风，恐怕污了你的熟油，不好调菜吃；如今大小便通干净了，才好下锅。不要扎我师父，还来扎我。"再比如蒲松龄：《聊斋志异》中的《狐谐》描写一名叫万福的男子与一个狐狸精成为了情侣。万福的几个朋友知道后，经常来"索狐笑骂"以逗乐。因为"狐谐甚，每一语即颠倒宾客，滑稽者不能屈也。群戏呼为'狐娘子'"。万福请朋友喝酒，孙得言坐左边，陈氏兄弟分别名所见、所闻坐右边。狐娘子不善饮酒，愿陈说一故事。狐娘子说："昔一大臣，出使红毛国，着狐腋冠，见国王。王见而异之，问：'何皮毛，温厚乃尔？'大臣以'狐'对。王言：'此物生平未曾得闻。狐字字画何等？'使臣书空而奏曰：'右边是一大瓜，左边是一小犬。'"陈氏兄弟"见孙大窘，乃曰：'雄狐何在，而纵雌流毒如此？'"狐娘子接着说："国王见使臣乘一骡，甚异之。使臣告曰：'此马之所生。'又大异之。使臣曰：'中国马生骡，骡生驹驹。'王细问其状。使臣曰：'马生骡，是臣所见；骡生驹驹，乃臣所闻。'"后来，孙得言为戏弄万福而出一上联："妓者出门访情人，来时万福，去时万福。"狐娘子接下联："龙王下诏求直谏，鳖也得言，龟也得言。"[①]

----

①　蒲松龄：《狐谐》，《聊斋志异选》，张友鹤选注，人民文学出版社 1978 年版，第 132 页。

（2）表现虚假造作或招摇撞骗引发的幽默滑稽

因为社会规则中存在诸多错裂罅隙和不公平，无疑还会给社会生活中的虚假造作或招摇撞骗提供强烈的主观诱惑和充足的客观机会。这些虚假造作或招摇撞骗就引发了 17 世纪英国思想家霍布斯所谓"骤发的自荣"①的幽默滑稽。正如柏格森所说："一个化了装的人是滑稽可笑的，一个被我们看作是化了装的人也是滑稽可笑的。由此类推，任何化装都可以被看作会导致滑稽可笑的做法。"② 西方中世纪城市文学中的《神父阿米斯》描写一位神父在《圣经》书里撒了燕麦，让驴子一页一页舔吃，却宣称自己的祈祷使驴子受到感化而阅读《圣经》，以此欺骗人们捐赠钱币。文艺复兴时期的英国作家乔叟的《坎特伯雷故事》第四组中的《托钵修士的故事》，描写一个奸诈的差役惯会敲诈勒索，经常同娼妇们串通一气榨光嫖客的钱。《差役的故事》则描写一个托钵修士探头探脑到各家乞讨。他拿着一副象牙板和一支铁笔，任何人只要给一些好东西，总是当即写下名字；但只要一离开人家的房屋，又照例擦掉名字。莎士比亚的《亨利四世》中的喜剧人物福斯塔夫，参加亲王的平叛行动时不但滥用征兵命令搜刮财物，而且在战场上目睹亲王同叛将潘西·霍茨波激战时，自己倒下装死。亲王杀死了潘西·霍茨波后，福斯塔夫在潘西·霍茨波的尸体上戳了几剑，而后谎称没有死的潘西·霍茨波站起来同自己恶战了一个钟头。莎士比亚同时代的本·琼生的《伏尔蓬涅》描写威尼斯富翁伏尔蓬涅与食客莫斯卡串通一气，伪装生命垂危，遗产无人继承，骗取了一批贪图利益者的钱财和妻子。17 世纪法国古典主义喜剧作家莫里哀的《达尔杜弗或者骗子》描写一个披着虔诚天主教徒外衣的宗教骗子达尔杜弗在奥尔贡家庭中招摇撞骗的故事。其中尤其有一个达尔杜弗在女仆道丽娜面前表演虚假造作的精彩情景：

达尔杜弗：（从他的衣袋内掏出一条手绢）啊！我的上帝，我求

---

① 霍布斯：《利维坦》，黎思复、黎廷弼译，商务印书馆 1985 年版，第 41 页。
② 柏格森：《滑稽的一般含义——相貌与动作中的滑稽——滑稽的延伸》，《笑与滑稽》，乐爱国译，广东人民出版社 2000 年版，第 30 页。

你了，在说话之前，先给我拿着这条手绢。

　　道丽娜：干什么？

　　达尔杜弗：盖上你的胸脯。我看不下去：像这样的情形，败坏人心，引起有罪的思想。①

上述虚假造作引发的幽默滑稽，皆如菲尔丁所说："真正可笑的事物的唯一源泉（在我看来）是造作。……造作的产生有两个原因：虚荣和虚伪。虚荣促使我们装扮成不是我们本来的面目以赢得别人的赞许，虚伪却鼓动我们把我们的罪恶用美德的外衣掩盖起来，企图避免别人的责备。"② "生活中的不幸和灾难、天生的缺陷，只有是假装的，才可作嘲笑的对象。" "天生的缺陷则更不是嘲笑的对象了，但是如果丑陋的人偏想要别人称赞他美，跛脚的人偏想表现矫健，那么这种原来引起我们同情的不幸情况只会引起我们讪笑了。"③ 或者还如英国作家梅瑞狄斯所说："但是在喜剧家的眼中，贫穷是从来不可笑的；除非贫穷而想装得上流（而那是无望的），或者妄想比阔气，比排场（而那是愚蠢的），企图用自己的褴褛掩饰起自己的一无所有，那时它才显得可笑。"④

　　既然虚假造作或招摇撞骗引发了所谓"骤发的自荣"的幽默滑稽，说明社会生活中有许多人尚具备判断、识别虚假造作或招摇撞骗的慧眼。所以，喜剧性作品中更常常有虚假造作或招摇撞骗被戳穿、暴露的幽默滑稽。还如菲尔丁所说："把造作加以揭发，可笑的事物便得显露，而可笑的事物总会引起读者的惊奇和快感的。如果造作是由虚伪产生的，那么读者的惊奇和快感必较虚荣的造作更高、更强烈，因为发现某人原来和他假扮成的身份正好相反的时候，比起发现他在他希望别人称誉他具有的品质

---

　　① 莫里哀：《达尔杜弗或者骗子》，李健吾译，《喜剧六种》，上海译文出版社 1978 年版，第 157 页。

　　② 菲尔丁：《〈约瑟夫·安德路斯〉序言》，杨周翰译，伍蠡甫主编：《西方文论选》上卷，上海译文出版社 1979 年版，第 506 页。

　　③ 同上书，第 507 页。

　　④ 梅瑞狄斯：《喜剧的观念及喜剧精神的效用》，周煦良译，伍蠡甫主编：《西方文论选》下卷，上海译文出版社 1979 年版，第 86 页。

方面稍有欠缺，必然会更令人吃惊，因此也就更加可笑。"① "大罪恶是我们憎恶的正当对象，小错误是我们怜悯的对象，而造作，在我看来，则是可笑事物的唯一真正来源。"② 或者还如普罗普所说："骗人的谎言并非什么时候都滑稽。倘成为滑稽的，它就如人的其他恶习一样，应该是渺小的，也不会导致悲剧性的后果。其次，它应该被揭露出来。没被揭露的谎言不会是滑稽的。"③ 戳穿、暴露虚假造作或招摇撞骗的过程则常常表现为捉弄人的过程。受到捉弄的人越不自知，幽默滑稽的意趣越浓郁，还如柏格森所说："一个滑稽角色的滑稽一般总是与他对自己的忘记成正比，他越是忘记自己，也就越滑稽。滑稽的人是无意识的，并不知道自己在干什么。他好像是中了魔法，他看不见自己，而别人却能看见他。"④ 早期的虚假造作或招摇撞骗更体现为强势群体对弱势群体的巧取豪夺，所以戳穿、暴露也就更表现为弱势群体对强势群体的伺机捉弄。比如古罗马普劳图斯的《吹牛的军人》描写一个雅典青年结识的妓女被一个军官霸占，青年的奴隶设计巧妙地捉弄了军官，使青年重新获得了妓女。泰伦提乌斯的《两兄弟》描写埃斯基努斯帮助弟弟用武力从妓馆老板处抢夺了竖琴女巴克基思后，让妓馆老板选择是接受买竖琴女巴克基思的钱，还是接受法律诉讼。埃斯基努斯知道妓馆老板买了不少女人和其他货物，正待运往塞浦路斯，不敢因为打官司耽误时间。妓馆老板不得不接受付钱。16 世纪德国的民间文学作品《梯尔·厄伦史皮格尔》中的一个故事，描写农民厄伦史皮格尔被一个伯爵雇佣为守塔人，因为受到伯爵的苛刻对待而常常挨饿，所以巧妙设计捉弄了伯爵。乔叟《坎特伯雷故事》第四组中的《托钵修士的故事》描写一个经常受到托马斯殷勤招待的托钵修士，不但不感激托马斯的慷慨，反而解释托马斯生病的原因是施舍的钱太少。忍无可忍的托马斯骗托钵修士把手伸到自己屁股下面的肛门口，接受了一个响屁。

---

① 菲尔丁：《〈约瑟夫·安德路斯〉序言》，杨周翰译，伍蠡甫主编：《西方文论选》上卷，上海译文出版社 1979 年版，第 507 页。

② 同上书，第 508 页。

③ 普罗普：《滑稽与笑的问题》，杜书瀛等译，辽宁教育出版社 1998 年版，第 99 页。

④ 柏格森：《滑稽的一般含义——相貌与动作中的滑稽——滑稽的延伸》，《笑与滑稽》，乐爱国译，广东人民出版社 2000 年版，第 12 页。

17 世纪法国拉封丹的具有喜剧性的寓言诗《公鸡和狐狸》描写一只足智多谋的公鸡巧妙地戳穿了狐狸的骗局，不但有效地保护了自己，而且巧妙地捉弄了狐狸。18 世纪法国启蒙运动作家博马舍的喜剧《塞维勒的理发师》描写老医生霸尔多洛强迫自己的养女罗丝娜同自己结婚，罗丝娜爱上了年轻的阿勒玛维华伯爵（化名兰多尔），伯爵和罗丝娜在过去的仆人费加罗的帮助下，终于冲破老医生的重重设防而顺利结合。伯爵为感激第三等级的费加罗，同时表明自己的文明进步，宣布放弃封建贵族对农奴新娘的初夜权。《费加罗的婚姻》则描写费加罗准备娶伯爵夫人的使女苏珊娜时，伯爵妄图在苏珊娜身上恢复初夜权。费加罗在伯爵夫人的帮助下，巧妙地捉弄了逢场作戏的伯爵，捍卫了苏珊娜的清白和自我的尊严。

因为社会生活中的每个人都可能在内心深处隐藏着破坏社会规则的动机，所以，每个人都会有一定程度的虚假造作或招摇撞骗的可能性。以此为出发点，喜剧作品中的虚假造作或招摇撞骗，以及相应的捉弄人的行为，也就可能超越强弱阶层的对峙，常常表现在更广泛的社会生活中。比如莎士比亚《亨利四世》中的哈尔王子和波因斯为了捉弄吹牛皮、说大话的福斯塔夫，同意与福斯塔夫一起去抢劫旅客。但是，二人在实施抢劫前却躲藏在一边。当福斯塔夫及其同伙得手后，二人冒充其他盗贼抢走了赃银。福斯塔夫在酒店里会见王子和波因斯时，放肆吹嘘自己被一百盗贼团团围住，一人同十二人交手。王子和波因斯戳穿其谎言后，福斯塔夫又辩解说早知道是王子打劫，所以逃走。其中的幽默滑稽正如怀利·辛菲尔所说：“像福斯塔夫和哈尔王子，这两个人物仿佛又是古老的节庆和祭奠狂欢和争辩仪式中的喜剧角色。在古老的喜剧中，有一种争斗或称‘对驳’（agon）的场面，其中一个骗子或‘阿拉仲’（alazon），以亵渎的眼光盯着不准观望的神圣仪式。阿拉仲或与年轻的国王或与被称为‘埃伊龙’（eiron）的‘佯装无知的人’展开争论，被击败后便逃之夭夭。阿拉仲是一个自夸自擂的人，他宣称要多多分享争论的胜利。佯装人埃伊龙的责任则是贬低阿拉仲，使之陷入混淆不清的难堪境地。”① 还比如莎士比亚的

---

① 怀利·辛菲尔：《喜剧人物的状貌》，诺思罗普·弗莱等：《喜剧：春天的神话》，傅正明、程朝翔等译，中国戏剧出版社 1992 年版，第 254 页。

《温莎的风流娘儿们》中招摇撞骗的福斯塔夫妄图勾引福德、培琪的妻子，结果遭到两位女士联合使用计谋的三次捉弄。第一次被装进一个盖着龌龊衣服的篓子丢下了泰晤士河。第二次被化装成福德最讨厌的一位女仆的巫师姑妈，遭到了一顿痛打。第三次被骗到林苑里，头上装上两只大角，扮成传说中的鬼魂，被一群装扮成精灵的年轻人，包围着用手拧、用蜡烛烫，最后还饱尝众人的奚落嘲弄。其间，福德还故意装扮成对福德妻子有爱意的白罗克先生，鼓励福斯塔夫去征服自己的妻子。福斯塔夫信以为真，每次与福德妻子的约会都预先告知了白罗克先生。这无意间又使福德成了捉弄福斯塔夫的有力帮手，促进了福德、培琪妻子计谋的完满实现。莎士比亚的《终成眷属》中一个福斯塔夫似的人物——招摇撞骗的帕洛为了显示自己的勇敢无畏，主动请求去夺回战斗中失去的战鼓。早已识破帕洛真面目的大臣丛惠勃特拉姆假装同意帕洛的请求，以便撕破其假面。不知底细的帕洛以为可以随便出去逛逛，然后心里盘算编一个什么样的骗人谎话，不料被勃特拉姆的大臣率领一群埋伏的士兵冒充敌军逮住。帕洛不但求饶，而且出卖了自己知道的军事秘密，还信口胡诌了许多诋毁自己军中将士的坏话，结果受到大家的取笑和嘲弄。莎士比亚的《第十二夜》的剧情中间，描写了奥丽维娅的管家马伏里奥逢迎巧取、装腔作势，侍女玛利娅和托比、费边共同策划让玛利娅假装奥丽维娅给他写了一封求爱的信，并且告诉他要脸带笑容，扎着十字交叉的袜带和穿着黄袜子，面对托比和其他下人皱起眉头鼓唇弄舌地谈些国家大事，装出一副矜持的样子，等等。结果，奥丽维娅以为马伏里奥发疯而把他关进了暗室。

　　因为认识到虚假造作或招摇撞骗的广泛可能性，喜剧中的捉弄人行为也就随之会表现得比较温和，从而创造出相对轻松的幽默滑稽。比如古罗马普劳图斯的《凶宅》描写菲洛拉切斯的奴隶特拉尼奥为了帮助少主人摆脱困窘，骗老主人说原来的住宅闹鬼。因为高利贷者前来讨债，特拉尼奥为掩盖少主人借高利贷替宠姬赎身的事情，又骗老主人说少主人借高利贷买了邻居的住宅。因为老主人要亲自看购买的住宅，特拉尼奥只好再骗邻居说老主人想参观其住宅以便仿造。最后，因为菲洛拉切斯的好朋友加利达马提斯的奴隶来寻找加利达马提斯，无意间才泄露了一切真相。泰伦提乌斯的《两兄弟》中的得墨亚生了两个儿子，埃斯基努斯和克特西福。得墨亚把埃斯基努斯过继给兄弟弥克奥。得墨亚严厉而粗暴，弥克奥则宽容而温和。克特西福迷上了美丽的竖琴女巴克基思，埃斯基努斯不但帮助弟弟将竖琴女巴克基思从妓馆老板处抢夺出来，而且隐瞒事情的真相，把一切传闻转移到自己身上。埃斯基努斯与家奴叙鲁斯为了凑足赎金不得不把事情真相告诉了弥克奥，蒙在鼓里的得墨亚则上门严厉责备弥克奥说："他如果需要找个榜样，他难道没有看见他弟弟在乡下如何认真地料理家务，生活如何简朴、节俭？他与他弟弟完全不一样。弥克奥，我现在责备他，也是在责备你，是你让他学坏的。"① 叙鲁斯则在碰见得墨亚时，不但骗得墨亚说克特西福回乡下去了，而且故意引逗出充满提弄的对话：

　　叙鲁斯：得墨亚，你们俩的差别真是非常非常之大，我说这话可不是想当面奉承你。你从头到脚，全身充满了智慧，而他只是白痴一个。你难道会让你的儿子干这种事情？

　　得墨亚：我会让我的儿子干这种事情？或者他想干什么，我不会在半年之前就嗅出味儿来？

　　……

　　叙鲁斯：就为了那个竖琴女的事情，他在广场上可把哥哥痛骂了一顿。

　　得墨亚：你的话是真的？

　　叙鲁斯：嗨，他毫不含糊。我们正在数钱的时候，突然跑来一个人，大喊道："埃斯基努斯瞧你干的勾当！你在用这种不光彩的可耻勾当辱没我们的家族。"

　　得墨亚：啊呀，我高兴得眼泪都流出来了！

　　叙鲁斯："你这不是在糟蹋钱，而是在糟蹋你的一生。"

　　得墨亚：我祝福他，我祝福他！我看他很象他的祖辈。

----

① 泰伦提乌斯：《两兄弟》，王焕生译，《古罗马戏剧选》，人民文学出版社1991年版，第311页。

叙鲁斯：可不是！

得墨亚：叙鲁斯，诸如此类的教诲他还多着呢。①

另外，埃斯基努斯曾经玷污了贫穷的阿提卡人索斯特拉塔的女儿潘菲拉，埃斯基努斯允诺娶其为妻。当索斯特拉塔一家因为埃斯基努斯从妓馆老板处抢夺了一个女人而误解了埃斯基努斯时，得墨亚又怒不可遏地来到弥克奥家，叙鲁斯则骗他穿过肉市，拐过柱廊，通过小街，经过狄安娜神庙，绕过水塘边上的磨房……的地方去找弥克奥。而弥克奥知道了潘菲拉与埃斯基努斯的故事后，也突然想到同埃斯基努斯开个玩笑。他告诉埃斯基努斯，潘菲拉有一个近亲根据法律要把她带往米利都，直到埃斯基努斯急得哭起来，弥克奥才说出自己的真实意见。而受到叙鲁斯作弄，转了大半个城市的得墨亚又回来找到了弥克奥。他煞有介事地告诉了弥克奥关于潘菲拉与埃斯基努斯的故事，同时严厉地指责弥克奥一家的生活，最后知道了克特西福与竖琴女的事情后，才明白了自己遭受的捉弄。

莎士比亚的喜剧尤其有许多表现温和捉弄，创造相对轻松的幽默滑稽。比如《温莎的风流娘儿们》中的卡厄斯医生爱上了培琪的女儿安·培琪，他发誓要同那位替斯兰德提亲的爱文斯牧师决斗，因为充当中间人的店主不愿意二人相互伤害而故意告诉二人不同的决斗地点。于是有这样一段店主捉弄卡厄斯医生的对话：

店主：对不起，法官先生。——跟你说句话，尿先生。

卡厄斯：刁！这是什么玩意儿？

店主："尿"，在我们英国话里就是"有种"的意思。好人儿。

卡厄斯：老天，这么说，我跟随便哪一个英国人比起来也一样的"刁"——发臭的狗牧师！老天，我要割掉他的耳朵。

店主：他要把你揍个扁呢，好人儿。

---

① 泰伦提乌斯：《两兄弟》，王焕生译，《古罗马戏剧选》，人民文学出版社1991年版，第329—330页。

　　卡厄斯："揍个扁"！这是什么意思？

　　店主：这是说，他要给你赔不是。

　　卡厄斯：老天，我看他不把我"揍个扁"也不成哪；老天，我就要他把我揍个扁。①

　　《温莎的风流娘儿们》中的培琪想把女儿嫁给乡村法官夏禄的侄儿斯兰德，于是设计让斯兰德在林苑精灵游戏中，带走穿白衣服的女儿去举行婚礼。培琪的妻子想把女儿嫁给卡厄斯医生，于是设计让卡厄斯在林苑精灵游戏中，带走穿绿衣服的女儿去举行婚礼。培琪的女儿自己却同自己所爱的少年绅士范顿，共同策划躲过了父母的算计，同时也温和地捉弄了父母和斯兰德、卡厄斯。另外，爱嫉妒的福德也两次受到妻子的愚弄而在众目睽睽之下丢脸。莎士比亚的《驯悍记》中狩猎归来的贵族，发现喝醉了酒躺在地上沉睡的补锅匠斯赖，然后命令把他抬到最好的屋子里，墙壁四周挂满风流的图画。斯赖醒来后，几个仆人的扮演者，说他已经发疯十五年，他记忆中的一切都只是做梦。一个扮演他太太的小童还称他为夫君。斯赖以为果真如此，他说："感谢上帝，我现在醒过来了！"②仆人来报告有一个戏班听见老爷贵体痊愈，特来上演一出有趣的喜剧，喜剧《驯悍记》于是上演了彼特鲁乔凭"以其人之道还治其人之身"捉弄并驯服凶悍妻子凯瑟丽娜的故事。莎士比亚的《无事生非》中的彼德罗与朋友们，想成全见面总是互相嘲弄的培尼狄克和里奥那托的侄女贝特丽丝的恋爱。他们先故意让躲在暗处的培尼狄克，听见彼德罗、里奥那托、克劳狄奥胡乱编造的所谓贝特丽丝对培尼狄克一往情深的爱恋；然后又故意让玛格莱特叫来贝特丽丝躲在暗处，偷听到希罗、欧苏拉胡乱编造的所谓培尼狄克对贝特丽丝一心一意的爱恋。彼德罗与朋友们使用温和的捉弄，不但医治了培尼狄克和贝特丽丝互相嘲弄的毛病，而且使两个人相互萌发了爱慕情意。莎士比亚的《威尼斯商人》中假扮律

　　① 莎士比亚：《温莎的风流娘儿们》，朱生豪译，《莎士比亚全集》一，人民文学出版社1978年版，第218页。

　　② 莎士比亚：《驯悍记》，朱生豪译，《莎士比亚全集》三，人民文学出版社1978年版，第212页。

师的鲍西娅，为了捉弄不知真相的丈夫巴萨尼奥，谢绝他所有的礼物却偏偏
要他手上的结婚指环。假扮律师书记的尼莉莎也如法炮制捉弄自己的丈夫葛
莱西安诺，也非讨要他手上的结婚指环。二人无可奈何地送出了指环。后来
回家时，尼莉莎因为葛莱西安诺没有了指环而生气，鲍西娅先责备葛莱西安
诺，然后假意代自己的丈夫发誓，说他决不会把如此重要的指环送人。巴萨
尼奥尴尬地承认自己也把指环送人了。鲍西娅将巴萨尼奥一通数说，甚至表
示自己以后会乘机和那位得到指环的博士睡在一床，尼莉莎也表示自己以后
会乘机和那位得到指环的书记睡在一床。巴萨尼奥再三起誓，安东尼奥也不
断解释，鲍西娅和尼莉莎于是让二人发誓永远保存再次送给他们的指环，温
和的捉弄终于真相大白。莎士比亚的《爱的徒劳》中的国王和三位侍从都
分别坠入了爱河。四个人决定开始向法国女郎们求爱。他们先为各自相爱的
人送去了珍贵的礼物，然后装扮成俄罗斯人来到公主的驻地，各自借邀请跳
舞而求爱。公主为了捉弄他们，吩咐侍女们戴上脸罩，并且交换佩戴礼物。
公主把国王送的礼物给罗瑟琳佩戴，自己则佩戴上俾隆送给罗瑟琳的礼物，
玛利娅把朗格维送的礼物给凯瑟琳佩戴，自己则佩戴上杜曼送给凯瑟琳的礼
物。结果是国王拉着罗瑟琳谈情说爱，俾隆拉着公主谈情说爱，杜曼拉着玛
利娅谈情说爱，朗格维拉着凯瑟琳谈情说爱。所以剧中公主曾借题发挥说：
"最有趣的游戏是看一群手脚无措的人表演一些他们自己也不明白的玩意儿；
他们拼命卖力，想讨人家的喜欢，结果却在过分卖力之中失去了原来的意
义；虽然糟蹋了大好的材料，他们那慌张的姿态却很可以博人一笑。"[1] 应
该说，莎士比亚的人性理想使其特别喜欢表现社会生活中的温和捉弄引发的
幽默滑稽。正如德里克·布里威尔所说："莎士比亚把传统的笑话和机智的
应答结合了起来。不过，他表现了亲切、人性和同情，这比许多传统作品中
心不在焉的玩笑倾向要高明得多。……他作品中玩笑的受害人都具有坚不可
破的自信，即某种基本的自我主义；他在表现他们的同时，保护了他们。"[2]

---

[1]　莎士比亚：《爱的徒劳》，朱生豪译，《莎士比亚全集》二，人民文学出版社1978年版，
第267页。

[2]　德里克·布里威尔：《英格兰16世纪至17世纪的笑话书》，简·布雷默、赫尔曼·茹登
伯格编：《搞笑——幽默文化史》，北塔等译，社会科学文献出版社2001年版，第153页。

　　中国文学的喜剧性作品也不乏表现虚假造作或招摇撞骗引发的幽默滑稽，比如葛洪《抱朴子·内篇》卷九《道意》描写兴古郡马太守，唆使一个向自己求救助的亲故人，诈称自己是神人道士，治病无不立愈。又令辩士四处吹嘘，能使盲者明，蹩者即行。旬日间，致巨富。同时，也不乏表现虚假造作或招摇撞骗被戳穿、暴露引发的幽默滑稽。比如《韩非子·外储说左上》中的"棘刺母猴"的故事，描写一个骗子迎合燕王喜"微巧"的爱好，吹嘘自己"能以棘刺之端为母猴"。一位冶者凭借实践经验，揭穿了其中的欺骗性，骗子不得不逃之夭夭。因为中国人更主张从人伦和谐理想出发，发扬文学抑恶扬善的道德责任，所以，中国文学喜剧性作品更喜欢表现严酷捉弄社会生活中的招摇撞骗或为非作歹创造出的幽默滑稽。比如《史记·滑稽列传》西门豹治邺故事里，邺县的官吏与女巫相互勾结，利用为河伯娶妇的幌子赋敛百姓。西门豹因势利导，假意说选妇不够漂亮，需要派女巫告诉河伯另选更漂亮的女子，于是把女巫投入河中。而后又派女巫弟子催请师傅，连续往河中投下三个女巫弟子。再后又假意说女巫与弟子都是女人不能报告事情，应请官吏前往说明事由，于是又把一位官吏投入河中。西门豹就这样通过"以其人之道还治其人之身"方式，严酷地捉弄了相互勾结的邺县官吏与女巫。汉魏志怪小说《列异传·何文》描写邺人何文，买了一座鬼魅作祟的宅子。何文搞清楚了金、钱、银、杵精怪的踪迹和巢穴，然后将它们逐一制服，不但宅遂清安，而且获得大量金银钱财。《列异传·宗定伯卖鬼》中的宗定伯夜行逢鬼。他凭借自己的无畏和智慧冒充鬼，并多次通过对鬼的捉弄而一次次化解了险恶的形势，巧妙地获悉了鬼的天生畏忌，最后将鬼化为羊，在市场上卖掉了。南朝志怪小说《幽明录·汉武帝避暑甘泉宫》描写"汉武帝在甘泉宫，有玉女降，常与帝围棋相娱。女风姿端正，帝密悦，乃欲逼之，女因唾帝面而去，遂病疮经年"。[①] 唐玄怪小说《河东记·板桥三娘子》中的旅客赵季和，机警地识破了开黑店的三娘子如何将人变成驴贱价出卖给路人的勾当，而后"以其人之道还治其人之身"的方式，将黑店老板娘变成

_____

　　① 转引自吴志达《中国文言小说史》，齐鲁书社 1994 年版，第 168 页。

了驴。清代蒲松龄《聊斋志异》中的《小翠》描写王太常幼年时，一狐狸精曾伏其身下躲避雷霆之劫。后来，狐狸精将自己的女儿小翠嫁给王十六岁的痴呆儿子。王公夫妇，"宠惜过于常情，然惕惕焉惟恐其憎子痴，而女殊欢笑不为嫌。第善谑，刺布作圆，踢蹴为笑"。"以脂粉涂公子面作花面如鬼。""女阖庭户，复装公子作霸王、作沙漠人。已乃艳服束细腰，婆娑作帐下舞；或髻插雉尾，拨琵琶，丁丁缕缕然。喧笑一室，日以为常。"同巷的王给谏因为忌妒而准备中伤王公。"公知其谋，忧虑无所为计。一夕，早寝，女冠带饰冢宰状，剪素丝作浓髭，又以青衣饰两婢为虞候，窃跨厩马而出，戏云：'将谒王先生。'驰至给谏之门，即又鞭挝从人，大言曰：'我谒侍御王，宁谒给谏王耶！回辔而归。比至家门，门者误以为真，奔白王公。公急起承迎，方知为子妇之戏。""时冢宰某公赫甚，其仪采服从与女伪装无少殊别，王给谏亦误为真。屡侦公门，中夜而客未出，疑冢宰与公有阴谋。"于是，王给谏放弃了中伤王公的企图。"愈岁，首相免。适有以私函致公者，误投给谏。给谏大喜，先托善公者往假万金。公拒之。给谏自诣公所。公觅巾袍，并不可得；给谏伺候久，怒公慢，愤将行。忽见公子衮衣旒冕，有女子自门内推之以出。大骇，已而笑抚之，脱其服冕而去。公急出，则客去远。""给谏归，果抗疏揭王不轨，衮冕作据。上惊验之，其旒冕乃粱秸心所制，袍则败布黄袱也。上怒其诬。""给谏又讼公家有妖人。法司严诘臧获，并言无他，惟颠妇痴儿，日事戏笑；邻里亦无异词。案乃定，以给谏充军云南。"[①]

中国戏剧成熟时期的喜剧，尤其继承了表现严酷捉弄招摇撞骗或为非作歹创造出幽默滑稽的传统。比如关汉卿的喜剧《救风尘》中的宋引章被周舍欺骗和欺凌，赵盼儿凭借其聪明才智、欲擒故纵，引诱周舍陷入了她精心编织的圈套之中。关汉卿的喜剧《望江亭》中的白士中的妻子谭记儿装扮成渔妇，利用杨衙内的好色、贪杯，巧妙地骗取了势剑金牌和文书，使其失去了迫害自己丈夫的凭借。明代康海的《中山狼》中的杖藜老人凭

---

① 蒲松龄：《小翠》，《聊斋志异选》，张友鹤选注，人民文学出版社1978年版，第230—232页。

借其智慧，捉弄了恩将仇报的中山狼，救助了奉行"兼爱"处世哲学的东郭先生。元代高文秀的《双献头》中的李逵保护孙孔目到泰安神州庙烧香。孙孔目被陷害入狱后，李逵装扮成庄稼呆汉探监，巧妙地捉弄了牢子，救出了孙孔目；而后再装扮成"伺候人"混进官衙，杀死了陷害孙孔目的白衙内。

中国文学的喜剧性作品也有表现比较温和的捉弄，进而创造出相对轻松的幽默滑稽。比如南朝志怪小说《幽明录·阮德如骂鬼》描写阮德如在厕所里见到"长丈余，色黑而眼大"的鬼。阮德如心安气定地嘲笑："人言鬼可憎，果然！"鬼羞愧而退。① 《述异记·傻鬼掷钱》更描写一个鬼在一王姓家"或歌啸，或学人语，常以粪秽投食中"。后又到东邻庾姓家如是恶作剧。但不怕鬼的庾某告诉鬼："以土石投我，非所畏，若以钱见掷，此真见困。"② 鬼便用钱掷庾额。庾某为此得百余钱。南朝志人小说《妒记·京邑士人妇》描写一妒妇为防丈夫外出，"常以长绳系夫脚，且唤，便牵绳"。士人与巫婆设计，"因妇眠，士人入厕，以绳系羊，士人缘墙走避。妇觉，牵绳而羊至，大惊怪，召问巫"。③ 明代文学家吴承恩的小说《西游记》第二十三回写猪八戒因为贪色而遭到观音、普贤、文殊菩萨化装成美女的一番捉弄；第三十二回写猪八戒因为巡山偷懒而遭到孙悟空的捉弄。蒲松龄《聊斋志异》中的《劳山道士》描写王生往劳山求师学道。师父只授以斧，使随众采樵。王生坚持了两月余，不堪其苦，准备回家，求师父略授穿墙术。师父传以口诀和要领。王生果然穿墙而过。但师父嘱咐："归宜洁持，否则不验。"王生回家后，"自诩遇仙，坚壁所不能阻。妻不信。王效其作为，去墙数尺，奔而入，头触硬壁，蓦然而踣。妻扶视之，额上坟起，如巨卵焉"。④

西方古老的喜剧中，有自夸自擂的"阿拉仲"与佯装无知的"埃伊

---

① 转引自吴志达《中国文言小说史》，齐鲁书社1994年版，第171页。
② 同上书，第182页。
③ 同上书，第219页。
④ 蒲松龄：《劳山道士》，《聊斋志异选》，张友鹤选注，人民文学出版社1978年版，第12页。

龙"展开争斗或对驳。"埃伊龙"的责任是贬低"阿拉仲",使其陷入难堪或失败而逃之夭夭。中国南北朝到唐的参军戏,则有装扮为上层社会贵官的"参军"与装扮为下层社会奴仆的"苍鹘"的逗笑场景。"苍鹘"的责任是挑逗"参军",使其出尽洋相、引人发笑。中国明代之后,更关注世俗社会生活与人性复杂性的经典喜剧,充分继承并发扬了这个传统。比如明代吴炳的《绿牡丹》写告老还乡的原翰林学士沈重,访求乘龙快婿而举行文会。世宦子弟柳希潜请寄寓自家馆舍的谢英代笔作文,获得了第一名。姑娘车静芳因倾慕获第一的文卷主人,决定出试题检验其真伪。柳希潜再托谢英代笔,谢英故意写了一首捉弄他的诗,使车静芳识破了他的白丁面目。

(3) 表现无意识差错和有意识误解的幽默滑稽

因为社会规则中的错裂罅隙和不公平常常同人类社会现实生活奇妙纠缠,呈现出万花筒般的复杂景观,进而引发许多无意识差错和有意识误解的幽默滑稽。

所谓无意识的差错是指客观原因引发的喜剧性的矛盾冲突。比如古罗马泰伦提乌斯的《安德罗斯女子》描写潘菲卢斯爱上了一个名叫格吕克里乌姆的女子,潘菲卢斯的父亲西蒙却为儿子另外选择了赫勒墨斯的女儿为妻。这时候,主动追求赫勒墨斯女儿的哈里努斯请求潘菲卢斯的帮助,潘菲卢斯允诺不会娶赫勒墨斯的女儿。潘菲卢斯的奴隶达乌斯探听到了赫勒墨斯不愿意嫁女儿给潘菲卢斯后,劝说潘菲卢斯假装接受父亲的要求。所以,潘菲卢斯与父亲西蒙会面时,爽快地接受了父亲的要求。哈里努斯的奴隶比里亚听见了潘菲卢斯与父亲的对话,误以为潘菲卢斯欺骗了自己的主人。所以,哈里努斯谴责潘菲卢斯的食言,潘菲卢斯无法完成自圆其说的解释。泰伦提乌斯的《两兄弟》中的得墨亚因为自己完全蒙在鼓里,所以两次上门严厉责备弥克奥,因而遭到弥克奥家奴叙鲁斯的捉弄。泰伦提乌斯的《婆母》描写潘菲卢斯在父亲拉赫斯的坚决要求下娶了菲卢墨娜做妻子,但因为一直喜欢一个艺妓巴克基思,所以没有触动新娘。后来潘菲卢斯同巴克基思渐渐疏远,同妻子渐渐投缘。但就在这个时候,一个在伊姆罗兹岛的同宗老人去世,潘菲卢斯匆匆赶去处理遗产继承问题。菲卢墨娜曾经遭遇一个人玷污而怀孕，黑暗中没有看清玷污者，只知道他还夺走了自己手上的戒指。菲卢墨娜的母亲弥里娜诡称女儿有病，接回了娘家。潘菲卢斯的父亲拉赫斯误以为婆媳关系不和而责备自己的妻子。潘菲卢斯回家时，正碰见菲卢墨娜分娩。潘菲卢斯自然不愿意接妻子回家，但又不知道如何向父母解释。菲卢墨娜的父亲菲狄浦斯想起妻子曾经说不能把女儿嫁给一个同妓女鬼混的人，因而责备妻子在破坏女儿的婚姻。潘菲卢斯的父亲则认为儿子是"旧病复发"，他规劝巴克基思不要妨碍自己儿子的婚姻。巴克基思来到弥里娜家，试图告诉菲卢墨娜母女潘菲卢斯婚后同自己断绝了往来。弥里娜突然发现巴克基思戴着女儿失身时丢失的戒指，从而终于弄清楚玷污者就是潘菲卢斯。潘菲卢斯终于把妻子和孩子接回了家。古罗马普劳图斯的《一坛金子》描写吝啬、贪财的欧克利奥在自己家里找到了一坛金子，尽管他费尽心机地藏起坛子，还是被卢科尼德斯的奴隶偷走了。欧克利奥的女儿曾经遭遇卢科尼德斯醉酒后的玷污，使其怀孕，临近分娩。卢科尼德斯看见号啕大哭的欧克利奥，以为欧克利奥发现了女儿生孩子的事而痛苦，于是引发了这样一段对话：

> 欧克利奥：谁在这里说话？
>
> 卢科尼德斯：是我，一个不幸的人！
>
> 欧克利奥：不，我才是不幸的人，我完了，我碰上了这样巨大的灾难和痛苦。
>
> 卢科尼德斯：打起精神来吧！
>
> 欧克利奥：我怎么能打起精神呢？
>
> 卢科尼德斯：惹你苦恼的那件事是我干的，我承认。
>
> 欧克利奥：什么？你说什么？
>
> 卢科尼德斯：是真的。
>
> 欧克利奥：年轻人，我有哪件事对不起你？你为什么要这样干呢？你为什么这样对待我和我的孩子呢？
>
> 卢科尼德斯：是神鼓励我干的，是神诱使我去找她的。
>
> 欧克利奥：什么？

卢科尼德斯：我承认我错了，我知道我犯了罪，我就是来向你请罪的，希望你能原谅我。

欧克利奥：你怎么敢动不属于你的东西？

卢科尼德斯：你看该怎么办呢？事情已经发生了，已经发生的事情是无法挽回的。我看那是天神的旨意，如果不是神意，事情是不会发生的。

欧克利奥：我看我应该把你铐起来弄死，这也是神意。

卢科尼德斯：不，请你不要这样说。

欧克利奥：你怎么未经我的许可就动我的东西？

卢科尼德斯：那是由于酒和爱情。①

　　普劳图斯的《孪生兄弟》描写一个商人有一对孪生儿子，不幸其中一个丢失了。祖父因为想念丢失的孙子，把在家孙子的名字索西克利斯改为丢失孙子的名字墨奈赫穆斯。墨奈赫穆斯·索西克利斯长大后，外出寻找失散的兄弟，来到失散兄弟居住的埃皮丹努斯。先后被墨奈赫穆斯情人的厨师、墨奈赫穆斯的情人埃罗提乌姆、墨奈赫穆斯的门客、墨奈赫穆斯的妻子、墨奈赫穆斯的岳父误认为是墨奈赫穆斯，从而引发许多喜剧性误解。莎士比亚的《错误的喜剧》是重新处理这个故事题材的经典喜剧作品。喜剧描写叙拉古和以弗所两邦各自制定法令，禁止两邦人民的一切往来，凡发现对方人涉足本邦，则处以死刑，除非他能缴纳一千马克赎金。叙拉古商人伊勤因为多年前出海遇难，同妻子、小儿子、小童仆离散。伊勤因为外出寻亲来到了以弗所港，触犯了上述法令被判死刑，正待有人缴纳一千马克赎命。伊勤的儿子大安提福勒斯和仆人大德洛米奥也因为外出寻亲，碰巧也来到了以弗所港。大安提福勒斯让大德洛米奥先去旅店后，在街上遇见了居住此地的小德洛米奥，互相误认为是主仆。大安提福勒斯问小德洛米奥把钱放置在何处，小德洛米奥则转达太太要主人回家吃饭。

---

①　普劳图斯：《一坛金子》，王焕生译，《古罗马戏剧选》，人民文学出版社 1991 年版，第 101 页。

后来，小安提福勒斯的妻子阿德里安娜偕妹妹露西安娜，看见不认识自己的大安提福勒斯和大德洛米奥，一顿责骂后将二人糊里糊涂地强行带回了家。露西安娜劝解大安提福勒斯，大安提福勒斯不由自主地爱上了露西安娜。大德洛米奥则被厨房的丫头认作丈夫。小安提福勒斯因为给妻子做一条金项链耽误了回家时间，当他带着金匠安哲鲁和商人鲍尔萨泽一起回家时，却怎么也叫不开家门。小安提福勒斯约定金匠安哲鲁把金项链带到酒店交给自己相好的妓女。金匠安哲鲁看见大安提福勒斯，不由分说地把约定在酒店交付的金项链给了大安提福勒斯。小安提福勒斯吩咐小德洛米奥买一根鞭子，以便回家教训不让自己进家门的妻子。商人向金匠安哲鲁催讨欠款。安哲鲁则向小安提福勒斯讨要金项链钱。正不可开交时，大德洛米奥来告诉小安提福勒斯，已经安排好离开的船只。小安提福勒斯要大德洛米奥赶快拿一把钥匙到太太那里，取出桌子里的一袋钱来应付官司。露西安娜告诉姐姐大安提福勒斯向自己求爱。大德洛米奥要太太拿钱救小安提福勒斯。小安提福勒斯相好的妓女看见大安提福勒斯，讨要自己用戒指交换的金项链。小安提福勒斯看见买鞭子归来的小德洛米奥，一个追问应付官司的钱，一个辩解自己去买鞭子。阿德里安娜偕妹妹露西安娜和妓女、巫师一致认为小安提福勒斯和小德洛米奥都疯了，一起动手把他们捆走了。催讨欠款的商人正同金匠安哲鲁谈话，看见走来的大安提福勒斯颈子上还戴着那条金项链。安哲鲁责问大安提福勒斯为什么先前抵赖。阿德里安娜率领一群人高声叫喊抓疯子。大安提福勒斯和大德洛米奥逃入一个修道院。住持不许人们进去抓人。公爵带着判处死刑的伊勤赶赴刑场，阿德里安娜求公爵主持公道。仆人跑来报告小安提福勒斯和小德洛米奥挣脱了捆绑，反而把巫师绑起来折磨。果然，小安提福勒斯和小德洛米奥跑来了。伊勤把他们认作自己的儿子和仆人。修道院住持原来是伊勤当年离散的妻子，她偕大安提福勒斯和大德洛米奥走出来，一切差错误解终于得到了澄清。

莎士比亚的《第十二夜》里伊利里亚公爵奥西诺爱上奥丽维娅，遭到了奥丽维娅的拒绝。海上遇难脱险的薇奥拉随船长来到伊利里亚。薇奥拉女扮男装化名西萨里奥充当了公爵的侍童，得到了公爵的宠幸。公爵多次派薇奥拉为自己向奥丽维娅求婚。奥丽维娅拒绝公爵的同时却爱上了薇奥拉。薇奥拉海上遇难脱险的孪生哥哥西巴斯辛也来到了伊利里亚。搭救了西巴斯辛的安东尼奥因为曾经同公爵的舰队作过战而不敢四处逗留，他把一袋钱交给了西巴斯辛。同样在追求奥丽维娅的安德鲁骑士，知道奥丽维娅向薇奥拉表达爱意后，表示要同薇奥拉决斗。奥丽维娅的叔叔托比和仆人费边为了从中取乐，故意分别向薇奥拉和安德鲁夸张地描述各自的高强本领，使双方虽害怕得要命而又不得不拔剑应付。安东尼奥误把薇奥拉认作刚分手的西巴斯辛而拔剑相助。不料有人认出了安东尼奥而带来了警吏。安东尼奥要薇奥拉给自己一些钱袋里的钱，薇奥拉的莫名其妙使安东尼奥大骂薇奥拉忘恩负义。奥丽维娅差遣的仆从小丑又错把西巴斯辛当作薇奥拉而纠缠不休。安德鲁、托比和费边也错把西巴斯辛当作薇奥拉而要继续决斗。奥丽维娅向西巴斯辛求婚，并且请神父在家庭礼拜堂里主持了永久相爱的盟约仪式。公爵偕同薇奥拉遇见警吏带来的安东尼奥。薇奥拉告诉公爵，安东尼奥曾经拔刀帮助自己。公爵斥责安东尼奥是海盗，安东尼奥作辩解的同时痛斥薇奥拉忘恩负义。公爵仍然坚持向奥丽维娅求婚，奥丽维娅仍然坚持拒绝公爵并称薇奥拉为自己的丈夫，神父也证明两个小时前二人缔结了永久相爱的盟约。公爵也责骂薇奥拉的奸诈。这时候，头破血流的安德鲁和托比声称被公爵的跟班西萨里奥痛打。西巴斯辛随后来到并同妹妹相认。公爵终于明白了薇奥拉曾经多次表白的爱情。最后，大家各遂其愿。17世纪西班牙作家维加的喜剧《傻姑娘》描写马德里一位仁慈的父亲有两个同样美丽但不同秉性的女儿。大女儿菲内娅冥顽痴傻，二女儿尼赛聪明伶俐。她们的一位叔叔，因为怜悯而给大侄女菲内娅留下了一笔丰厚的嫁妆。父亲根据自己的设想，为两个女儿分别选择了利塞奥、劳伦西奥作为未来的丈夫。但两个前来谈婚论嫁的未来丈夫却各有心思。利塞奥因为很富有，所以看重才情智慧；劳伦西奥是个穷光蛋，所以青睐丰厚嫁妆。于是，发生了一系列无意识的误解、冲突，最后各遂其愿，甚至各自的仆人也得到了自己的所爱。

19世纪德国作家克莱斯特的独幕喜剧《碎罐》描写一个贪污好色的法官亚当，夜晚潜入农家女夏娃房里，正逢夏娃的未婚夫来访，亚当慌乱跳窗逃跑时碰碎了一只罐子。夏娃母亲以为是夏娃未婚夫所为，要求赔偿；夏娃未婚夫以为未婚妻另有所爱，要求解除婚约。三人到法庭后，经过一系列对证，真相大白，审判官终归成为受审人。19 世纪俄国作家果戈理的著名喜剧《钦差大臣》描写俄国一个偏僻小城市的官僚们，听说一位钦差大臣正在私行察访，惊慌失措中把一个偶然经过的彼得堡小官员赫列斯达可夫误认为是钦差，纷纷争先恐后地巴结、贿赂。市长甚至许配了自己的女儿。赫列斯达可夫起初莫名其妙，后来乘机以假当真地捞了一大笔钱财后扬长而去。正当官僚们知道真相而哭笑不得时，传来了真钦差到来的消息，喜剧以哑场告终。这一切幽默滑稽的产生正如里普斯所说："一切喜剧性的这个共同点，即喜剧对象先'装'成一个大，接着显得却是一个小或一个相对的无，——也可以这样来表述：在喜剧性中，相继地产生了两个要素；先是愕然大惊，后是恍然大悟。实际上，可以更一般地这样表述喜剧性。愕然大惊在于，喜剧对象首先为自己要求过分的理解力；恍然大悟在于，它接着显得空空如也，所以不能再要求理解力了。"①

所谓有意识的误解，大致有两种情况：一是因为喜剧性人物的特殊性格，使矛盾双方难以沟通理解，从而引发相应的幽默滑稽。比如古罗马普劳图斯的《一坛金子》描写吝啬、贪财的欧克利奥在自己家里找到一坛金子后，整天忐忑不安地担心失去金子，以致怀疑任何人的任何言行都隐藏着夺取金子的阴谋。梅格多洛斯的主动招呼，他感觉"一个有钱人和颜悦色地问候穷人不会是无缘无故的。他大概已经知道我有了金子，所以才如此亲热地问候我的"。② 梅格多洛斯请求娶其女儿，他先表示"我不能给她任何嫁妆"，而后申明"你不要以为我找到了什么财宝"，突然听到什么声响，赶快进屋里查看，出来后再强调"她没有嫁妆"。③ 梅格多洛斯

---

① 里普斯：《喜剧性与幽默》，刘半九译，伍蠡甫、胡经之主编：《西方文艺理论名著选编》中卷，北京大学出版社 1986 年版，第 457 页。

② 普劳图斯：《一坛金子》，王焕生译，《古罗马戏剧选》，人民文学出版社 1991 年版，第 73 页。

③ 同上书，第 75—76 页。

为婚礼请来了厨师、买来了食物分别在自己家、欧克利奥家筹办宴席。欧克利奥看见自己家门大开，还有叮当声响，忍不住大叫："啊，天哪，可糟了！他们在抢金子，找坛子。阿波罗啊，我求求你，帮帮我的忙，用箭射死这些抢财宝的强盗，你以前曾经这样帮过别人的忙。我干吗还在这儿迟疑呢？我应该往回跑！要不就全完了。"① 他进屋后，就像发酒疯一样，拿棍子狠命地揍厨师们。梅格多洛斯随意地说："愿上天使你变得越来越有钱，愿上天保佑你现有的不会丢掉。"欧克利奥则紧张地想："'现有的'，这句话听起来实在不是味儿。我家里有什么，看来他都清楚了，就像我自己知道的一样。"梅格多洛斯表示要在婚礼上灌醉欧克利奥时，他更自以为是地设想："我知道他要干什么。他是想用酒把我灌倒，好安排那条路子。这样，我的宝贝就要换主人了。我要提防他，把金子藏到屋外别的地方去。我要让他的酒和阴谋全部落空。"② 其他如古希腊"新喜剧"作家米南得的《古怪人》，17 世纪法国古典主义作家莫里哀的《达尔杜弗或者骗子》、《太太学堂》、《吝啬鬼》、《堂·璜》、《司卡班的诡计》、《贵人迷》，以及 18 世纪意大利启蒙作家哥尔多尼的《女店主》、《老顽固》等，都是喜剧性人物的特殊性格，使矛盾双方难以沟通理解的经典范例。

　　二是因为主观或客观境遇使矛盾双方中的一方处在敞明状态，另一方处在暗昧状态。敞明者心中清楚但不便用言语说明，暗昧者心中糊涂却自以为是或无所适从，从而产生相应的幽默滑稽。比如古罗马泰伦提乌斯的《安德罗斯女子》描写潘菲卢斯爱上了格吕克里乌姆，并使其怀孕，正待分娩，潘菲卢斯允诺娶其为妻。潘菲卢斯的父亲西蒙却为儿子另外选择了赫勒墨斯的女儿为妻。潘菲卢斯听从了奴隶达乌斯的劝告假装接受了父亲的要求。但西蒙却无意间听见了格吕克里乌姆的女仆弥西斯与接生婆的对话。她们谈到潘菲卢斯讲信义，不论生男生女，都要抚养。正当达乌斯万分紧张地思考如何应付突如其来的情况时，西蒙却自以为悟出了其中的奥

---

　　① 普劳图斯：《一坛金子》，王焕生译，《古罗马戏剧选》，人民文学出版社 1991 年版，第 83 页。

　　② 同上书，第 91—92 页。

妙：那就是潘菲卢斯与达乌斯故意让格吕克里乌姆假装生孩子，以便阻止赫勒墨斯嫁女儿。于是，他得意洋洋地讥讽说："达乌斯，你在时间方面安排得并不怎么巧妙。""你是不是把我看作是你公开捉弄、欺骗的最合适对象？你们起码也该收敛点儿，显得提心吊胆，怕事情被我发现了才是嘛！"所以，达乌斯忍不住自言自语："事情很清楚，现在不是我在欺骗他，而是他自己在欺骗自己。"① 达乌斯决定因错就错欺骗西蒙。他告诉主人，格吕克里乌姆故意说潘菲卢斯使自己怀孕，她派遣女仆请接生婆带一个婴儿来冒充潘菲卢斯的孩子，从而破坏西蒙安排的婚礼。达乌斯表示自己有信心彻底终止潘菲卢斯与格吕克里乌姆的关系，让西蒙继续去准备婚礼。这里是儿子潘菲卢斯与奴隶达乌斯清楚但不便用言语说明，父亲西蒙心中糊涂却自以为是。泰伦提乌斯的《两兄弟》中的得墨亚被叙鲁斯欺骗在城市里转了一大圈后找到了弥克奥，他非常严肃地告诉弥克奥关于埃斯基努斯与潘菲拉的故事。弥克奥轻描淡写地表示："正在准备婚礼，一切顾虑都打消了，这些都很合乎情理。"得墨亚再问关于竖琴女的事情，弥克奥表示："把她留下。"② 得墨亚于是义愤填膺地指责弥克奥一家人的生活。这里是弥克奥心中清楚但不便用言语说明，得墨亚心中糊涂却自以为是。维加的《傻姑娘》描写劳伦西奥的甜言蜜语不但赢得了菲内娅的芳心，而且奇迹般地使其混沌的心智逐渐开窍了。为了推动二人爱情的进一步发展，菲内娅则故意装傻，使人啼笑皆非。这里是女儿菲内娅心中清楚但不便用言语说明，父亲与其他人心中糊涂却自以为是。再比如莎士比亚的《维洛那二绅士》中在公爵府供职的凡伦丁同公爵的女儿西尔维娅相互爱慕，西尔维娅为了表达自己的爱情，假装托凡伦丁替自己写一封向人表达爱情的信，这种巧妙方法却使凡伦丁不识其中真意，于是有这样一段描写：

---

① 泰伦提乌斯：《安德罗斯女子》，王焕生译，《古罗马戏剧选》，人民文学出版社1991年版，第269—270页。

② 泰伦提乌斯：《两兄弟》，王焕生译，《古罗马戏剧选》，人民文学出版社1991年版，第348页。

凡伦丁：您吩咐我写一封信给您的一位秘密的无名的朋友，我已经照办了。我很不愿意写这封信，但是您的旨意是不可违背的。（以信给西尔维娅）

西尔维娅：谢谢你，好仆人。你写得很用心。

凡伦丁：相信我，小姐，它是很不容易写的，因为我不知道收信的人究竟是谁，随便写去，不知道写得对不对。

西尔维娅：也许你嫌这工作太烦难吗？

凡伦丁：不，小姐，只要您用得着我，尽管吩咐我，就是一千封信我也愿意写，可是——

西尔维娅：好一个可是！你的意思我猜得到。可是我不愿意说出名字来；可是即使说出来也没有什么关系；可是把这信拿去吧；可是我谢谢你，以后从此不再麻烦你了。

史比德：（旁白）可是你还会找上门来的，这就又是一个"可是"。

凡伦丁：这是什么意思？您不喜欢它吗？

西尔维娅：不，不，信是写得很巧妙，可是你既然写的时候不大愿意，那么你就拿回去吧。你拿去吧。（还信）

凡伦丁：小姐，这信是给您写的。

西尔维娅：是的，那是我请你写的，可是，我现在不要了，就给了你吧。我希望能写得再动人一点。

……

史比德：人家说，一个人看不见自己的鼻子，教堂屋顶上的风向标变幻莫测，这一个玩笑也开得玄妙神奇！我主人向她求爱，她却反过来求我的主人，正像当徒弟的反过来变成老师。真是绝妙的计策！我主人代人写信，结果却写给了自己，谁听到过比这更妙的计策？[1]

这里是处在敞明状态的西尔维娅心中清楚但不便用言语说明，处在暗昧状

---

①　莎士比亚：《维洛那二绅士》，朱生豪译，《莎士比亚全集》一，人民文学出版社1978年版，第109—110页。

态的凡伦丁则心中糊涂而行为无所适从。还是《维洛那二绅士》中的女主
人公朱利娅想念普洛丢斯，于是女扮男装外出寻找普洛丢斯。朱利娅来到
米兰时，正巧遇普洛丢斯同修里奥一起弹奏乐器向西尔维娅求婚。朱利娅
悲从中来，旅店主不明就里，二人有了这样的对话：

　　旅店主：怎么，你现在反而更加悲伤了吗？你怎么啦，孩子？这
音乐不中你的意吧。

　　朱利娅：你错了，我恼的是奏音乐的人。

　　旅店主：为什么，我的好孩子？

　　朱利娅：因为他奏错了，老人家。

　　旅店主：怎么，他弹得不对吗？

　　朱利娅：不是，可是他搅酸了我的心弦。

　　旅店主：你倒有一双知音的耳朵。

　　朱利娅：唉！我希望我是个聋子，听了这种音乐，我的心也停止
跳动了。

　　旅店主：我看你是不喜欢音乐的。

　　朱利娅：像这样刺耳的音乐，我真是一点也不喜欢。

　　旅店主：听！现在又换了一个好听的曲子了。

　　朱利娅：我恼的就是这种变化无常。

　　旅店主：那么你情愿他们老是奏着一个曲子吗？

　　朱利娅：我希望一个人终生奏着一个曲子。①

这里是朱利娅处在敞明状态，她心中清楚但不便用言语说明，旅店主则处
在暗昧状态，他心中糊涂而行为无所适从。

　　莎士比亚《第十二夜》里的侍女玛利娅同托比和费边为了捉弄管家马
伏里奥，假装奥丽维娅给马伏里奥写了一封求爱的信，信里说："照我的

---

　　① 莎士比亚：《维洛那二绅士》，朱生豪译，《莎士比亚全集》一，人民文学出版社1978年
版，第150—151页。

命运而论，我是在你之上，可是你不用惧怕富贵：有的人是生来的富贵，有的人是挣来的富贵，有的人是送上来的富贵。你的好运已经向你伸出手来，赶快用你的全副精神抱住它。"① 后来，马伏里奥会见奥丽维娅时就有了这么一个对话情景：

马伏里奥："不用惧怕富贵，"写得很好！

奥丽维娅：你说那话是什么意思，马伏里奥？

马伏里奥："有的人是生来的富贵，"——

奥丽维娅：嘿！

马伏里奥："有的人是挣来的富贵，"——

奥丽维娅：你说什么？

马伏里奥："有的人是送上来的富贵。"

奥丽维娅：上天保佑你！②

这里是处在暗昧状态的马伏里奥自以为在敞明中，心中清楚但不能用言语说明；奥丽维娅则完全处在暗昧状态，她心中糊涂而行为无所适从，侍女玛利娅同托比和费边才真正处在敞明状态却不愿说明真相。相互的错位断裂引发的幽默滑稽如同果戈理所说："正是在喜剧里每一个人物进行活动的那种严肃中，可笑之处才自然而然地显露出来……可是，他们自己却完全不是在开玩笑，绝对想不到有人笑他们。"③

有意识误解还有一种特殊方式，那就是主观原因造成的表里不一使矛盾双方都在敞明状态却假装暗昧，各自心中清楚却假装糊涂，从而产生了相应的幽默滑稽。比如莎士比亚的《维洛那二绅士》描写普洛丢斯最初爱上朱利娅时，他托凡伦丁的仆人史比德送一封信给朱利娅的女仆露西塔，于是有这样一个对话情景：

---

① 莎士比亚：《第十二夜》，朱生豪译，《莎士比亚全集》四，人民文学出版社1978年版，第47页。

② 同上书，第62—63页。

③ 杜雷林：《果戈理论艺术》，《文学的战斗传统》，新文艺出版社1953年版，第180页。

朱利娅：说出来，谁交给你这封信？

露西塔：凡伦丁的仆人送来这封信，我想是普洛丢斯叫他送来的。他本来要当面交给您，我因为刚巧遇见他，所以就替您收下了。请您原谅我的放肆吧。

朱利娅：嘿，好一个牵线的！你竟敢接受调情的书简，瞒着我跟人家串通一气，来欺侮我年轻吗？这真是一件好差事。你也真是一个能干的角色。把这信拿去，给我退回原处，否则再不用见我面了。

露西塔：为爱求情，难道就得到一顿责骂吗？

朱利娅：你还不去吗？

露西塔：我就去，好让你仔细思忖一番。

朱利娅：可是我希望我曾经窥见这信的内容。我把她这样责骂过了，现在又不好意思叫她回来，反过来恳求她。这傻丫头明知我是一个闺女，偏不把信硬塞给我。一个温淑的姑娘嘴里尽管说不，她却要人家解释作是的。唉！唉！这一段痴愚的恋情是多么颠倒，正像一个坏脾气的婴孩一样，一会儿在他保姆身上乱抓乱打，一会儿又服服帖帖地甘心受责。刚才我把露西塔这样凶狠地撵走，现在却巴不得她快点儿回来；当我一面装出了满脸怒容的时候，内心的喜悦却使我心坎里满含着笑意。现在我必须引咎自责，叫露西塔回来，请她原谅我刚才的愚蠢。喂，露西塔！

经过一番曲折婉转，露西塔终于把信里的内容传达给了朱利娅，于是又引出这样的情景：

朱利娅：你再油嘴滑舌，我可不答应了。瞧谁再敢拿进这种不三不四的书信来！（撕信）给我出去，让这些纸头丢在地上；你碰它们一下我就要生气。

露西塔：她故意这样装模作样，其实心里巴不得人家再一封信来，好让她再发一次脾气。

朱利娅：不！就是这一封信已经够使我心痛了！啊，这一双可恨的手，忍心把这些可爱的字句撕得粉碎！……这里写着"受创于爱情的普洛丢斯"：疼人的受伤的名字！把我的胸口做你的眠床，养息到你的创痕完全平复吧，让我用起死回生的一吻吻在你的伤口上。……①

中国文学也常常在喜剧意识中表现无意识差错和有意识误解的幽默滑稽。但中国文学因为抑恶扬善道德责任的严肃性，更喜欢采用无意识差错与人物性格矛盾有机结合的方式来创造幽默滑稽。比如康进之的《李逵负荆》描写李逵听店主王林说宋江、鲁智深抢去了他的女儿，李逵上山大闹聚义堂。这里的幽默滑稽显然源自李逵受误导的无意识差错与李逵疾恶如仇性格的有机结合。明代吴炳的《绿牡丹》写世宦子弟柳希潜和车本高因为请人代笔作文，分别在沈重访求乘龙快婿的文会上，获得了第一、第二名。车本高的妹妹车静芳因倾慕获得第一的文卷主人，派保姆前往柳府打探。保姆把遇见的谢英误认为是柳希潜。柳希潜也听说车本高妹妹才貌出众而朝思暮想。车静芳观柳希潜言行而产生了怀疑。最后，车静芳的试题检验、沈老先生的重新考试，终归使柳希潜与车本高露出了不学无术的真相。清代李渔的《风筝误》写詹烈侯的梅、柳二妾不和。詹烈侯复赴任前，为避免二妾争吵，将一宅分为两院。膏粱子弟戚友先，清明节欲往城上放风筝，遣家僮请父亲收养的韩琦仲为风筝作画。韩生作《偶感》一诗在风筝上。戚生的风筝断线后落在了柳氏院里。柳氏让女儿詹淑娟在风筝上和诗一首。韩生因发现和诗是女子手笔，询知詹家次女詹淑娟才貌双全。韩生也做了一个风筝，写上求婚诗，故意弄断风筝线使其落入詹家。不料风筝落入梅氏院中。貌丑而急待嫁人的詹爱娟通过乳母设计约韩生密会。黑暗中密会时，韩生发现对方言行粗俗、貌丑难睹，惊惶而逃。但詹爱娟依然以为韩生就是戚友先，而韩生则依然以为詹爱娟就是詹家次女詹淑娟。后来，戚生的父亲给詹家下聘礼，让儿子戚友先娶詹家长女詹爱娟，让养子韩琦仲娶

---

① 莎士比亚：《维洛那二绅士》，朱生豪译，《莎士比亚全集》一，人民文学出版社1978年版，第98、100页。

詹家次女詹淑娟。戚友先与詹爱娟的花烛之夜，戚生以为詹家小姐是美貌女子，而詹爱娟以为戚生就是那晚密会时的韩生。结果，一个惊讶扫兴，一个露出密会马脚，洞房内闹得不可开交。韩琦仲与詹淑娟的洞房花烛之夜，韩生则以为密会时的詹爱娟就是詹家次女詹淑娟，詹淑娟对韩生经历的事一无所知。所以，一个沮丧，一个纳闷。后经母亲柳氏询问和劝说，韩生勉强揭开詹淑娟头巾，方知是美貌佳人，一切误会才得以消除。两部喜剧都是一连串无意识阴差阳错与人物性格矛盾有机结合引发一系列幽默滑稽的经典作品。

中国文学也有西方喜剧表现的有意识误解的一种特殊方式，即主观原因造成的表里不一使矛盾双方都在敞明状态却假装暗昧，各自心中清楚却假装糊涂，从而产生了相应的幽默滑稽。比如元代王实甫的《西厢记》的第三本第二折里，描写女主人公崔莺莺请求红娘探问患病的张生，但当看见张生的回信后，又假装责备红娘说："小贱人，这东西那里将来的？我是相国的小姐，谁敢将这简帖来戏弄我，我几曾惯看这等东西。""将描笔儿过来，我写将去回他，着他下次休是这般。"① 实际上，红娘带回去的却是约张生月夜私会的诗简。第三折里，描写张生应约而至，崔莺莺又假装嗔怒说："张生，你是何等之人！我在这里烧香，你无故至此，若夫人闻知，有何理说！"心知肚明的红娘也借机凑趣说："你既读孔圣之书，必达周公之礼，黉夜来此何干？"② 中国明代以后，许多关注社会生活与人性复杂性的小说，更经常出现有意识误解引发的幽默滑稽。比如小说《西游记》第二十七回写唐僧因为孙悟空连续打死妖精变化成的女子、婆婆，要赶走孙悟空时，悟空说："师父又教我去？回去便也回去了，只是一件不相应。"猪八戒说："师父，他要和你分行李哩。跟着你做了这几年和尚，不成空着手回去？你把那包袱里的甚么旧褊衫，破帽子，分两件与他罢。"当妖精又变化为老公公再来蒙骗唐僧时，猪八戒又说："行者打杀他的女儿，又打杀他的婆子，这个正是他

---

① 王实甫：《西厢记》，王季思主编：《中国十大古典喜剧集》，上海文艺出版社1982年版，第110—111页。

② 同上书，第117页。

的老儿寻将来了。我们若撞在他的怀里呵，师父，你便偿命，该个死罪；把老猪为从，问个充军；沙僧喝令，问个摆站；那行者使个遁法走了，却不苦了我们三个顶缸。"明代冯梦龙辑《笑府》故事：一新嫁娘，途中哭泣甚哀，轿夫不忍曰："小娘子，且抬你转去何如？"女应曰："如今不哭了。"①

二　中西喜剧意识的嘲弄讽刺

喜剧意识的发生常常是因为人们不得不容忍一些违背社会规则的行为暂且存在，不得不以心照不宣的幽默滑稽来化解违背社会规则的窘促。反过来说，人们所以在违背社会规则后还会发生情感的窘促，是因为心灵里始终有永恒的理想追求。黑格尔说："凡是合乎理性的东西都是现实的；凡是现实的东西都是合乎理性的。"② 其精辟含义正如恩格斯所说："黑格尔的这个命题，由于黑格尔的辩证法本身，就转化为自己的反面：凡在人类历史领域中是现实的，随着时间的推移，都会成为不合理的，因而按其本性来说已经是不合理的，一开始就包含着不合理性；凡在人们头脑中是合理的，都注定要成为现实的，不管它和现存的、表面的现实多么矛盾。按照黑格尔的思维方法的一切规则，凡是现实的都是合理的这个命题，就变为另一个命题：凡是现存的，都是应当灭亡的。"③ 从这个意义上说，暂时的违背社会规则的行为一定会逐步消亡，永恒的理想追求一定会逐步成为现实。所以，永恒理想追求可以凭借自己的历史优越感表现出对暂时违背社会规则行为的精神否定。正如别林斯基所说："喜剧的要素是生活现象和生活实质、生活目的之间的矛盾。在这个意义上说，喜剧中的生活是作为对本身的否定而呈现的。"④ 还如里普斯所说："喜剧性是否定，是

---

① 王利器、王贞珉选注：《中国古代笑话选注》，北京出版社 1984 年版，第 266 页。
② 黑格尔：《法哲学原理或自然法和国家学纲要》，范扬、张企泰译，商务印书馆 1961 年版，第 11 页。
③ 恩格斯：《路德维希·费尔巴哈和德国古典哲学的终结》，《马克思恩格斯选集》第四卷，人民出版社 1972 年版，第 212 页。
④ 别林斯基：《诗的分类和分型》，《别林斯基论文学》，新文艺出版社 1958 年版，第 187 页。

我们眼中的一种化为乌有。由此看来，我们在喜剧性中，并没有得到什么，反而是失掉什么。"① 这种精神否定在喜剧意识中常常具体表现为嘲弄讽刺。普罗普说："与滑稽联系最为密切的是我们称之为嘲笑的那种笑。这是一种生活中、艺术中最常见的笑。……滑稽始终是和暴露引人发笑的人或物的明显的或隐蔽的缺点关联着。"② 里普斯也说："首先，假如我看到世界上渺小、卑贱、可笑的事物，微笑地感到自己优越，假如我尽管这样，仍然确信我自己，或者确信我对世界的诚意，那么，我是在狭义上幽默地对待世界。其次，假如我认识到可笑、愚蠢、荒谬事物的卑劣性，荒谬性，把我自己、把我对于美好事物以及对它们的理想的意识和这些事物相对立，并且坚持和这些事物相对立，那么，我借以观照世界的幽默，是讽刺性幽默。'讽刺'就意味着这种对立。最后，假如我不仅认识到可笑、愚蠢、荒谬的事物，而且同时还意识到这些事物本身已经归结为不合理，或者终究归结为不合理，意识到一切'不合理'归根到底不过'聊博宙斯一笑'，那么，我这时借以观照世界的幽默，是隐嘲性幽默。这里，应有的前提是'隐嘲'以'不合理'的自我否定为特征。""假如我们满意讽刺的这个较广泛的概念，那么就可以有：一种狭义上'幽默的'讽刺，即微笑地玩弄世间荒谬事物的讽刺；一种讽刺性的讽刺，即以对于理想事物的意识的激情和荒谬事物相对立，并对后者进行惩戒、矫正的讽刺；最后，又一种隐嘲性讽刺，即——虽然同样进行惩戒、矫正，但是同时由于意识到'不合理'必将自我否定，从而本身感到心安理得的讽刺。"③ 苏珊·朗格也说："悲剧经常——也许总是——表现一种道德冲突，而喜剧通常鞭笞怪癖和邪恶。"④

　　西方喜剧意识的嘲弄讽刺依然从古希腊就开始了。古希腊戏剧演出最初往往是宗教仪式的一部分，因而也是社会政治活动的一部分，这就决定

　　① 里普斯：《喜剧性与幽默》，刘半九译，伍蠡甫、胡经之主编：《西方文艺理论名著选编》中卷，北京大学出版社1986年版，第463页。
　　② 普罗普：《滑稽与笑的问题》，杜书瀛等译，辽宁教育出版社1998年版，第158页。
　　③ 里普斯：《喜剧性与幽默》，刘半九译，伍蠡甫、胡经之主编：《西方文艺理论名著选编》中卷，北京大学出版社1986年版，第466—467页。
　　④ 苏珊·朗格：《情感与形式》，刘大基等译，中国社会科学出版社1986年版，第378页。

了古希腊喜剧意识的嘲弄讽刺主要针对政治上的权势人物和社会上的著名人物。比如古希腊的执政者就常常受到喜剧的直接嘲讽。伯里克利斯和后来执政的民主派领袖克勒翁、主战派领袖许珀耳波罗斯都曾经受到喜剧的嘲讽。公元前 5 世纪，雅典的三大喜剧家之一欧波利斯，就嘲讽过雅典政治家亚尔西巴德和许珀耳波罗斯。欧波利斯还嘲讽苏格拉底是个事事精通、袋内空空的空谈者。三大喜剧家之中的最杰出者阿里斯托芬，甚至在"酒神大节"期间，当许多盟邦使节到雅典看戏时，借上演《巴比伦人》嘲讽雅典人太天真，经常受政治家的欺骗，同时抨击克勒翁。克勒翁还为此向议会控告诗人在外邦人面前侮辱了雅典城邦和公民。雅典法律曾经在公元前 440 年禁止嘲讽个人，三年后又解除了禁令。公元前 416 年，雅典又颁布了叙刺科西俄斯法案，终于限制了喜剧的嘲讽自由。① 古希腊喜剧嘲弄讽刺的经典艺术作品是阿里斯托芬的喜剧。比如阿里斯托芬的《阿卡奈人》从好战将军的冥顽不化，雅典对外政策的愚蠢，政治煽动家的无耻到城市人生活的堕落，城邦告密敲诈的流行等皆受到嘲弄讽刺。阿里斯托芬的《鸟》剧则通过想象中的乌托邦和折射中的现实世界，嘲讽了社会政治生活里的种种招摇撞骗行径。比如鸟国一诞生就来了一位啰嗦的诗人，好不容易被一件外套、一件衬衫打发走了。然后又来了一个预言家、一个历数家、一个视察员、一个卖法令的人，但都被一一打跑、吓跑了。《鸟》剧甚至还把针对社会政治生活的嘲讽延伸到了天上的神灵。比如普罗米修斯来到鸟国通风报信时，就劝告珀斯特泰洛斯别同宙斯讲和，除非宙斯把巴西勒亚嫁给他。因为巴西勒亚"是个顶漂亮的姑娘，她管着宙斯的霹雳跟他的全部财产，什么政策呀，法律呀，道德呀，海军基地呀，造谣诽谤呀，会计出纳呀，陪审津贴呀"。② 波塞冬、赫拉克勒斯来同鸟国谈判时，珀斯特泰洛斯为了争取赫拉克勒斯的支持，居然告诉赫拉克勒斯说："根据现行法律你父亲的财产丝毫也不属于你，因为你是个杂种，不是亲的。"他还说："现在鼓动你的这个波

---

① 罗念生：《论古希腊戏剧》，中国戏剧出版社 1985 年版，第 94—99 页。
② 阿里斯托芬：《鸟》，杨宪益译，《古希腊戏剧选》，人民文学出版社 1998 年版，第 479 页。

塞冬到时候就会宣布自己为亲兄弟，把你爸爸的遗产要过去的，我可以
给你念念梭伦法：'若有嫡亲儿子，妾生不得继承；若无嫡亲儿子，财
产归于近亲。'"① 神灵的尊严和权威皆通过嘲弄讽刺而消解殆尽。所以，
莫里斯·瓦伦赛说："悲剧的主题主要集中在神话和历史传说方面，而喜
剧诗人则要求充分发挥其想象力。阿里斯托芬的喜剧包括各种形式的过头
话，它讽刺众神，也取笑人类。"② 希腊喜剧后来发展成为"新喜剧"后，
因为不是主要针对社会政治生活嘲讽，而是偏重写家庭生活、爱情故事的主
题和世俗人物形象，如浪荡子、食客、兵士、厨师、奴隶、伴妓等等，因而
喜剧表现的社会生活广度虽然得到了扩展，但喜剧的嘲弄讽刺却大大减弱
了。西方中世纪的城市文学继承了古希腊喜剧的嘲讽传统，它们常常从社会
下层民众的视角嘲讽上层教会教士的伪善。比如《驴的遗嘱》描写教区一
位主教控告一个穷教士将死驴埋在教会领地是亵渎神。教士急中生智说死去
的驴曾有遗嘱，将其积攒的二十枚银币捐赠给主教，主教立刻改口说上帝宽
恕它的罪过。

　　随着西方人历史理性意识和社会制度思考的逐步成熟，嘲弄讽刺主要针
对社会政治生活内容的古希腊喜剧意识传统也拓展了纵深度。文艺复兴时期
法国作家卜伽丘的《十日谈》中第三天"劳丽达"的故事，第四天"潘比
妮娅"的故事，第九天"爱莉莎"的故事等，皆深刻嘲讽了代表神权政治
的教会教士们利用虚伪面纱掩护而偷香窃玉的伪善堕落。拉伯雷的《巨人
传》为了嘲讽世俗和教会的统治阶层，小说的第一章就直接用嘲讽的口吻
说："当了国王，发了大财就可以大吃大喝，甚事不做逍遥自在，并且能够
送给我的朋友和一切有道德学问的人以大量的金钱财宝。"③ 而后描写众多
宾客喝酒时，有人随口嘲讽说："我喝酒必用经本式酒壶，学神甫长老的
榜样。"④ 为了嘲讽经院文化教育对人心智的戕害，小说描写卡冈都亚像任

---

　　① 阿里斯托芬：《鸟》，杨宪益译，《古希腊戏剧选》，人民文学出版社 1998 年版，第
483 页。

　　② 莫里斯·瓦伦赛：《喜剧的起源》，秋荣译，王树昌编：《喜剧理论在当代世界》，新疆人
民出版社 1989 年版，第 216 页。

　　③ 拉伯雷：《巨人传》，鲍文蔚译，人民文学出版社 1983 年版，第 10 页。

　　④ 同上书，第 22 页。

何小孩一样随意顽皮、聪明伶俐，但在接受几个博士教育后却变得呆头笨脑。为了嘲讽社会政治斗争的愚蠢和褊狭，小说描写一场生灵涂炭的战争，只是因为几个卖糕饼的人辱骂几个看守葡萄园羊哥儿们的吵闹、斗殴所引发。为了嘲讽经院哲学的繁琐教条，小说描写卡冈都亚取走教堂大钟后，巴黎市民反复讨论、辩明厉害，最后用三段论法作出结论：派神学院第一年高学富的人去见卡冈都亚。为了嘲讽法律诉讼和判决的有始无终，小说在谈到法院的一桩判案时说："法官们曾经宣誓，在未作最后判决以前，决不洗脸⋯⋯判决要在今年大除夕出了月亮之后才下，就是说，永远没有那么一天。"① 为了嘲讽宗教教会藏污纳垢的丑陋勾当，小说写卡冈都亚在一次款待教士的宴会上说："理由不言自明：教士专吃世人的粪污，就是说世人的罪过。作为粪污容纳器，理应被放在偏僻的场所，就是说他们的修道院和寺观和社会生活隔离，正如污秽的下房应当远离主宅一样。"② 英国作家乔叟的《坎特伯雷故事》第三组中的《卖赎罪券教士的故事》，则描写一个伪善的卖赎罪券教士，厚颜无耻地声称自己经常讨论的题目是"贪恋钱财是万恶之本"，继而告诉大家说："我所有的说教，总要说到贪婪这类罪行可恨；之所以这样说，是要他们快掏钱，掏出来给我。因为说到底，我的目的是要钱，不在乎人们是不是改恶从善——他们被埋葬之后，他们的灵魂是不是罚入地狱，这我不关心。"③ 斯威夫特的小说《格列佛游记》则尖锐地嘲讽了人类社会政治的促狭愚昧、奸诈残忍、贪婪卑鄙等方方面面。比如小说描写特立浦特（小人国）遴选官员的方式是表演绳上舞蹈。帝国里对鞋跟高低的主张不同而形成了高跟党和低跟党。高跟党人数多，低跟党掌握权力。太子倾向高跟党，所以他的一只鞋跟比另一只鞋跟高一些，走路时一瘸一拐。特立浦特国同不来夫斯库帝国三十六个月来一直处在战争状态的原因，是吃鸡蛋时先打破较大一端还是较小一端的争论。小说还描写格列佛在回答慧因关于人类世界发生战争的原因时说："有时是因为君王们野心勃勃，总认为受他们统治的土地和

---

①　拉伯雷：《巨人传》，鲍文蔚译，人民文学出版社 1983 年版，第 67 页。

②　同上书，第 123 页。

③　乔叟：《坎特伯雷故事》，黄杲炘译，上海译文出版社 2007 年版，第 335、337 页。

人民不够多；有时是因为大臣们腐化堕落，唆使自己的主子进行战争，以此可以压制或者转移老百姓对他们腐败的行政管理的强烈不满。意见不和也曾使千百万人丧生；比如说，究竟圣餐中的面包是肉呢，还是肉就是面包？某种浆果（葡萄）汁是血还是酒？吹口哨是坏事还是好事？那棍子（十字架）是吻它一下好呢，还是最好把它扔进火里？"① 格列佛回答慧因关于法律问题时说，因为干律师的人太多，人们如果想公正合理地赢利赚钱，好处就太少，所以他们发现有必要靠刁滑和奸诈才能获取正当和诚实所得不到的东西。因此就有那么一帮人学习怎样搬弄文字将白说成黑、黑说成白。② 莎士比亚的历史剧《亨利四世》中的喜剧性人物福斯塔夫，在准备上战场前有一段话通过嘲讽社会荣誉观而嘲讽了社会政治纷争。他说："荣誉能够替我重装一条腿吗？不。重装一条手臂吗？不。解除一个伤口的痛楚吗？不。那么荣誉一点不懂得外科的医术吗？不懂。什么是荣誉？两个字。那两个字荣誉又是什么？一阵空气。好聪明的算计！谁得到荣誉？星期三死去的人。他感觉到荣誉没有？不。他听见荣誉没有？不。"③ 所以，福斯塔夫参加亲王的平叛行动被委任为队长时，他不但滥用征兵命令搜刮财物，而且在战场上临危装死，事后则谎冒军功。莎士比亚的《终成眷属》中的小丑告诉伯爵夫人，混迹于宫廷是最容易的事，只要使用一句话就可以应付所有的问话，从而深刻嘲讽了金玉其外，败絮其中的宫廷礼仪和官场应酬：不过是：

伯爵夫人：你果然有这样一句百发百中的答话吗？

小丑：上至公卿，下至皂隶，什么问题都可以用这句话回答。

伯爵夫人：那准是个又臭又长的答话，才能应付所有的问题。

小丑：再简单没有了，真的，有学问的老先生都这么说。一共不过几个字，我来给您演一下。您先问我是不是个官儿；问啊，这有什么关系呢？

---

① 斯威夫特：《格列佛游记》，杨昊成译，译林出版社1995年版，第218页。

② 同上书，第221页。

③ 莎士比亚：《亨利四世》，朱生豪译，《莎士比亚全集》五，人民文学出版社1978年版，第98页。

伯爵夫人：好，我就充一会儿傻瓜，也许可以跟你学点儿乖。请问足下是不是在朝廷里得意？

小丑：啊，岂敢岂敢！——这不是很便当地应付过去了吗？再问下去，再问我一百个问题。

伯爵夫人：老兄，咱们是老朋友，小弟一向佩服您的。

小丑：啊，岂敢岂敢！——再来，再来，不要放过我。

伯爵夫人：这肉煮得太不入味，恐怕不合老兄胃口。

小丑：啊，岂敢岂敢！——再问下去，尽管问下去。

伯爵夫人：听说最近您曾经给人家抽了一顿鞭子。

小丑：啊，岂敢岂敢！——不要放过我。①

莫里哀的喜剧《司卡班的诡计》中的司卡班，劝阿尔冈特不要打官司时说："没完没了的上诉，一重一重的审级，手续烦难，还不提个个儿如狼似虎的官员：什么承发吏啦、代诉人啦、律师啦、书记官啦、检查员啦、报事员啦、审判官啦，还有他们的见习生，你就别想逃过这些人的手。这些官员见钱眼开，没有一个不贪赃枉法的。承发吏会送假告示给你，你遭了罪，还蒙在鼓里。你的代诉人就可能勾结你的仇家，有现钱到手，把你出卖了。你的律师一样受贿，该申诉的时候，偏不出庭，出庭的时候，偏又东拉西扯，辞不达意。……"②法律诉讼和判决的神圣性无疑受到了无情的嘲讽。哥尔多尼的《女店主》描写一位生活拮据的侯爵对出手大方的伯爵心存嫉恨，他告诉女店主米兰多莉娜说："他们以为，像您这样的女士也能够用礼物征服。"米兰多莉娜回答："可是，礼物再多也不会让人感到肚子疼呀。"侯爵不甘心地说："我认为，如果有人想用馈赠来约束您，那将是对您的莫大侮辱。"米兰多莉娜随口回应说："啊，当然哪。侯爵先生就从来没有侮辱过我。"③米

---

① 莎士比亚：《终成眷属》，朱生豪译，《莎士比亚全集》三，人民文学出版社1978年版，第333—334页。

② 莫里哀：《司卡班的诡计》，李健吾译，《喜剧六种》，上海译文出版社1978年版，第463页。

③ 哥尔多尼：《女店主》，万子美译，《哥尔多尼喜剧三种》，上海译文出版社1989年版，第121—122页。

兰多莉娜无疑辛辣嘲讽了落魄封建贵族遭受政治特权意识毒害而难以根治的虚荣做作。俄国作家契诃夫第一个时期创作的小说《小公务员之死》、《变色龙》等，则通过社会日常生活里无伤大雅的笑话，深刻嘲讽了俄国黑暗腐朽的专制警察制度下，小市民的奴性心理疾病。

中国早期喜剧意识的嘲弄讽刺可以追溯到《诗经》，比如《诗经·小雅》的《宾之初筵》就通过描写宴饮贵族的丑态毕露，显示了喜剧性的嘲弄讽刺。司马迁的《史记·滑稽列传》描写主人公优旃，针对秦始皇意图扩大狩猎场、秦二世试图涂漆饰城墙的想法，在故意赞同中表达了嘲讽；描写主人公优孟，为帮助已故楚相孙叔敖的儿子摆脱贫困生活，穿戴孙叔敖衣冠、模仿孙叔敖声音笑貌，在拒绝庄王欲以为相的请求中也表达了嘲讽。这里的嘲讽显然都是针对社会政治领域里的贵族、君王，从而也是对社会政治生活内容的嘲弄讽刺。后来，南朝志怪小说《异苑·章沉》描写主人公章沉二十余岁死后，因为"天曹主者，是其外兄，断理得免"。"有少年女子同被录送，立住门外。女子见沉事散，知有力助，因泣涕，脱金钏一只及臂上杂宝，托沉与主者，求见救济。沉即为请之，并进钏物。"① 女子终归一同遣返阳世。南朝志怪小说《述异记·门司求物》描写颍川庾某死后，因人算尚未尽需遣返，却遭遇门吏的刁难。幸好有一熟知其中关节的女子将左臂的金钏脱给庾某送礼，门吏才放庾某返阳世。阴曹地府的人情、送礼无疑是人间官衙徇私舞弊的折射，从而也可以说是对社会政治生活内容的嘲弄讽刺。在中国人看来，所有上述受到嘲讽的贵族、君王的错谬和官衙的徇私舞弊终归不是源自历史的必然，而是源自道德的缺陷，因而终归不是社会制度的问题而是伦理道德的问题。

中国人因为不注重历史理性思考和社会制度建设，更注重血缘宗亲关系基础上的社会伦理秩序的维护，所以中国喜剧意识的嘲弄讽刺更主要针对社会道德生活内容。正如清代石成金撰《笑得好·自叙》所言："人性皆善，要知世无不好之人，其人之不好者，总由物欲昏蔽，俗习熏陶，染成痼疾，医药难痊，墨子之悲，深可痛也。即有贤者，虽以嘉言法语，大

---

① 转引自吴志达《中国文言小说史》，齐鲁书社 1994 年版，第 175 页。

声疾呼，奈何迷而不悟，岂独不警于心，更且不入于耳，此则言如不言，彼则听如不听，其堪浩叹哉！正言闻之欲睡，笑话听之恐后，今人之恒情。夫既以正言训之而不听，曷若以笑话怵之为得乎。予乃著笑话书一部，评列警醒，令读者凡有过愆偏私，朦昧贪痴之种种，闻予之笑，悉皆惭愧悔改，俱得成良善之好人矣。因以《笑得好》三字名其书。或有怪予立意虽佳，但语甚刻毒，令闻者难当，未免破笑成怒，大非圣言含蕴之比，岂不以美意而种恨因乎？予谓沉疴痼疾，非用猛药，何能起死回生；若听予之笑，不自悔改而反生怒恨者，是病已垂危，医进良药，尚迟疑不服，转咎药性之猛烈，思欲体健身安，何可得哉？但愿听笑者，入耳警心，则人性之天良顿复，遍地无不好之人，方知刻毒语言，有功于世者不小。全要闻笑即愧即悔，是即学好之人也。"① 早期针对社会道德生活的嘲弄讽刺比如《孟子·离娄下》里有"齐人有一妻一妾"的故事，说有一个齐人每天回家，都对妻子夸口赴富贵人家的酒肉宴会。妻子感到怀疑而跟踪自己的丈夫，发现丈夫每天到城东头的墓地，四处乞讨别人祭祀的剩余东西吃。妻妾羞愧得痛哭不已，齐人回家仍然自我吹嘘。这个故事无情讽刺了图慕虚荣、钻营富贵者的无耻行径和丑陋嘴脸。后来明代孙仁孺的戏剧《东郭记》更借用其故事框架，深刻地讽刺了追求富贵利达而道德沦亡的卑劣行径，以及官场中"贿赂公行，廉耻道尽"的腐败。《韩非子·内储说上》里的"南郭吹竽"故事则讽刺了不学无术、招摇撞骗的人，可能一时侥幸得逞、最终必原形毕露。同类的讽刺还如唐笔记小说《大唐新语·嗤鄙》描写一位李生拜见蕲州刺史李播时，所投献的"平生苦心所著"的诗卷，竟然全部是李播当年应举时的行卷之作。李生在被点穿诗卷原"笺翰未更"的事实后，不得不承认自己二十年前在京都书肆购买了这些诗卷。李生转而又在临别时厚颜无耻地要求李播将诗卷送给他，以其"光扬旅寓"，并同时又向李播吹嘘，荆南节度使卢尚书是自己的表丈。恰逢卢尚书又正好是李播的亲表丈，因而其欺世盗名的嘴脸又被戳穿。

中国戏剧成熟时期的喜剧基本继承和发扬了主要针对社会道德生活的

---

① 《中国历代笑话集成》第三卷，时代文艺出版社 1996 年版，第 129—130 页。

嘲弄讽刺。比如关汉卿的《救风尘》讽刺了社会现实里纨绔子弟的卑鄙无赖和玩弄女性的丑陋灵魂。《望江亭》讽刺了权势人物的好色贪杯和愚蠢无耻。元代无名氏的杂剧《陈州粜米》讽刺了权势人物的贪婪凶残。郑廷玉的《看钱奴》讽刺了金钱对人性的深度毒化。元代白朴的《墙头马上》讽刺了传统礼教的虚伪和势利。元代王实甫的《西厢记》讽刺了传统礼教的虚伪和权势人物的色厉内荏。明代康海的《中山狼》讽刺了忘恩负义的社会世风。明代高濂的《玉簪记》讽刺了传统礼教与戒律企图压抑人性自由、青春生命的徒劳无益。明代吴炳的《绿牡丹》讽刺了世宦子弟不学无术的愚蠢无耻。清代李渔的《风筝误》讽刺了膏粱子弟的饱食终日、无所用心，其中元代施惠的《幽闺记》描写了陀满兴福一家的悲惨遭遇和蒋世隆与王瑞兰的患难爱情，其内涵本应该包含讽刺皇权专制社会最高统治者的昏庸、官僚阶层的势利等政治生活内容，但喜剧却依然将君王、官僚的错谬归咎于道德智慧、判断是非的偶然失误，所以，陀满兴福、蒋世隆双双考中状元而被官僚招为女婿。皇帝也在诏封陀满兴福、蒋世隆夫妻的同时，特别强调"陀满兴福出自忠良，实非反叛。父遭排摈，朕实悔伤；萌蘖尚存，天意有在"。① 这样，针对社会政治生活内容的嘲弄讽刺也就自然转化成了针对社会道德生活的批评。

中国喜剧主要针对社会道德生活的嘲弄讽刺，一直延伸到了其他叙事性文学作品里。比如清代吴敬梓的小说《儒林外史》第三回写范进刚进学时，其丈人胡屠户道："我自倒运，把个女儿嫁与你这现世宝穷鬼，历年以来，不知累了我多少。如今不知因我积了什么德，带挈你中了个相公，我所以带个酒来贺你。"范进准备赴乡试，因为没有盘缠而去同丈人商量，被胡屠户一口啐在脸上，骂了个狗血喷头道："不要失了你的时了！你自己只觉得中了一个相公，就'癞蛤蟆想吃天鹅肉'来！……这些中老爷的都是天上的'文曲星'！你不看见城里张府上那些老爷，都有万贯家私，一个个方面大耳。像你这尖嘴猴腮，也该撒抛尿自己照照！不三不四，就

---

① 施惠：《幽闺记》，王季思主编：《中国十大古典喜剧集》，上海文艺出版社 1982 年版，第 330 页。

想天鹅屁吃！趁早收了这心，明年在我们行事里替你寻一个馆，每年寻几两银子，养活你那老不死的老娘和你老婆是正经！"① 一顿夹七夹八，骂得范进摸门不着。后来，范进得知自己中举而一时疯癫。有人出主意说，必须平日里最惧怕的人打他一个嘴巴就会恢复正常。胡屠户作为最佳人选却作难道："虽然是我女婿，如今却做了老爷，就是天上的星宿。天上的星宿是打不得的！我听得斋公们说：打了天上的星宿，阎王就要拿去打一百铁棍，发在十八层地狱，永不得翻身。我却是不敢做这样的事！"最后在众人的再三鼓动下，胡屠户只得连喝两碗酒，壮起胆子打了范进一个嘴巴，果然使范进清醒了过来。胡屠户站在一边，却觉得自己打女婿的那只手隐隐的疼起来。自己看时，巴掌仰着再也弯不过来。自己心里懊恼道："果然天上'文曲星'是打不得的，而今菩萨计较起来了。"想一想，更疼得狠了，连忙问郎中讨了个膏药贴着。② 小说通过描写范进由下而上的人生过程与丈人胡屠户的先倨后恭的面相转换，无情讽刺了人生冷暖、世态炎凉。《儒林外史》第五回里写严监生的妻子王氏病危时，严监生有意将自己的妾赵氏扶正做填房。他于是请王氏的两个兄弟前来商议。两位舅爷开始时皆"把脸本丧着，不则一声。须臾，让到书房里用饭，彼此不提这话"。后来，严监生拿出两封银子，每人一百两，送给二位舅爷。二位舅爷于是都表示支持。其中一位甚至振振有词："我们念书的人，全在纲常上做工夫，就是做文章，代孔子说话，也不过是这个理；……"当严监生还对其族人可能多话有些疑虑时，二位道："有我两人做主。但这事须要大做，妹丈，你再出几两银子，明日只做我两人出的，备十几席，将三党亲都请到了，趁舍妹眼见，你两口子同拜天地祖宗，立为正室，谁人再敢放屁！"严监生"又拿出五十两银子来交与，二位义形于色的去了"。③ 严监生的银子无疑是映照中国宗法制社会世态人情的镜子，表达了意味深长的嘲弄讽刺。《儒林外史》第六回写严贡生在船上，一时头晕上来，两眼昏花。他拿钥匙开了箱子，取出一方有

---

① 吴敬梓：《儒林外史》，人民文学出版社 1958 年版，第 31 页。
② 同上书，第 34—36 页。
③ 同上书，第 56 页。

十多片的云片糕来。他剥着吃了几片，揉着肚子，放了两个大屁，登时好了。剩下的几片云片糕，严贡生故意放置在后船板上。那掌船舵者不经意地左手扶着舵，右手捡来云片糕一片片送进嘴里吃了，严贡生装作没有看见。船到了码头后，船家、水手讨要船钱，严贡生假装回到船舱里寻找放置在船板上的药。声称那几片云片糕是几百两银子合成的名贵药。严贡生不仅赖掉了行船费用，还逼迫掌舵者磕头告饶。中国皇权专制社会里的旧文人，颇费心机算计普通百姓的丑陋灵魂，受到了淋漓尽致的讽刺。

三　中西喜剧意识的智慧启迪

喜剧意识因为深刻洞悉了人类社会历史发展的复杂性、曲折性，甚至诡异性，所以，在缓解心理压抑的幽默滑稽、追求永恒理想的嘲弄讽刺之外，一定还具有深刻的智慧启迪性。所以，"弗洛伊德认为，从幽默中所得到的愉快，一部分完全是笑话理解过程中智慧运用的结果"。[①] 伊沃纳·杜布莱西斯则说："幽默能够使我们扯断事物之间习以为常的联系，从另一个角度来观察世界。""幽默使人离开熟悉的环境，使人惊奇不已，并将事物作意外的对照比较，它扰乱我们的习惯，把思想解放出来，并使之飞跃发展。"[②] 亨克·德里森也说："幽默既是好玩的，又是严肃的，它是人类的一项重要质量。为什么幽默既使人迷恋，又与人类学家和历史学家息息相关呢？那是因为幽默给我们提供了一些线索，使我们能理解社会、文化（包括学术性的亚文化）中真正关系重大的东西。幽默往往反映出更深的文化感悟，并且给我们提供卓有成效的利器，使我们能理解到思维和感情在文化上的形成方式。"[③] 拉伯雷就在其《巨人传》的前言里，借用柏拉图《会饮篇》里称苏格拉底为表面滑稽荒唐，内含超凡智慧的小匣子，来

---

① 保罗·麦吉：《幽默的起源与发展》，阎广林等译，南京大学出版社 1992 年版，第 14 页。

② 伊沃纳·杜布莱西斯：《超现实主义幽默》，老高放译，王树昌编：《喜剧理论在当代世界》，新疆人民出版社 1989 年版，第 115 页。

③ 亨克·德里森：《幽默、笑话和田野工作：来自人类学的反思》，简·布雷默、赫尔曼·茹登伯格编：《搞笑——幽默文化史》，北塔等译，社会科学文献出版社 2001 年版，第 320 页。

暗示自己的作品表面轻浮可笑，内含深邃智慧。他还在第二部开首的诗里更直接说："在这部大作里，如我没有看差，是以顽笑为基础，而发挥了有益的教言。"① 中国明代赵南星《笑赞·题词》言："时或忆及，为之解颐，此孤居无闷之一助也。然亦可以谈名理，可以通世故，染翰舒文者能知其解，其为机锋之助良非浅鲜。"② 清代陈庚著《笑史》，谢金衔所作《弁言》也称："见其文词曲当，最足以启学士之慧心。义趣旁通，尤易以发颛蒙之善念。"③

如前所说，古希腊戏剧演出最初往往是宗教仪式的一部分，因而也是社会政治活动的一部分，所以，古希腊喜剧意识的智慧启迪也主要针对社会政治生活内容，比如古希腊阿里斯托芬的喜剧，就始终具有挽救城邦、教育人民为己任的严肃目的和深邃思考。所以，恩格斯称阿里斯托芬为"有强烈倾向的诗人"。阿里斯托芬虽然在《吕西斯特剌忒》中描写交战双方的妇女发动了政变，强迫男子停止战争；《阿卡奈人》描写农民狄开俄波利斯为摆脱战争的纠缠，个人单独与交战国讲和，开放个人市场，等等；但阿里斯托芬并不反对所有的战争，他主张希腊城邦应该联合起来，共同准备对付波斯人的侵略。他经常称赞马拉松时代希腊人抗击波斯侵略的英雄。所以，《阿卡奈人》中的歌队长谈到阿里斯托芬时说："他会不断在喜剧里发扬真理，支持正义。他说他要给你们许多教训，把你们引上幸福之路：他并不拍马屁，献贿赂，行诈骗，耍无赖，他并不天花乱坠害得你们眼花缭乱，他是用最好的教训来教育你们。"④ 阿里斯托芬的喜剧《鸟》在暗示幻想在西西里建立一个没有尘世烦恼和是非黑白的理想国，只不过是空中楼阁式的乌托邦想象的同时，还以转换视角的方式，暗示人类社会与自然万物的对立矛盾。比如当群鸟的歌队听说戴胜留下了两位雅典人时，禁不住说："哎呀，我们受了侮辱了，我们被出卖了，他曾经是

---

① 拉伯雷：《巨人传》，鲍文蔚译，人民文学出版社 1983 年版，第 175 页。
② 《中国历代笑话集成》第一卷，时代文艺出版社 1996 年版，第 388 页。
③ 《中国历代笑话集成》第四卷，时代文艺出版社 1996 年版，第 254—257 页。
④ 阿里斯托芬：《阿卡奈人》，罗念生译，《古希腊戏剧选》，人民文学出版社 1998 年版，第 387 页。

我们朋友，同食同住，可是他犯了古老的教规，破坏了鸟类的誓言，让我们去上当，把我们出卖给可恶的人类，我们的不共戴天之仇。"歌队长更说："对他们还不跟对豺狼一样吗？我们还有更大的仇人吗？"戴胜则替雅典人辩解说："他们本质上虽然是敌人，可是他们愿意同我们友好，他们是来这儿给我们出好主意的。"歌队长充满疑问地说："从古以来他们就是我们的敌人；他们怎么会给我们出好主意？"① 阿里斯托芬还在《公民大会妇女》里描写雅典妇女伪装成男子，在公民大会上提议把政权转交给妇女。妇女们获得政权后，实行财产公有、妇女公有，同时又依靠剥削奴隶劳动为生活来源，其意在影射当时社会产生的平均分配财富的乌托邦思想。《财神》中的农民克瑞弥罗斯把财神的眼睛医治好了，财神于是使好人富有，坏人受穷。按照克瑞弥罗斯的理想，贫困终于会完全消灭。但剧中的穷神却认为贫困才是生产社会财富的推动力。她问克瑞弥罗斯，既然人人富有，谁又肯去劳动，为社会生产财富呢？克瑞弥罗斯回答说，奴隶会承担这种劳动。她又问谁肯冒生命危险去贩卖奴隶呢？其意在影射人人富有却又不触犯私有制的理想，无非是玄想中的乌托邦。阿里斯托芬的喜剧甚至为了表达自己的文艺见解，而富有想象力地在虚构喜剧《蛙》中，借埃斯库罗斯与欧里庇得斯围绕戏剧艺术的论战，分析了埃斯库罗斯与欧里庇得斯不同的艺术倾向及创作风格：埃斯库罗斯富于创造力且风格崇高，欧里庇得斯擅长技巧且风格现实。阿里斯托芬也同时说明了他们共同的文艺主张：教诲功用。其经典表述为："教训孩子的是教师，教训成人的是诗人。"

　　阿里斯托芬的喜剧人物形象也以抽象概括的方式，表现出针对人类社会方方面面的广泛、深邃思考。他在《阿卡奈人》中称农民狄开俄波利斯为"正直的公民"，称法庭陪审员为"克勒翁之友"，称战争是一个"咆哮的巨神"，称和平是一个"美丽的女子"，称财富是一个"盲目的老人"，称贫穷是一个"可怕的妇人"，称人民是一个"昏聩的老头子"。所以，《阿卡奈人》中的狄开俄波利斯作为酷爱和平的农民代表为人诚实、头脑清醒、眼光

――――――――――
① 阿里斯托芬：《鸟》，杨宪益译，《古希腊戏剧选》，人民文学出版社 1998 年版，第 436、438 页。

远大、胆识过人、机智俏皮，他其实是作者思想智慧的化身。拉马科斯作为主张战争的军官代表则酷爱虚荣、头脑糊涂、好大喜功、夸夸其谈、外强中干，他也就是后来罗马喜剧中"吹牛武士"的雏形。

古希腊喜剧发展为"新喜剧"后，更偏重描写家庭生活、爱情故事主题和表现世俗人物形象，喜剧的社会生活面更加广阔，人物性格更加鲜明、逼真，因而喜剧意识的智慧启迪，也主要针对人类社会生活中的人性弱点，如放纵、粗暴、吝啬、顽固等。比如《古怪人》中的人物形象之一索斯特拉托斯告诉自己的父亲卡利皮得斯说："要知道，命运有时甚至可能把你拥有的所有财富突然送给另一个不配得到它们的人。因此，我劝你，父亲，当你还拥有这些财富的时候，好好利用它们吧，帮助别人，尽可能地多行善事。要知道，这才是不朽的。当你遇到不幸时，你可以从中获得你所需要的东西。拥有可见的朋友远比拥有虽被你占有却埋在地下的不可见的财富好得多！"①《古怪人》中的主人公克涅蒙掉到井里，被前妻的儿子救起来后，充满感激地说："请赫菲斯托斯作证，我之所以变得如此暴戾，是因为我看到所有的人生活着都是考虑如何对自己有利，我从而认为世上所有的人都不会对别人怀有好心。正是这种想法害了我。"② 当然，克涅蒙没有忘记自我辩解说："但是，儿子，有一点你要记住，我想关于我自己和我的习性再说几句。如果所有的人都能这样，那么人们便不需设立法庭，不必把自己关进监狱，也不会有战争，每个人都以适量为满足。可是另一种生活方式更令你们喜欢，那就随你们吧，一个古怪而令人讨厌的老人给你们让路。"③ 古罗马喜剧继承了希腊"新喜剧"表现吝啬、顽固、放纵等等为代表的人性弱点的传统。比如普劳图斯的《凶宅》描写青年菲洛拉切斯在父亲外出期间，放纵自己吃喝玩乐、借高利贷替宠姬赎身，等等。剧情开始的时候，菲洛拉切斯已经意识到了自己的放纵其实是人性弱点的表现，所以喜剧描写了菲洛拉切斯自言自语关于人生在世就像一所房子、父母就是煞费苦心工匠的比喻。他说："我过去在工匠手里的时候，

---

① 米南得：《古怪人》，王焕生译，《古希腊戏剧选》，人民文学出版社1998年版，第528页。
② 同上书，第524页。
③ 同上书，第525页。

也是规规矩矩的。可是等到我能够顺着自己心意的时候，那工匠的心血就立刻前功尽弃了。懒劲上来了，那就是我的风暴，带着冰雹向我打过来，把我的道德和羞耻的外衣都给打烂了，整个给剥光了，从此我也懒得再穿它了。紧跟着来了一阵爱情的骤雨，一直淋到心坎里，把我的心都浸透了。现在，财产、信誉、名声、道德、体面，全完了；我是一点用处也没有了。天知道，这些木料都湿透了，烂光了；我好像也修不好我的房子了，整个都垮了，连基础都坏了，谁也帮不了忙。当我看看我过去是什么样子，现在又是什么样子，我的心里真难受。"① 这个比喻无疑说明了父母的苦心培育终归只是健康成长的外在条件，个人的道德意志才是健康成长的内在因素。最后，经过菲洛拉切斯的好朋友加利达马提斯的劝解，菲洛拉切斯的父亲顺理成章地表示："只要他因为花了好多钱而感觉惭愧，我就对他满意了。"② 泰伦提乌斯的《两兄弟》中的得墨亚因为埃斯基努斯与潘菲拉的故事找到了弥克奥。得墨亚煞有介事地责问，弥克奥轻描淡写地回应。于是，引发了这样一段充满智慧的对话：

> 得墨亚：不过，不过，弥克奥，事情真使你感到满意？
>
> 弥克奥：不，假如我能改变它，那当然更好，但是现在我改变不了，因而只有冷静地接受现状。人生也象掷骰子一样，当你越掷不出某个你最需要的点儿时，你就应该根据某个偶然出现的点儿，巧妙地进行调整。③

最后，得墨亚改变了自己严厉而粗暴的性格，不但同意成全儿子克特西福与竖琴女的幸福，而且建议立刻拆掉弥克奥家与索斯特拉塔家中间的栅栏，两家人合二为一，并鼓动弥克奥娶索斯特拉塔、把城外的一块土地给赫吉奥使用、让叙鲁斯获得自由等等。

---

① 普劳图斯：《凶宅》，杨宪益译，《古罗马戏剧选》，人民文学出版社 1991 年版，第 9—10 页。
② 同上书，第 58—59 页。
③ 泰伦提乌斯：《两兄弟》，王焕生译，《古罗马戏剧选》，人民文学出版社 1991 年版，第 348 页。

　　文艺复兴以后，西方喜剧意识的智慧启迪继承了古希腊以及"新喜剧"、古罗马喜剧的传统，在针对社会政治生活内容的同时，也针对人类社会生活的方方面面。所以，喜剧意识的智慧启迪常常通过随时随地出现的细节描写、箴言警句表达出来。它们或说明人生的真谛，或批判社会政治生活中的弊端，或抨击世态人情中的丑陋，等等。比如拉伯雷在《巨人传》里描述卡冈都亚的服装颜色时，好似随口地说："专制君王好用他一己的私意代替理性，惟有贤人学者才知道用明显的理论说服他的读者。"① 所以，作者理想的君王大肚量在面对战争威胁时说："但是，现在，为了救护和保卫我的百姓，我的衰老的双肩必须披上重铠，颤抖的两手必须重执长枪大锤。事理应当如此，因为，百姓的劳动维持了我，百姓的血汗养活了我——我自己，我的儿女以及我的一家。"② 后来，他还对一个战争中的俘虏说："看天主的分上，你回去吧；做事要从正道，见你的君王犯了错误，就应谏净；切不要只为你个人的禄位而进言，因为个人的利益将随着公共的利益一同失掉。"③ 主人公庞大固埃则时常说："法学经典著作像锈金的蟒袍，眩目夺神，珍贵非凡，但可惜用狗屎做了镶边。"④ 庞大固埃在采用胡言乱语解决了一件久难断决的诉讼案后，人们想任命他做法院推事和审判长，他却谢绝说："凡在这等地方居官供职，需要夙夜奉公，谨慎从事，而今人情浇薄，世风不古，尽忠职守的人常不能自保。"⑤ 斯威夫特在《格列佛游记》里描写特立浦特国王，因为格列佛没有帮助他完全把敌国军舰全部拉到他的港口而心怀不满，作者于是借题发挥说："最大的功绩在君王眼里又能算什么，你一拂逆他，不使其野心得到满足，再大的功劳也几乎等于零。"⑥ 布罗丁奈格（大人国）国王细细听完了格列佛对英国二百年重大事件所作的历史叙述后，断然宣称："那些事不过是一大堆阴谋、叛乱、暗杀、大屠杀、革命和流放，是贪婪、党争、虚伪、

---

① 拉伯雷：《巨人传》，鲍文蔚译，人民文学出版社 1983 年版，第 36 页。
② 同上书，第 93 页。
③ 同上书，第 139 页。
④ 同上书，第 198 页。
⑤ 同上书，第 240 页。
⑥ 斯威夫特：《格列佛游记》，杨昊成译，译林出版社 1995 年版，第 33 页。

背信弃义、残暴、愤怒、疯狂、仇恨、嫉妒、淫欲、阴险和野心所能产生
的最恶的恶果。"而后又对格列佛说："你对你的祖国发表了一篇最为堂皇
的颂词。你已十分清楚地证明：无知、懒散和腐化有时也许正是做一个立
法者所必备的唯一条件；那些有兴趣、有能力曲解、混淆和逃避法律的
人，才能最好地解释、说明和应用法律。我想你们有几条规章制度原本
还说得过去，可是那一半已被废除了，剩下的全被腐败所玷污。从你所
说的一切来看，在你们那儿，获取任何职位似乎都不需要有一点道德，
更不用说人要有什么美德才能封爵了。教士地位升迁不是因为其虔诚或
博学；军人晋级不是因为其品行或勇武；法官高升不是因为其廉洁公正；
议会议员也不是因为其爱国，国家参政大臣也不是因为其智慧而分别得到
升迁。……我不得不得出这样的结论：你的同胞中，大部分人是大自然从
古到今容忍在地面上爬行的小小害虫中最有毒害的一类。"① 格列佛也承
认自己对布罗丁奈格（大人国）国王的陈述，因为自己对祖国的偏袒，而
巧妙地避开了许多问题，已经讲得比实际情况好了许多倍，他说："我要
掩饰我的'政治妈妈'的缺陷和丑陋，而竭力宣扬她的美德和美丽。在和
那位伟大的君王所作的多次谈话中，我曾真诚地努力那样做，然而不幸没
有成功。"② 格列佛向布罗丁奈格（大人国）国王陈述火药及其相应武器
的威力，同时表示自己愿意帮助国王制作这些东西，国王大为震惊。"他
很惊异像我这么一只无能而卑贱的昆虫竟怀有如此非人道的念头，说起来
还这么随随便便，似乎我对自己所描绘的那些毁灭性的机器所造成的流血
和破毁这样普通的结果丝毫都无动于衷。"③ 一个慧因听格列佛讲述人类
世界所创造的战争武器的残酷威力和伤害时说："任何了解'野胡'本性
的'慧因'都不难相信，如此万恶的畜生，要是其体力和狡诈赶得上其凶
残的性情，那么我说到的每一件事它都是可能做出来的。"④

　　莎士比亚的历史剧《亨利四世》中的喜剧性人物福斯塔夫，在辩解自

---

① 斯威夫特：《格列佛游记》，杨昊成译，译林出版社1995年版，第107—108页。
② 同上书，第109页。
③ 同上书，第110页。
④ 同上书，第220页。

己的敲诈勒索行为时理直气壮地说："既然大鱼可以吞食小鱼，按照自然界的法则，我想不出为什么我不应该抽他几分油水。"①《威尼斯商人》里的巴萨尼奥向鲍西娅求婚，遵循鲍西娅父亲的遗愿，根据金、银、铅三个匣子确定自己的选择。金匣子上面刻着："谁选择了我，将得到众人所希求的东西。"银匣子上面刻着："谁选择了我，将得到他所应得的东西。"铅匣子上面刻着："谁选择了我，必须准备把他所有的一切作为牺牲。"金匣子里面是一个死人的骷髅，空洞的眼眶里藏着一张纸，上面写着："发闪光的不全是黄金，古人的说话没有骗人；多少世人出卖了一生，不过看到了我的外形，蛆虫占据着镀金的坟。……"银匣子里面是一个眯着眼睛的傻瓜的画像，上面写着："这银子在火里烧过七遍；那永远不会错误的判断，也必须经过七次的试炼。有的人终身向幻影追逐，只好在幻影里寻求满足。……"铅匣子里面是鲍西娅的画像和一纸手卷，上面写着："你选择不凭着外表，果然给你直中鹄心！……"巴萨尼奥在作选择时说："外观往往和事物的本身完全不符，世人却容易为表面的装饰所欺骗。……所以，你炫目的黄金，米达斯王的坚硬的食物，我不要你；你惨白的银子，在人们手里来来去去的下贱的奴才，我也不要你；可是你，寒伧的铅，你的形状只能使人退走，一点没有吸引人的力量，然而你的质朴却比巧妙的言辞更能打动我的心，我就选了你，但愿结果美满。"②《无事生非》中的波拉契奥因为帮唐·约翰干坏事而得到一千块钱后。他说："有钱的坏人需要没钱的坏人帮忙的时候，没钱的坏人当然可以漫天要价。"③《温莎的风流娘儿们》中的福斯塔夫，在发现自己被反复捉弄后忍不住自我解嘲地说："原来这些都不是精灵吗？我曾经三四次疑心他们不是什么精灵，可是一则因为我自己做贼心虚，二则因为突如其来的怪事，把我吓昏了头，所以会把这种破绽百出的骗局当

---

　　① 莎士比亚：《亨利四世》，朱生豪译，《莎士比亚全集》五，人民文学出版社 1978 年版，第 184 页。

　　② 莎士比亚：《威尼斯商人》，朱生豪译，《莎士比亚全集》三，人民文学出版社 1978 年版，第 39、41、45、56、54—55 页。

　　③ 莎士比亚：《无事生非》，朱生豪译，《莎士比亚全集》二，人民文学出版社 1978 年版，第 128 页。

作真实，虽然荒谬得不近情理，也会使我深信不疑，可见一个人做了坏事，虽有天大的聪明，也会受人之愚的。"①《爱的徒劳》中的那瓦国王腓迪南，向自己和三位侍从宣布了一条敕令，三年内在宫廷里潜心探讨有益人生的学术，禁绝一切感官享受。包括"任何女子不得进入离朕宫廷一哩之内"。侍从俾隆在不得已发誓后，仍然坚持说："我愿意用我的头去和无论哪一个人的帽子打赌，这些誓约和戒律不过是一场无聊的笑柄。"② 果然，法国公主带领她的三位侍女及群臣出使那瓦国。那瓦国王带领他的侍从迎接法国公主，国王和三位侍从都分别坠入了爱河。俾隆曾托考斯塔德送一封信给法国公主的侍女罗瑟琳，谁知考斯塔德错把俾隆写给罗瑟琳的信送给了杰奎妮妲。后来国王和三位侍从会聚到了一块时，杰奎妮妲把俾隆写给罗瑟琳的信给国王，国王要俾隆读信，俾隆赶快撕碎了信，杜曼从纸片上认出了俾隆的笔迹和名字。俾隆理直气壮地自我辩解说："亲爱的朋友们，亲爱的情人们，啊！让我们拥抱吧。我们都是有血有肉的凡人；大海潮升潮落，青天终古长新，陈腐的戒条不能约束少年的热情。我们不能反抗生命的意志，我们必须推翻不合理的盟誓。"③ 于是，大家取得了共识而有了这样一段虽自我辩解却充满人生真谛的对话：

国王：可是何必这样斤斤争论？我们不是大家都在恋爱吗？

俾隆：一点不错，我们大家都毁了誓啦。

国王：我们不要作这种无聊的空谈。好俾隆，现在请你证明我们的恋爱是合法的；我们的信心并没有遭到损害。

杜曼：对了，赞美赞美我们的罪恶。

朗格维：啊！用一些充分的理由壮壮我们的胆，用一些巧妙的诡计把魔鬼轻轻骗过。

---

① 莎士比亚：《温莎的风流娘儿们》，朱生豪译，《莎士比亚全集》一，人民文学出版社1978年版，第276页。

② 莎士比亚：《爱的徒劳》，朱生豪译，《莎士比亚全集》二，人民文学出版社1978年版，第190页。

③ 同上书，第236页。

俾隆：啊，那是不必要的。好，那么，爱情的战士们，想一想你
们最初发下的誓，绝食，读书，不近女色，全然是对于绚烂青春的重
大谋叛！……①

《一报还一报》中摄政的安哲鲁，以整顿社会风气为名判处克劳狄奥的死
刑。辅佐大臣爱斯卡勒斯禁不住长叹："上天饶恕他，也饶恕我们众人！
也有犯罪的人飞黄腾达，也有正直的人负冤含屈；十恶不赦的也许逍遥法
外，一时失足的反而铁案难逃。"②《终成眷属》中伯爵夫人收养的女孩海
丽娜，一厢情愿地爱上了伯爵的儿子勃特拉姆。海丽娜用父亲留下的医药秘
方为法国国王解除了久治不愈的病痛。国王赞同海丽娜同勃特拉姆的婚姻。
勃特拉姆却嫌弃海丽娜地位卑微而不愿意娶她。法国国王忍不住这样说：
"要是把人们的血液倾注在一起，那颜色、重量和热情都难以区别，偏偏在
人间的关系上，会划分这样清楚的鸿沟，真是一件怪事。"③

莫里哀《太太学堂》里的奥拉斯告诉阿尔诺耳弗自己爱上了阿涅丝，
并要尽一切力量得到她时说："我向你冒昧借钱，就是为了完成这正义的举
措。你比我还明白，我们再怎么努力，也离不了金钱，金钱是一把万能钥
匙，人人见了这块勾魂的东西，眉开眼笑，在情场上像在战场上一样，保证
胜利。"④ 阿涅丝告诉阿尔诺耳弗，自己被年轻人示爱后的感觉说："这事可
真适意啦，可真好受啦！先前我不晓得这些事，现在尝到了味道，快活得不
得了，我觉得真有意思啦。"⑤ 当阿尔诺耳弗责备情感单纯的阿涅丝不应该
爱上奥拉斯，同时表示自己想要娶阿涅丝时，阿涅丝非常坦率地告诉他说：
"不过干脆把话对你直说了吧，和他成亲，比和你成亲，更合我的心思。和

---

① 莎士比亚：《爱的徒劳》，朱生豪译，《莎士比亚全集》二，人民文学出版社 1978 年版，
第 238—239 页。

② 莎士比亚：《一报还一报》，朱生豪译，《莎士比亚全集》一，人民文学出版社 1978 年
版，第 300 页。

③ 莎士比亚：《终成眷属》，朱生豪译，《莎士比亚全集》三，人民文学出版社 1978 年版，
第 339 页。

④ 莫里哀：《太太学堂》，李健吾译，《喜剧六种》，上海译文出版社 1978 年版，第 19 页。

⑤ 同上书，第 31 页。

你成亲，又痛苦，又气闷；你把婚姻描绘成一个可怕的样子，可是婚姻上了他的嘴啊，哎呀！就喜盈盈的，让人直想成亲。"① 《达尔杜弗或者骗子》中的女仆道丽娜反对奥尔贡把女儿嫁给达尔杜弗时说："您要知道，女孩子嫁人嫁的不称心，就有不守妇道的危险，嫁过去规矩不规矩，全看给她挑的丈夫是好是坏；有些太太不正经，丈夫变成人人的笑柄，往往就是丈夫作成了太太不正经的。"② 《逼婚》中的道丽麦娜也告诉自己的情人说："我待你永远一样，你就不该为我出嫁难过：我嫁给这个人，仅仅是为了他阔。我没有财产，你也没有，你知道，没有财产，人在世上就过不了好日子。所以就该不惜任何代价，想法子弄到财产。我抓住这个机会，就为了享福。我嫁给这个馊老头子，存这么一个希望：没有多久，就把他开发了。"③

18 世纪意大利哥尔多尼的喜剧《一仆二主》中克拉丽奇的女仆小斯梅娜达，在谈及男女忠诚问题时说："女人耍嘴皮子，男人耍心眼儿。女人们有的是不忠的名声，而男人们却使着性子干不忠的事儿。人们对女人说长道短，而对男人们却什么也不提。我们总要被人家说坏话，而你们这些人总是太太平平。你知道这是为什么吗？因为法律是男人们制定的；法律要是女人们定出来的话，那么一切都会倒过来。如果让我来下命令，我就要让所有不忠的男人手里拿上一根树枝儿，这样一来，我知道，所有的城市都会变成树林了。"④ 喜剧《女店主》中的米兰多莉娜携着自己选定的丈夫告诉大家说："亲爱的先生们，现在我就结婚，我不需要保护人，不需要情人，也不需要礼物。在此以前，我只喜欢玩，喜欢乐，办过不少错事，也遇到过不少危险，以后我再也不会这样了。这就是我的丈夫。"⑤ 米兰多莉娜最后更在幕落前说："诸位先生，我希望你们通过在这里看到的一切，使你们的心灵得到安宁，受到裨益。当你们怀疑自己快要屈服，

---

① 莫里哀：《太太学堂》，李健吾译，《喜剧六种》，上海译文出版社 1978 年版，第 66 页。
② 莫里哀：《达尔杜弗或者骗子》，李健吾译，《喜剧六种》，上海译文出版社 1978 年版，第 139—140 页。
③ 莫里哀：《逼婚》，李健吾译，《喜剧六种》，上海译文出版社 1978 年版，第 107 页。
④ 哥尔多尼：《一仆二主》，刘黎亭译，《哥尔多尼喜剧三种》，上海译文出版社 1989 年版，第 51 页。
⑤ 哥尔多尼：《女店主》，万子美译，《哥尔多尼喜剧三种》，上海译文出版社 1989 年版，第 218 页。

快要堕落的时候，希望你们想一想从这个捉弄人的把戏中得到的启示，想一想我这个女店主吧！"① 所以，哥尔多尼有理由在其《回忆录》里说："遵照'以嘲笑惩戒邪恶'这条喜剧原则，我觉得剧场可以变为学校，用来防止恶习以及由它所产生的一切后果。"②

中国早期喜剧意识的智慧启迪也表现了针对人类社会方方面面的广泛、深邃思考。比如《孟子·梁惠王上》描写作战中逃跑了五十步的人讥笑逃跑了一百步的人。《孟子·公孙丑上》描写宋国有一个人嫌庄稼长得太慢，而一棵棵往上拔苗的"揠苗助长"的故事。《韩非子·五蠹》描写宋国有一个农夫看见一只兔子撞在树桩上死了，就放下锄头在树桩旁等待的"守株待兔"的故事。《韩非子·外储说左上》描写郑国有一个人准备买鞋，去市场后发现忘记了预先量好的尺度，只好回家取尺度，再返回时已经散市的"郑人买履"的故事。《吕氏春秋·察今》描写楚国有一个人乘船过江，剑掉进了江里，他立刻在剑落水的船身上刻下了记号，等船靠岸后就根据记号下水寻找的"刻舟求剑"的故事。《战国策·楚策一》描写狐狸欺骗老虎说自己是百兽之王，老虎跟着狐狸后面，果然看见百兽纷纷逃避的"狐假虎威"的故事。《战国策·齐策二》描写几人因为饮酒而竞赛画蛇，先完成者却凭空为蛇添足的"画蛇添足"的故事。刘向《新序·杂事》描写叶公子高很喜欢龙，家里到处都画着龙，天上的龙知道后来到他家，叶公吓得面无人色、失魂落魄的"叶公好龙"的故事，等等。这种针对人类社会方方面面的广泛、深邃思考，后来一直保存在中国民间流传的笑话故事里，比如明代墨憨斋主人冯梦龙编《笑府》载：有掘地得金罗汉一尊者，乃以手凿其头不已，问："那十七尊何在？"③《笑林广记》故事：寺中塑三教像：先儒，次释，后道。道士见之，即移老君于中。僧见，又移释迦于中。士见，仍

---

① 哥尔多尼：《女店主》，万子美译，《哥尔多尼喜剧三种》，上海译文出版社 1989 年版，第 220 页。

② 哥尔多尼：《回忆录》，陈鹄译，伍蠡甫主编：《西方文论选》上卷，上海译文出版社 1979 年版，第 556 页。

③ 《中国历代笑话集成》第一卷，时代文艺出版社 1996 年版，第 536 页。

移孔子于中。三圣自相谓曰："我们原是好好的，却被这些小人搬来搬去，搬坏了。"① 车胤囊萤读书，孙康映雪读书，其贫不辍学可知。一日，康往拜胤，不遇，问家人："主人何在？"答曰："到外边捉萤火虫去了。"已而胤往拜康，见康立于庭下，问："何不读书？"答曰："我看今日这天色，不像要下雪的光景。"② 明代冯梦龙辑《笑府》故事：董永行孝，上帝命一仙女嫁之。众仙女送行，皆嘱咐曰："此去下方，若更有行孝者，千万寄个信来。"③ 女初出阁，正哀哭，闻轿夫觅杠不得，乃带哭曰："我的娘，轿杠在门角里。"④

　　中国喜剧意识的智慧启迪，逐渐充实了社会道德教诲的意味，比如魏晋志怪小说《搜神记·董永》描写董永为安葬父亲而卖身为奴，孝感天帝，令织女下凡助董永织缣偿债。南朝志怪小说《齐谐记·董昭之与蚁王》描写董昭之因怜悯之心，以绳系芦救了落水后附着短芦求生的蚁王。后来，蚁王以自己的方式报答了被冤狱所困的董昭之。南朝志怪小说《述异记·薄绍之逐鬼》描写一个鬼多次以变形恐吓薄绍之，薄绍之不但毫不惧怕，而且正气凛然地呵斥鬼，使其不得不灰溜溜地逃走了。南朝志怪小说《续齐谐记·紫荆树》描写田真兄弟三人平分家财时，准备将堂前一株紫荆树破为三份。不料第二天树即枯死。田真告诉诸弟："树本同株，闻将分斫，所以憔悴，是人不如木也。"⑤ 决定不再分解树，树应声荣茂。三兄弟得到感悟，重新合财富。田真后来仕至大中大夫。唐传奇小说《集异记·丁岩》描写捕虎人丁岩与一只猛虎都坠入陷阱，丁岩与猛虎达成协定，丁岩先出陷阱，再帮助猛虎出陷阱，然后猛虎带领危害该州的虎群出境。道德诚信甚至实现了人与动物的共存共赢。

　　随着社会道德教诲充实而来的就是揭露社会现实丑恶或背谬的智慧启迪。揭露社会现实丑恶的智慧启迪，比如汉乐府民歌《陌上桑》所表

---

① 《中国历代笑话集成》第四卷，时代文艺出版社 1996 年版，第 207 页。
② 同上书，第 247 页。
③ 王利器、王贞珉选注：《中国古代笑话选注》，北京出版社 1984 年版，第 265 页。
④ 同上书，第 266 页。
⑤ 转引自吴志达《中国文言小说史》，齐鲁书社 1994 年版，第 184 页。

现的故事，就充分揭示了汉代官员在春天里的循行属县，表面是"观览民俗"、"劝人农桑"，实质为"重为烦扰"的丑恶真相。南朝志怪小说《齐谐记·薛运询化虎》描写薛运询因病发狂化为虎，食人不可复数。有一次吃了一位采桑女后，还将女子的钗钏藏匿在山石间，以便还为人后取用。后来，薛运询复人形后做了官，不慎暴露了化虎吃人的罪恶，终于被众多受害人的家属捉拿送官府，饿死狱中。故事深刻揭示了谋财害命是官虎浑然一体的共同本质。所以，关汉卿的散曲《不伏老》表面描写一个书会文人自居社会边缘、拒绝同流合污的人生态度，实质是深刻揭示社会政治现实的黑暗险恶。康海的《中山狼》中的狼要吃东郭先生，东郭先生无可奈何地表示向三老垂问是非。一棵老杏树回答："俺老杏是也。想那老圃当时种下俺，不过费得他一个核儿。一年开花，二年结果，三年拱把，十年合抱。到今三十年来，老圃和那妻子儿女走使奴仆，往来宾客，都是俺供养。他常时又摘俺的果儿，往街市里去觅些利息。似俺这般有恩与老圃的，如今见俺老来不能结实，老圃划地里发怒，伐去俺条枚，芟落俺枝叶，又要卖俺与匠氏。是这般负心的，你却有甚恩到这狼来？该吃您！该吃您！"一头老牛回答："俺老牛是也。俺做牛犊子时，筋力猛健，老农最是爱惜。老农出入是俺驾车，老农耕田是俺引犁，把俺做手足一般的相看。他穿的衣，吃的食，男女婚嫁，公私赋税，那一件不在俺身上资助他。如今见俺老来力弱，赶逐俺在旷野荒郊。这般的风霜寒冷，瘦骨难熬，行走不动，皮毛枯瘁，你可道是不苦么？昨日听得那老农和他妻儿所算俺道'老牛身上都是有用的，肉割来做脯吃皮剥来好做革，骨和角又好切磋成器用'。叫他孩儿要磨刀宰俺。好不苦哩！俺与老农有许多功劳，尚然有谋害，你却有甚恩到这狼来？该吃您！该吃您！"① 老树和老牛的回答既暗示了人对自然万物的不敬重、不感恩，也暗示了人类社会自身的无真情、无信义。所以，杖藜老人在剧末总结说："那世上负恩的好不多也！那负君的，受了朝廷大俸大禄，不干得一些儿事，使着他的奸

---

① 康海：《中山狼》，王季思主编：《中国十大古典喜剧集》，上海文艺出版社 1982 年版，第 356—357 页。

邪贪佞，误国殃民，把铁桶般的江山，败坏不可收拾。那负亲的，受了爹娘抚养，不能报答，只道爹娘没些挣扎，便待拆骨还父，割肉还母，才得亨通，又道爹娘亏他抬举，却不思身从何来。那负师的，大模大样，把个师傅做陌路人相看，不思做蒙童时节，教你读书识字，那师傅费他多少心来。那负朋友的，受他的周济，亏他的游扬，真是如胶似漆，刎颈之交，稍觉冷落，却便别处去趋炎赶热，把那穷交故友撇在脑后。那负亲戚的，傍他吃，靠他穿，贫穷与你资助，患难与你扶持。才竖得起脊梁，便颠翻面皮，转眼无情。却又自怕穷，忧人富，划地的妒忌，暗里所算他。你看世上那些负恩的却不个个是这中山狼么？"① 李渔的《风筝误》围绕詹爱娟的以丑冒美、以假乱真而借题发挥，揭示了渗透在社会生活方方面面的弄虚作假。比如号称京师第一出名的媒婆张铁脚总结做媒人的秘诀是："要做媒婆莫说真，欺隐。说真十处九关门，难进。东施形丑冒西村，骗允。若要亲眼相佳人，搽粉。"②

　　类似的揭露社会现实丑恶的智慧启迪，还潜藏在中国民间流传的笑话故事里。比如明代冯梦龙辑《广笑府》故事：新官赴任，问吏胥曰："做官事体如何？"吏曰："一年要清，二年半清，三年便混。"官叹曰："教我如何熬得到三年！"③ 宋代邢居实撰《拊掌录》故事：闽地越海贼曰郑广，后就降补官，官同强之作诗，广曰："不问文官与武官，总一般。众官是做官了做贼，郑广是做贼了做官。"④ 清代吴趼人辑《俏皮话》故事：饥猫与饿虎相遇，猫问虎曰："吾以不得食而饥，汝何委顿至此，岂亦乏食耶？"虎曰："吾向以人为食，近来旷观当世，竟没有一个像人的，叫我从何得食？行将饥饿以死矣，吾乃如是。若汝向来所食者鼠耳，世上无人，岂亦无鼠耶，何亦颓唐至此？"猫叹曰："世上非无鼠，鼠且甚多。无奈近来一班鼠辈，极会钻营，一个个都钻营到拥居高位，护卫极严，叫我如何敢去

　　① 康海：《中山狼》，王季思主编：《中国十大古典喜剧集》，上海文艺出版社 1982 年版，第 359 页。

　　② 李渔：《风筝误》，王季思主编：《中国十大古典喜剧集》，上海文艺出版社 1982 年版，第 583 页。

　　③ 王利器、王贞珉选注：《中国古代笑话选注》，北京出版社 1984 年版，第 275 页。

　　④ 《中国历代笑话集成》第一卷，时代文艺出版社 1996 年版，第 150 页。

吃他!"①

揭露社会现实背谬的智慧启迪,比如南朝志怪小说《幽明录·新鬼觅食》的故事描写一个新鬼第一天为一个奉佛的人家推磨,主人认为"佛怜我家贫,令鬼推磨",所以让他整天磨麦,饿着肚子回去。第二天新鬼再为一个奉道的人家舂米,主人相信是神道遣鬼来助自己,对待他的方式如同奉佛人家一样。于是,新鬼向故鬼讨教觅食方法,答曰:"但为人作怪,人必大怖,当与卿食。"第三天新鬼来到一个寻常百姓人家,入门就抱起白狗在空中行走,使这一家人惊恐万分,找来方士占卜,说是"有客索食,可杀狗,并甘果酒饭,于庭中祀之",于是得以饱餐了美酒狗肉。故事如同杨义先生所说:"它以鬼道嘲讽了世道的荒谬性:勤谨任力者,其功不著,兴祸作祟者,世人均敬之畏之。"② 唐志怪小说《定命录·裴光庭》写开元初姚元崇为中书令,有善相者当姚元崇之面,遍看诸官之相,对姚称裴光庭当为宰辅;姚私下对善相者说:"非应务之士,词学又寡,宁有其禄乎?"善相者说:"公之云者才也,仆之云者命也;才与命固不同焉。"姚"默然不信,后裴公果为宰相数年"。③ 故事生动说明了中国政治官场中,德才与命运的绝然分裂。所以,睢景臣的散曲《高祖还乡》,假借一个乡邻的观察与回忆,戳穿了"改了姓,更了名,唤作汉高祖"的最高统治者,原来是那个"春采了桑,冬借了俺粟,零支了米麦无重数。换田契强秤了麻三秤,还酒债偷量了豆几斛","少我的钱,差发内旋拨还;欠我的粟,税粮中私准除"的"刘三"。④ 从而在捣毁"胜者王侯"的虚假道德制高点的同时,更揭示了中国历史的改朝换代与道德理想的背谬关系。明代吴炳的《绿牡丹》"帘试"出里有一条托名的评语说:"好笑一女子把秀才百般拘束。嗟乎!今日靠秀才者有认真秉公如此女子者乎?甘心受其拘束耳?""严试"出里更直接让沈重出考题《辨真论》,并同时借题发挥说:"天下有真有伪,

---

① 《中国历代笑话集成》第一卷,时代文艺出版社1996年版,第704页。
② 杨义:《中国古典小说史论》,人民出版社1998年版,第120页。
③ 转引自吴志达《中国文言小说史》,齐鲁书社1994年版,第294页。
④ 袁世硕主编:《中国古代文学作品选》(三),人民文学出版社2002年版,第249页。

真者为伪所抑，就是真伪混淆，须要辨明才好。"① 从而巧妙揭示了皇权专制社会里科举选拔制度的腐朽落后。李渔的《风筝误》描写詹烈侯率领滥竽充数的军队，击败掀天大王的方法是假扮鬼神。韩世勋击败敌人大象的方法是假狮子。所以战争胜利后，作者写道："侥幸成功觉厚颜，制狮攻象等儿顽；书生莫恃韬钤富，古法难欺识字蛮。"②

类似的揭露社会现实背谬的智慧启迪，也潜藏在中国民间流传的笑话故事和明代以后的小说里。比如宋代苏轼撰《东坡居士艾子杂说》：艾子行水，涂见一庙，矮小而装饰甚严。前有一小沟，有人行至水，不可涉，顾庙中，而辄取大王像，横于沟上，履之而去。复有一人至，见之，再三叹之曰："神像直有如此亵慢。"乃自扶起，以衣拂饰，捧之坐上，再拜而去。须臾，艾子闻庙中小鬼曰："大王居此为神，享里人祭祀，反为愚民之辱，何不施祸患以谴之？"王曰："然则祸当行于后来者。"小鬼又曰："前人以履大王，辱莫甚焉，而不行祸；后来之人，敬大王者，反祸之，何也？"王曰："前人已不信矣，又安祸之？"艾子曰："真是鬼怕恶人也。"③ 小说《西游记》第十七回写观音菩萨为收服黑熊精，听从孙悟空的建议，变成一个苍狼精，孙悟空说："妙啊！妙啊！还是妖精菩萨，还是菩萨妖精？"蒲松龄《聊斋志异》中的《黄英》无疑是中国文学中蕴含深邃智慧的罕见精品。小说描写马子才世代喜爱菊花，"至才尤甚，闻有佳种，必购之，千里不惮"。遇见自称陶姓的菊花精姐弟，邀请到自家培育菊花。马第南有荒圃，小室三四椽，提供给陶氏姐弟。陶生每天为马培育菊花，日子清贫，常常仰赖马的馈恤。"陶一日谓马曰：'君家固不丰，仆日以口腹累知交，胡可为常。为今计，卖菊亦足谋生。'马素介，闻陶言，甚鄙之，曰：'仆以君风流高士，当能安贫；今作是论，则以东篱为市井，有辱黄花矣。'陶笑曰：'自食其力，不为贪；贩花为业，不为俗。

---

① 吴炳：《绿牡丹》，王季思主编：《中国十大古典喜剧集》，上海文艺出版社1982年版，第494、514页。

② 李渔：《风筝误》，王季思主编：《中国十大古典喜剧集》，上海文艺出版社1982年版，第598页。

③ 《中国历代笑话集成》第一卷，时代文艺出版社1996年版，第87页。

人固不可苟求富，然亦不必务求贫也。'"后来，陶生果然勤劳致富。"一年增舍，二年起夏屋。""渐而旧日花畦，尽为廊舍。更于墙外买田一区，筑墉四周，悉种菊。"陶生外出时，姐（小字黄英）"课仆种菊，一如陶，得金益合商贾，村外治膏田二十顷，甲第益壮"。后来，马妻病故，欲娶黄英。"英辞不受采。又以故居陋，欲使就南第居，若赘焉。马不可，择日行亲迎礼。黄英既适马，于间壁开扉通南第，日过课其仆。马耻以妻富，恒嘱黄英作南北籍，以防淆乱。而家所须，黄英辄取诸南第。不半岁，家中触类皆陶家物。马立遣人一一赍还之，戒勿复取。未浃旬，又杂之。凡数更，马不胜烦。黄英笑曰：'陈仲子毋乃劳乎？'马惭，不复稽，一切听诸黄英。鸠工庀料，土木大作。马不能禁。经数月，楼舍连亘，两第竟合为一，不分疆界矣。然遵马教，闭门不复业菊，而享用过于世家。"马经常感觉不安，希望自己能够成为穷人。"黄英曰：'君不愿富，妾亦不能贫也。无已，析君居：清者自清，浊者自浊，何害。'乃于园中筑茅茨，择美婢往侍马。马安之。然过数日，苦念黄英。招之，不肯至；不得已，反就之。隔宿辄至，以为常。黄英笑曰：'东食西宿，廉者当不如是。'马亦自笑，无以对，遂复合居如初。"① 小说无疑深刻反思了中国旧农耕文化知识人的保守、迂腐，甚至有些虚伪做作的人生态度的背谬。正如阿伦·古雷维克所说："在任何情况下，在官方意识形态中，这些善和恶的界限、天堂和地狱之间的界限都似乎是极为分明的。但是在大众的想象中，就并不是那么分明、那么两极对立。这种把宇宙颠倒过来的倾向不仅是狂欢节的内在特征，而且是日常的大众宗教信仰的真正特征。"②

四　中西喜剧意识的夸张巧合

喜剧意识的发生常常是因为人类社会历史的错裂罅隙或人为的微妙际遇，为僭越社会规则的行为，提供了避免利益相关者相互碰撞的主、客观

---

① 蒲松龄：《黄英》，《聊斋志异选》，张友鹤选注，人民文学出版社 1978 年版，第 322—324 页。

② 《巴赫金及其狂欢理论》，简·布雷默、赫尔曼·茹登伯格编：《搞笑——幽默文化史》，北塔等译，社会科学文献出版社 2001 年版，第 84 页。

空间，使僭越社会规则的人们可以巧妙借助心照不宣的笑来表达共同的愉快与窘促。这一切都是人们在通常情况下有意无意遮蔽掩盖的东西，喜剧艺术家不能不充分调动夸张巧合的艺术表现方式，以撕碎自我欺瞒的遮遮掩掩，从而实现喜剧意识的幽默滑稽、嘲弄讽刺、智慧启迪。苏珊·朗格说："喜剧是一种艺术形式，凡是人们聚集在一起欢庆的时候，比如庆祝春天的节日、胜利、祝寿、结婚或团体庆典等等，自然而然地要演出喜剧。因为它表达了生生不已的大自然的基本气质和变化，表达了人类性格中仍然留存着的动物性冲动，表达了人从其特有的使其成为造物主宰的精神禀赋中所得到的欢快。人类生命力的形象令人吃惊地包含在意外巧合的世界之中。""如果说喜剧的幽默，是从现实世界借用的，那末它在作品中所表现的就是真正使它成为可笑的东西。戏剧中政治性或时事性的暗示，所以逗乐人们，是因为它们被搬进了戏剧，而不是因为它们表现了某些内在的、非常滑稽的东西。""真正的喜剧在观众中建立起一种普遍的兴奋感，因为它表现的正是'活生生'的形象，而这种活生生的感觉总会令人激动不已。不管剧情如何，真正的喜剧总是采取一种对周围世界取得暂短胜利的、结构复杂的形式，通过一连串复杂的巧合把它展开。生活的幻象，即舞台表演的生活，都具有一种情感上的节奏，它不是通过分散而又连续的刺激，而是通过我们对其整个格式塔——通向它自己未来的整个世界——感觉传达给我们。人类世界的'生活气息'被抽象、被创作，随着被作品中的幽默照耀生辉的高潮表现给观众。这些高潮来自日常生活，而观众的笑则来自剧场中人所共有的兴奋感。可笑性不取决于可笑情节碰巧向我们表示的那些内容，而是取决于它在剧中的表现。"① 哥尔多尼也在《回忆录》里所说："喜剧是对自然的模仿，它不应该拒绝劝善和劝人的情节，但是必须注意，这样做的目的，是为了对那些作为喜剧基础的滑稽和突出的特点加以运用，来使剧本更加富于生气。"②

---

① 苏珊·朗格：《情感与形式》，刘大基等译，中国社会科学出版社 1986 年版，第 384、403 页。

② 哥尔多尼：《回忆录》，陈鹄译，伍蠡甫主编：《西方文论选》上卷，上海译文出版社 1979 年版，第 556 页。

　　古希腊阿里斯托芬的喜剧就大量采用了夸张来突出喜剧的幽默滑稽性。比如《阿卡奈人》夸张地描写狄开俄波利斯个人单独与交战国讲和，开放个人市场并同深受战争苦难的墨伽拉人做交易。一个墨伽拉人为了自己的两个小女儿不至于饿死，准备把她们装扮成小猪卖给狄开俄波利斯。他问两个女儿："你们两愿意自己给卖掉呢还是饿死？"两个女儿齐声回答："卖掉，卖掉！"于是，墨伽拉人把两个女儿装扮成小猪换得一把蒜、一筒盐。他还禁不住自言自语："买卖神赫尔墨斯啊，但愿我把我的老婆和我的妈妈也这样卖掉啊！"①戏剧还通过狄开俄波利斯应酒神祭司邀请前往赴宴，拉马科斯则奉命去冒着风雪把守关口；狄开俄波利斯酒醉饭饱后由两个吹笛女人陪伴着愉快回家，拉马科斯受伤后由两名兵士搀扶着痛苦归来的夸张性对照描写，彰显了和平与战争奉送给人们的不同礼物。阿里斯托芬想象力丰富，其夸张往往借助虚构而达到近乎荒诞的结果。比如戏剧还描写农民狄开俄波利斯送给一个新婚新娘和约露，涂抹在新郎身上就可以避免被征兵。所以罗念生先生认为："阿里斯托芬惯于采用夸张手法以产生喜剧效果，因此他的人物与历史上的人物有一定的距离。阿里斯托芬的人物都是一些类型，这些人物只具有外表上的特征，他们的内心的特征并没有被揭开，他们的个性，一般说来，也不显著。"②海涅则认为阿里斯托芬的喜剧"像童话中的一棵树，上面有思想的奇花开放，有夜莺歌唱，也有猢狲爬行"。③

　　古希腊喜剧的夸张传统通过"新喜剧"延伸到了古罗马喜剧里。普劳图斯的《凶宅》描写主人公菲洛拉切斯的宠姬菲勒玛提恩与其女仆斯卡发互相对话时，菲洛拉切斯在旁边不断表达自己极度夸张的旁白。普劳图斯的《一坛金子》极度夸张地描写吝啬、贪财的欧克利奥拥有一坛金子后，整天忐忑不安地担心失去金子，以致怀疑任何人的任何言行里都隐藏着针对自己金子的阴谋。梅格多洛斯请求娶其女儿时，他先表示"我不能给她

---

　　① 阿里斯托芬：《阿卡奈人》，罗念生译，《古希腊戏剧选》，人民文学出版社1998年版，第391、395页。

　　② 罗念生：《论古希腊戏剧》，中国戏剧出版社1985年版，第104页。

　　③ 海涅：《意大利旅行画面》，引自罗念生《论古希腊戏剧》，中国戏剧出版社1985年版，第105页。

任何嫁妆"，而后申明"你不要以为我找到了什么财宝"，而后再强调"她没有嫁妆"。① 梅格多洛斯为准备婚礼，请来了厨师、买来了食物分别在自己家、欧克利奥家筹办宴席，欧克利奥却嫌市场上的一切食物都太贵，只买了一点乳香和一只花环献祭家神。欧克利奥看见自己家门大开，忍不住大叫："啊，天哪，可糟了！他们在抢金子，找坛子。"② 进屋后，更像发酒疯一样，拿棍子狠命地揍厨师们。

中世纪城市文学的笑剧《巴特兰律师的笑剧》夸张地描写了律师巴特兰采取头顶铁锅、腿骑扫帚的装疯行为来抵赖一个布商的债，律师还教偷吃了布商羊的牧童，在法庭上装羊叫，使布商的控告无法审理。最后，牧童以其人之道还治其人之身，通过装羊叫抵赖了律师的辩护酬金。文艺复兴时期的拉伯雷在《巨人传》中夸张地描写庞大固埃在保卫国家的战争中，一泡尿就淹没了全部敌军，使方圆十里之内发生水灾。斯威夫特的《格列佛游记》更夸张地描写特立浦特（小人国）遴选官员的方式是表演绳上舞蹈。帝国内的党派争执就在于对鞋跟高低的主张不同，而形成了高跟党和低跟党。特立浦特王国同不来夫斯库帝国进行战争的原因，是争论吃鸡蛋时先打破较大的一端还是较小的一端。《格列佛游记》还同时夸张地描写勒皮他（飞岛）上的人总在冥思苦想，他们的发音和听音器官要不断刺激才能发挥作用，所以有钱人总养着一名手拿短棍气囊的拍手，以便在说或听之前，用气囊拍一下他们的嘴或右耳。他们的思想总是与线和图形相关，吃的东西总是切成三角形、菱形、圆形、圆锥形、四边形、椭圆形。他们赞美妇女或其他动物，也总是用这些图形。他们总担心天体的不断变化会毁灭地球，所以早晨碰见人的第一个问题，就是询问太阳的健康。岛上的妇女瞧不起她们的丈夫，她们常常从下面大陆来岛上的生客中寻找自己的情人。他们的丈夫因为永远在那里凝神沉思，只要给他们提供纸和仪器，拍手又不在身边的话，她们可以当着丈夫的面与情人肆意亲昵。《格列佛游记》还夸张

---

① 普劳图斯：《一坛金子》，王焕生译，《古罗马戏剧选》，人民文学出版社 1991 年版，第 75—76 页。

② 同上书，第 83 页。

地描写飞岛下面的土地上看不到一点庄稼和草木的苗头，虽然不少人拿着各式各样的工具在工作。只有孟诺迪老爷的乡间土地上有赏心悦目的葡萄园、麦田和草地。孟诺迪老爷却带着忧郁的神情，说自己可能不得不毁掉这一切，改为现在流行的样式，不然会招来非议。而流行的样式源自40年前，有人上勒皮他（飞岛）呆了五个月后的设计。现在全国上下一片废墟，百姓缺衣少食。设计家们不仅不灰心，反而在希望与绝望的驱使下，变本加厉地实施他们的计划。格列佛在参观大设计科学院时，看见的第一个人，八年来一直在设计从黄瓜里提取阳光，装进玻璃瓶，以便碰到阴雨湿冷的天气，放出来使空气温暖；看见科学院一位年资最高的学者，一直在研究怎样把人的粪便还原为食物；看见一个人在从事将冰煅烧成火药的工作，目前正撰写准备发表的论文；看见一个建筑师发明了自上而下、先盖屋顶后筑地基的建筑新方法，以及一个瞎眼的人正在教几名徒弟依靠嗅觉和触觉来区分不同颜色。拉伯雷和斯威夫特表现出的喜剧性夸张，真正实现了柏格森所说："一个姿势或动作如果越能够使我们联想起某种简单的机械动作也就越是滑稽可笑。""把生活歪曲成机械式的动作，这就是使人发笑的真正原因。"①"把机械僵硬的东西强加给自然界，把刻板僵化的条条框框强加给社会，而这种机械僵硬的东西、刻板僵化的条条框框就是我们得到的两种会使人发笑的东西。"②

莎士比亚也擅长在喜剧中运用夸张的方式。比如《驯悍记》为了显示彼特鲁乔制服凯瑟丽娜的结果，夸张地描写了三位妻子对待丈夫的不同态度，路森修吩咐仆人说："你去对你奶奶说，我叫她来见我。"仆人回来说："少爷，奶奶叫我对你说，她有事不能来。"霍坦西奥则吩咐仆人说："你去请我的太太立刻出来见我。"仆人回来说："她说你在开玩笑，不愿意出来；她叫您进去见她。"彼特鲁乔则吩咐仆人说："到你奶奶那儿去，说我命令她出来见我。"凯瑟丽娜果然出来了，并且恭恭敬

①　柏格森：《滑稽的一般含义——相貌与动作中的滑稽——滑稽的延伸》，《笑与滑稽》，乐爱国译，广东人民出版社2000年版，第21、24页。
②　同上书，第33页。

敬地问："夫君，您叫我出来有什么事？"① 其实，莎士比亚喜剧中的幽默滑稽、嘲弄讽刺、智慧启迪都不同程度地采用了夸张的艺术表现方式。

莫里哀的喜剧同样不能不使用夸张的艺术表现方式。比如莫里哀的《吝啬鬼》夸张地描写阿尔巴贡自己准备娶一位年轻姑娘玛丽雅娜（儿子的意中人），同时要儿子克莱昂特娶一位有钱的寡妇，要女儿艾莉丝嫁给一位年近 50 岁的爵爷，其振振有词的理由就是"他答应娶她，不要嫁妆"。② 阿尔巴贡发现钱匣子被偷走后，则呼天抢地叫喊："哎呀！我可怜的钱，我可怜的钱，我的好朋友！人家把你活生生从我这边抢走了，我也就没有了依靠，没有了安慰，没有了欢乐。我是什么都完了，我活在世上也没有意思啦。没有你，我就活不下去。全完啦，我再也无能为力啦，我在咽气，我死啦，我叫人埋啦。"③《贵人迷》夸张地描写汝尔丹先生爱上了一位贵妇人后，求助哲学教师而引发了关于散文的夸张对话。《太太学堂》夸张地描写主人公阿尔诺耳弗为了说明自己的高明，得意地转述天真的阿涅丝有一天发问："小孩子是不是从耳朵眼里生出来。"④ 因此，莫里哀在《〈太太学堂〉的批评》中，通过一个人物道琅特的口说："说到'小孩子是不是从耳朵眼里生出来'，只是在和阿尔诺耳弗有联系的时候，这才有趣。阿涅丝随便说的一句傻话，他当作最漂亮的话重复一遍，心里兜起无限喜悦。作者把这句话写下来，不是因为这句话本身俏皮，只是因为表达阿尔诺耳弗的性格，而且正好说明他多荒唐。"⑤《爱情是医生》夸张地描写了莉塞特和主人斯嘎纳耐勒关于请医生的对话：

　　莉塞特：先生，你请了四个医生，要那么多干什么？把人害死，一个医生不就够了？

　　① 柏格森：《滑稽的一般含义——相貌与动作中的滑稽——滑稽的延伸》，《笑与滑稽》，乐爱国译，广东人民出版社 2000 年版，第 296—297 页。
　　② 莫里哀：《吝啬鬼》，李健吾译，《喜剧六种》，上海译文出版社 1978 年版，第 227 页。
　　③ 同上书，第 283 页。
　　④ 莫里哀：《太太学堂》，李健吾译，《喜剧六种》，上海译文出版社 1978 年版，第 9 页。
　　⑤ 莫里哀：《〈太太学堂〉的批评》，李健吾译，《莫里哀喜剧》第二集，湖南人民出版社 1982 年版，第 107—108 页。

斯嘎纳耐勒：住口。四个医生会诊，总比一个强。

莉塞特：难道没有这些医生帮忙，小姐不会安安静静死掉？

斯嘎纳耐勒：难道医生专治死人？

莉塞特：当然，我就认识一个人，证明不该讲"某人是害寒热和肺炎死的"，该讲"是四个医生和两个药剂师害死的"，理由可足啦。①

哥尔多尼的《老顽固》则夸张地描写了顽固分子们自以为得意的一段对话：

卢纳尔多：我有两个姐姐，她们都出嫁了。我这一辈子恐怕还没有见过她们十次。

西蒙：我好像从来就没有同我的母亲讲过话。

卢纳尔多：想当初，我根本不知道歌剧是什么东西，喜剧又是啥玩意儿。

西蒙：记得有一天晚上，他们硬是把我拉到歌剧院里去了，我一直睡到散场。

卢纳尔多：记得小时候，有一次我的父亲问我，你是想去看拉洋片，还是要我给你两个铜板？我毫不犹豫地选择了两个铜板。②

上述夸张描写的对话，无疑皆使主人公的喜剧性性格得到了充分的表现。正如普罗普所说："语言的滑稽并不在于它本身，而是因为它反映说话人的精神生活的某些特点，它的思维的不完善。"③

古希腊喜剧因为热衷于社会政治生活内容，所以不太喜欢采纳生活中

---

① 莫里哀：《〈太太学堂〉的批评》，李健吾译，《莫里哀喜剧》第二集，湖南人民出版社1982年版，第361页。

② 哥尔多尼：《老顽固》，万子美译，《哥尔多尼喜剧三种》，上海译文出版社1989年版，第268页。

③ 普罗普：《滑稽与笑的问题》，杜书瀛等译，辽宁教育出版社1998年版，第103页。

具有偶然性的巧合。古希腊喜剧发展成为"新喜剧"，继而进入古罗马喜剧后，因为更偏重表现家庭生活、爱情故事的主题和世俗人物形象，因而喜剧的社会生活内容得到了扩展，所以具有偶然性的巧合开始在喜剧中大量出现。比如古罗马普劳图斯的《凶宅》描写主人公菲洛拉切斯正同自己的宠姬、好朋友加利达马提斯与女伴黛尔菲恩饮酒玩乐的时候，奴隶特拉尼奥报告老主人塞奥普辟德斯回来的消息。菲洛拉切斯害怕父亲看见自己"喝得醉醺醺的，家里都是女人和醉鬼"而惊慌失措。所以，特拉尼奥让少主人和醉酒的男女朋友都躲进住宅里。然后自己欺骗老主人说住宅里闹鬼。正当特拉尼奥自以为得计时，放高利贷的商人来了。特拉尼奥为掩盖少主人借高利贷替宠姬赎身的事情，一边同高利贷者周旋，一边骗老主人说少主人借高利贷买了邻居的住宅。老主人要亲自看看买的住宅，特拉尼奥只好骗邻居说老主人想参观其住宅以便仿造。当特拉尼奥在自己编造的谎言中越走越远的时候，加利达马提斯的两个奴隶来寻找主人，同菲洛拉切斯的父亲塞奥普辟德斯发生了误会，无意间塞奥普辟德斯终于知道儿子的荒唐。其他如普劳图斯的《孪生兄弟》，泰伦提乌斯的《安德罗斯女子》、《婆母》皆通过机缘巧合展示了无意识差错的喜剧性。

　　莎士比亚也喜欢运用巧合来构思自己的喜剧。比如《错误的喜剧》、《第十二夜》都是一系列巧合基础上发生无意识差错，从而引发喜剧性冲突的经典。其他比如《维洛那二绅士》中的主人公普洛丢斯同朱利娅相互爱恋的同时，又在公爵府爱上了凡伦丁的情人西尔维娅。普洛丢斯利用公爵希望女儿嫁给修里奥的心思，告发凡伦丁准备同西尔维娅私奔的计谋，使公爵一怒之下驱逐了凡伦丁。凡伦丁逃亡到一个森林时，却被一群盗贼推举为首领。朱利娅想念普洛丢斯而女扮男装外出寻找普洛丢斯时，恰巧目睹了普洛丢斯向西尔维娅求婚而被斥责的情景。朱利娅为挽回爱情自称西巴斯辛，充当了普洛丢斯的仆人。西尔维娅因深爱凡伦丁，在朋友爱格勒莫的协同下，逃离米兰追寻凡伦丁，却在森林里被强盗们抓住。普洛丢斯同公爵、修里奥也来到森林。普洛丢斯从强盗甲手里救出了西尔维娅，居然企图使用武力强迫西尔维娅。这一切恰巧被凡伦丁看见。普洛丢斯的卑鄙奸诈得到揭露。朱利娅的真实身份也同时泄露。普洛丢斯真诚忏悔后同朱利娅合好。众盗贼抓住了公爵、修里奥等人。修里奥担心自己的生命危险而愿意放弃西尔维娅。公爵一面斥责修里奥为卑鄙小人，一面起誓允准了凡伦丁同女儿的爱情。《驯悍记》中的青年路森修情不自禁地爱上了帕度亚富翁巴普提斯塔的女儿比恩卡。路森修让自己的仆人特拉尼奥假冒自己，自己则假冒教师前往巴普提斯塔家。假冒路森修的特拉尼奥向巴普提斯塔提婚并允诺巨大的聘金。巴普提斯塔要求路森修的父亲亲自前来承诺。特拉尼奥骗一个来自曼多亚的学究，冒充路森修的父亲文森修。而真正的文森修碰巧来到帕度亚看望儿子，学究装扮的文森修拒绝给真正的文森修开门而引发了争吵。充当教师的路森修赢得了比恩卡的爱情，二人出面要求自己的父亲原谅才终于使真相大白。

莫里哀的《太太学堂》也使用巧合方式，描写主人公阿尔诺耳弗不知道经常到自己家里来的那个陌生的年轻人就是老朋友的儿子奥拉斯。青年奥拉斯也不知道自己爱上的姑娘就是阿尔诺耳弗控制下的阿涅丝，所以，奥拉斯告诉阿尔诺耳弗说："她什么也不懂，原因是有一个男人，荒谬绝顶，禁止她和世人往来。"还同时讽刺说："据说，他很阔，不过头脑不算怎么清楚。人家对我说起他来，像说一个滑稽人。"进而还忍不住忿忿地说："一位绝世佳人，受这种人管制，简直罪过。"① 后来，奥拉斯还将自己的计谋告诉阿尔诺耳弗，甚至还把逃跑出来的阿涅丝交给阿尔诺耳弗去帮助藏匿。最后，莫里哀设计了一个最大的巧合，失散女儿多年的昂立克先生不经意间找到了自己的女儿阿涅丝，并且又将女儿许配给自己老朋友奥隆特的儿子奥拉斯。这样，喜剧性的场景借巧合而发生发展，又借巧合而最后顺利完成。《吝啬鬼》也使用巧合的方式，描写阿尔巴贡放高利贷时，不但加利方式十分刻毒，而且还用一些废旧杂物充抵现金，无可奈何而答应苛刻条件的借债人，正是急着求婚的儿子克莱昂特。阿尔巴贡准备娶的姑娘玛丽雅娜，正是儿子克莱昂特的意中人。阿尔巴贡决定嫁出的女儿艾莉丝，又正是管家法莱尔的意中人。阿尔巴贡选定的老爵爷女婿昂塞耳默，却又正是自己准备娶的玛丽雅娜和管家法莱尔失散多年的父亲。一

---

① 莫里哀：《太太学堂》，李健吾译，《喜剧六种》，上海译文出版社1978年版，第18、19页。

系列的巧合引发了一连串的喜剧性情景,最后一个巧合从根本上实现了喜剧的完满结果。《司卡班的诡计》也使用巧合的方式,描写阿尔冈特从外地回家来,他与皆隆特约定,让自己的儿子奥克达弗娶皆隆特的女儿为妻。但是,阿尔冈特的儿子奥克达弗,却爱上并私自娶了一个姑娘雅散特。皆隆特的儿子赖昂特也私自爱上了一个埃及姑娘赛尔比奈特。奥克达弗和赖昂特都求仆人司卡班,帮助他们从各自的父亲那里取得了急需用的钱,由此酝酿出了一连串的喜剧冲突。但是,重要的是,雅散特就是皆隆特从大兰多乘船来到此地的女儿,赛尔比奈特就是阿尔冈特多年前丢失的女儿,机缘巧合终于使喜剧得到了圆满结果。

中国喜剧也常常采用夸张巧合的艺术表现方式。早期的许多寓言就主要使用了夸张,比如《韩非子·五蠹》中"守株待兔"的故事就用非常夸张的方式说明了"欲以先王之政,治当世之民"的不合时宜,同时也批评了拘泥偶然机遇而不求主动努力的惰性。《韩非子·外储说左上》中"郑人买履"的故事通过对所谓"宁信度,无自信"的夸张来说明观念和实践的关系。《吕氏春秋·察今》中"刻舟求剑"的故事也是用夸张的方式说明不愿变迁、墨守成规的迂腐。《吕氏春秋·自知》中的"掩耳盗铃"故事更是用夸张方式说明自欺欺人的愚蠢和可笑。这些夸张后来一直保存在中国民间的笑话故事里,比如明代浮白主人辑《笑林》中的《风水》故事:"有酷信风水者,动辄问阴阳家。一日,偶坐墙下,忽墙倒被压,亟呼救命。家人辈曰:'且忍着,待我去问阴阳先生,今日可动得土否?'"[1]清代方飞鸿撰《广谈助》中的《错死了人》的故事:"东家丧其母,往祭,托馆师撰文,乃按古本误抄祭妻父者与之。识者看出,主人大怪馆师,馆师曰:'古本上是刊定的,如何会错,只怕是他家错死了人。'"[2]清代石成金撰《笑得好》中的《剪箭管》故事:"有一兵中箭阵回,疼痛不已,因请外科名医治之。医一看连云:'不难不难。'即持大剪将露在外边的箭管剪去,随索谢要去。兵曰:'箭管谁不会去?但簇在膜

---

① 王利器、王贞珉选注:《中国古代笑话选注》,北京出版社 1984 年版,第 174 页。
② 同上书,第 428 页。

内的，急须医治，何以就去?'医摇头曰：'我外科的事已完，这是内科的事，怎么也叫我医治?'"①

中国喜剧意识的夸张在早期的一些文言小说创作中，表现为不可思议的神秘诡异，比如唐传奇小说《红线》描写安禄山叛乱后，朝廷命潞州节度使薛嵩固守镇地，控制山东。魏博节度使田承嗣从私利出发，妄图吞并潞州。薛嵩的婢女红线，凭借高超的武艺，突破田承嗣的严密警卫，从其枕头边取去一金盒，迫使田承嗣放弃了吞并邻镇的野心。唐传奇小说《昆仑奴》描写某一品勋臣之姬红绡对崔生一见钟情，以手势隐语示意。崔生的奴仆磨勒不但解释了隐语的意思，背负崔生飞跃十重垣墙相会红绡，而且帮助红绡脱离苦海与崔生结成恩爱夫妻。事情泄露后，一品勋臣命甲士围捕磨勒，虽箭矢如雨，不能伤其毫发，顷刻间不知去向。十几年后，崔家有人见磨勒在洛阳市上卖药，容颜如旧。

中国喜剧意识的巧合在早期的一些白话小说创作中，表现为具有宗教意味的因果报应。比如明《古今小说·蒋兴哥重会珍珠衫》描写湖广襄阳府枣阳县商人蒋兴哥外出经商，久未还家。其妻三巧儿在薛婆的蛊惑下与徽州新安客商陈大郎发生了恋情。陈大郎在商旅途中恰巧结识了蒋兴哥，二人一同饮酒时因为天气炎热，陈大郎脱衣时露出了三巧儿赠送的珍珠衫，蒋兴哥因此知道了内情。三巧儿被遣返娘家后，改嫁给了吴知县。后来，陈大郎再来枣阳时病故，其妻恰巧改嫁给了蒋兴哥。再后来，蒋兴哥遭遇了官司，断案的恰巧是三巧儿的丈夫吴知县。最后，三巧儿重新回到蒋兴哥身边，一夫二妇，团圆到老。

中国戏剧成熟时期的喜剧，因为比早期寓言和后来的民间笑话、小说创作包含了更复杂的故事情节，所以夸张巧合同时得到了充分的发挥，比如白朴的喜剧《墙头马上》夸张地描写裴少俊在洛阳与李千金一见钟情后，李千金居然同裴少俊私奔，并且匿居在裴尚书府的后花园中生儿育女达七年之久。最后，裴少俊获得了功名，裴尚书终于发现李千金，恰好就是自己早年曾经议结的儿女婚姻。夸张的情投意合与巧合的儿女姻缘共同

① 王利器、王贞珉选注：《中国古代笑话选注》，北京出版社1984年版，第405页。

实现了喜剧性的圆满结局。再如施惠的《幽闺记》夸张地描写忠良儿子陀满兴福满门遭难，亡命逃生时被蒋世隆救助而脱身，后因为一顶金盔而成为绿林山大王。蒋世隆的妹妹叫蒋瑞莲，王氏的女儿叫王瑞兰。王氏母女和蒋氏兄妹在逃难途中，因为莲和兰的发音碰巧相近而构成了特殊的离散聚合。蒋世隆与王瑞兰共同行路时遇见强盗，危急中发现强盗头目却正是被蒋世隆救助而脱身的陀满兴福。蒋世隆与王瑞兰的爱情被王镇强行拆散后，陀满兴福、蒋世隆双双考中状元又恰好被王镇招为女婿。一连串的夸张巧合终于推动了喜剧的发生发展。高濂的《玉簪记》写逃难途中离散的陈妙常投奔尼庵出家，巧遇因病未能考取功名也来到尼庵暂住的潘必正，二人相互爱慕而生恋情。潘必正后来考中状元，正式娶陈妙常为妻时，发现陈潘两家本就是儿女亲家，陈妙常的母亲同女儿失散后就一直住在潘家。金榜题名、洞房花烛、亲人团聚、情投缘合的夸张和巧合终于实现了喜剧性的圆满结局。郑廷玉的《看钱奴》描写主人公贾仁用虚言假意骗取增福神的怜悯，让他偶然做了二十年的富豪，然后夸张地描写他如何玩弄卑鄙伎俩，赖掉人家卖儿子的钱。尤其极度夸张地描写了主人公贾仁假说买烧鸭，用手着实挝了一把，五个指头都沾满了油。他回家后吃一碗饭咂一个指头，剩下一个未咂的指头被狗咬伤，所以一病不起。贾仁临终时还嘱咐儿子用马槽代替棺材，装不下时，用斧子将自己的身子截成两段，甚至还特别嘱咐儿子要借别人家斧子，以免卷了斧刃。贾仁的儿子贾长寿，恰巧又是周荣祖夫妇二十年前卖给贾仁而一直未见面的亲生儿子。周荣祖夫妇到东岳庙还愿巧遇贾长寿，却被贾长寿当作叫花子打骂。后来，父子通过二十年前买卖儿子的中间人相认时，父亲表示要因为贾长寿打自己而告官，贾长寿则表示愿意赔偿一匣子金银。周荣祖夫妇又发现，那一匣子金银都是自己当年埋藏在墙角而失落的财产。夸张与巧合终于实现了物归原主、父子团聚的喜剧性结局。中国两部经典喜剧，即明代吴炳的《绿牡丹》与清代李渔的《风筝误》，更是夸张巧合运用纯熟的经典范例。两个喜剧的结局都是完满的"洞房花烛夜"和"金榜题名时"的夸张，"才子谐佳人"和"乌龟配王八"的巧合。

第二章

中西喜剧意识的审美本质

　　人类历史进步的首要命题是物质生产劳动，物质生产劳动的第一重要任务是处理人与自然的关系。但物质生产劳动从来不是个体的而是集体的活动，所以，人与自然关系既包含人与外在自然界，也包括人与内在自然性的关系。这样，人与自然的关系也就总是同人与人的关系纠缠一体。人类最初不得不面对的问题也就包括自然法则与社会规律。人类最初不得不面对的社会规律一定包含人如何逐步从个体走向集体、从自然走向社会的问题。其具体内容之一就是每一个人必须逐步把自己的自由权利以"契约"形式转让给集体社会，并逐步习惯凭借"契约"把个体眼下的利害计较遮蔽甚至融化在集体未来的社会目的中。因为这种为未来长远而牺牲目前短暂的理性驯化毕竟是一个压抑个体生命欲望、毁弃原始自然感情的痛苦过程，所以，每一个人的意识深处一定会潜藏着逃逸社会"契约"的原始愿望。这时候，社会"契约"因为符合必然规律，它不合情却合理，违背社会"契约"的行为一定是悲剧。但是，社会"契约"始终在利益争夺、艰难博弈过程中不断变化发展，其中常常充满新旧交替的错裂罅隙。社会"契约"还往往难以充分保证转让出去的权利不会被误用、滥用。这时候，本来不合情却合理的社会"契约"就可能失去相应的合理性，于是，本来不合理却合情的"逃逸社会契约的原始愿望"就可能获得一定的合理性。"逃逸社会契约的原始愿望"，终于可以通过抛弃遭遇双重否定的社会"契约"，获得具有审美价值的喜剧意识的笑。所以，法国学者阿兰说:"伟大喜剧的标志是笑者只笑自己。"① 但因为中西方人的社会文化实践活动,尤其是历史最初发生学时期的社会文化实践活动的差异,生成了中西方人的文化心理机制的差异,从而影响了中西方人判断社会"契约"合理性的参照系。概括而言,西方人判断社会"契约"合理性的参照系主要是以社会制度逐步发展为标志的历史进步,中国人判断社会"契约"合理性的参照系主要是以人伦关系永恒和谐为标志的道德秩序。中西方人判断社会"契约"合理性的参照系,终归决定了中西喜剧意识审美本质区别是历史告别与道德胜利。

一 西方喜剧意识的审美本质:历史告别

西方古希腊喜剧同悲剧一样源自古希腊农民在收获葡萄时节,祭祀狄俄尼索斯的崇拜仪式。狄俄尼索斯酒神崇拜仪式具有死而复生的双重意蕴。死是必然规律的庄严显示,对人类实践主体而言,死不合情却合理,所以它是悲剧。复生是自由精神的充分实现,对人类实践主体而言,复生使必然规律的不合情同时失去了合理性,所以它是喜剧。从发生学意义上说,源自古希腊狄俄尼索斯酒神崇拜的喜剧意识,揭示了在必然规律与自由精神的亘古矛盾中,本来不合情却合理的必然规律失去了合理性,本来不合理却合情的自由精神获得了合理性;这时候,必然规律显示出了情与理的双重否定,自由精神显示出了情与理的双重肯定;获得了双重肯定的自由精神,终于可以把遭遇双重否定的必然规律轻松地送入坟墓。这种发生学意义上的必然规律与自由精神、合理与合情的亘古矛盾,在人类社会历史过程里通常具体化为历史现实与自由理想的亘古矛盾,因而狄俄尼索斯崇拜的喜剧意识,揭示了在历史现实与自由理想的亘古矛盾中,本来不合情却合理的历史现实失去了合理性,本来不合理却合情的自由理想获得了合理性;这时候,历史现实显示出了情与理的双重否定,自由理想显示出了情与理的双重肯定;获得了双重肯定的自由理想,终于可以把遭遇双

---

① 阿兰:《论喜剧的力量》,户思社译,王树昌编:《喜剧理论在当代世界》,新疆人民出版社 1989 年版,第 234 页。

重否定的历史现实轻松地送入坟墓。正如马克思所说："历史不断前进，经过许多阶段才把陈旧的生活形式送进坟墓。世界历史形式的最后一个阶段就是喜剧。"① 结合马克思历史唯物主义的历史观以及马克思的悲剧论述："当旧制度还是有史以来就存在的世界权力，自由反而是个别人偶然产生的思想的时候，换句话说，当旧制度本身还相信而且也应当相信自己的合理性的时候，它的历史是悲剧性的。"② 我们可以说，悲剧是人的自由理想与历史现实的亘古对立中，历史现实具有合理性，自由理想具有合情性时，自由理想不得不牺牲于历史现实，从而也就酝酿出鲁迅所说"将人生有价值的东西毁灭给人看"的悲剧。但是，当历史现实拥有的合理性随着历史进步而消失时，自由理想也就同时拥有了合情性与合理性，因而可以轻松地将失去合理性的历史现实送入坟墓，从而也就酝酿出鲁迅所说"将那无价值的撕破给人看"的喜剧。③ 所以，马克思还这样说："黑格尔在某个地方说过，一切伟大的世界历史事变和人物，可以说都出现两次。他忘记补充一点：第一次是作为悲剧出现，第二次是作为笑剧出现。"④ 马克思还以希腊文学艺术中神与人的故事为例这样说："在埃斯库罗斯的《被锁链锁住的普罗米修斯》里已经悲剧式地受到一次致命伤的希腊之神，还要在琉善的《对话》中喜剧式地重死一次。历史为什么是这样的呢？这是为了人类能够愉快地和自己的过去诀别。"⑤ 在古希腊埃斯库罗斯的《被缚的普罗米修斯》悲剧中，埃斯库罗斯虽然歌颂了伦理理想殉难者普罗米修斯神的坚毅崇高，批判了征服自然胜利者宙斯神的色厉内荏。但是，从人类早期历史发展的角度说，征服自然的现实任务显然优先于伦理殉难的理想讴歌。所以，伦理理想具有合情性，但没有合理性。埃斯库罗

① 马克思：《〈黑格尔法哲学批判〉导言》，《马克思恩格斯选集》第一卷，人民出版社1972年版，第5页。
② 同上。
③ 鲁迅：《再论雷峰塔的倒掉》，《鲁迅全集》第一卷，人民文学出版社1981年版，第192—193页。
④ 马克思：《路易·波拿巴的雾月十八日》，《马克思恩格斯选集》第一卷，人民出版社1972年版，第603页。
⑤ 马克思：《〈黑格尔法哲学批判〉导言》，《马克思恩格斯选集》第一卷，人民出版社1972年版，第5页。

斯借希腊神话传说中的宙斯与普罗米修斯的冲突，表现了古希腊人征服自然历史理性战胜殉难牺牲人伦情感的悲剧性审美感受。或者说，古希腊人借讴歌殉难者普罗米修斯神表达伦理合情的同时，也借表现征服者宙斯神说明历史合理。因此，普罗米修斯象征的伦理理想与宙斯象征的历史现实的矛盾冲突，也就具有深刻的悲剧性。但是，历史进步的理性目的尽管对人伦和谐的感性情感享有优先地位，但理性目的毕竟不能完全替代感性情感。所以，作为历史征服性象征的宙斯，命定需要与伦理殉难性象征的普罗米修斯和解。正如哲学家尼采所说："顽强的泰坦神普罗米修斯向折磨他的奥林匹斯神预告，如果后者不及时同他联盟，最大的危险总有一天会威胁其统治。我们在埃斯库罗斯那里看到，惊恐不已、担忧自身末日的宙斯终于同这位泰坦神联盟。"[①] 所以，埃斯库罗斯的《被释放的普罗米修斯》描写宙斯与普罗米修斯通过相互的妥协退让，化解了矛盾冲突、实现了和解联盟，从而表达了古希腊人征服改造自然历史理性同殉难牺牲价值理性的二元结合，或者说，征服改造外在自然界与征服改造内在自然性的辩证统一。因此，埃斯库罗斯的《带火的普罗米修斯》才可能描写雅典人对普罗米修斯的崇拜仪式和火炬游行，从而表现出古希腊人完成了理性主义文化框架完满建构后的坚定信念和欢快愉悦。既然宙斯与普罗米修斯已经实现了和解联盟，征服自然的历史理性与伦理和谐的价值理性，已经划定了各自在理性主义框架里的位置，所以，琉善《诸神的对话》中以宙斯为代表的征服自然诸神，显然已经失去了唯我独尊的合理地位，其不容轻慢的神圣性难以掩盖自我嘲弄的喜剧性。正如里普斯所说："喜剧性也是一种'不应有'或者否定；它在我们看来是一种化为乌有。"[②]

从概括意义上说，西方喜剧意识的审美本质就是轻松愉快的历史告别。古希腊欧里庇得斯的悲剧《特洛亚妇女》与阿里斯托芬的喜剧《阿卡奈人》同是描写战争主题的戏剧。《特洛亚妇女》描写的是"荷马时代"的特洛亚战争。这场战争的性质，是为了掳掠更多的人口（妇女和儿

---

① 尼采：《悲剧的诞生》，周国平译，生活·读书·新知三联书店 1986 年版，第 42 页。
② 里普斯：《喜剧性幽默》，刘半九译，伍蠡甫、胡经之主编：《西方文艺理论名著选编》中卷，北京大学出版社 1986 年版，第 462 页。

童），抢夺更多的财富。也就是说，战争是人类生产力水平（包括生产者本身的生产水平）极其低下时，争夺自然资源的历史必然现象，是人类早期物质生产和"种的生产"本身残酷内容的一部分；战争没有正义与非正义的区分，没有道德是与非的区分，只有历史合理与伦理合情的二律背反。所以，《特洛亚妇女》从人伦情感的角度，描写了特洛亚城遭毁灭、屠戮的惨状，体现了欧里庇得斯充分理解和认同历史必然的悲剧性。《阿卡奈人》描写的则是希腊文化全盛时期雅典集团与斯巴达集团争夺霸权的战争。阿里斯托芬并不反对所有的战争，他经常称赞马拉松时代希腊人抗击波斯侵略的战争英雄。但是，阿里斯托芬认为雅典集团与斯巴达集团争夺霸权的战争却没有历史的合理性，因而它既没有伦理理想的合情，也没有历史现实的合理，从而陷入了双重的背谬中，故而也就失去了相应的悲剧意味，只有滑稽、可笑的喜剧意味了。

文艺复兴时期意大利人文主义作家卜伽丘的小说《十日谈》，虽然从人伦情感的角度，严厉批判了封建等级制度对青年男女纯真爱情的扼杀，但同时又从历史理性的角度暗示了封建等级制度还有坚实的政治、经济基础，因而还具有历史合理性；所以，小说中许多涉及青年男女逾越封建等级制度的纯真爱情故事都是历史合理与伦理不合情的悲剧。因此，我们也就不难理解，文艺复兴时期英国人文主义重要作家莎士比亚，为什么一方面宣称纯真爱情和个人幸福具有不言自明的神圣性，另一方面又常常在其喜剧中不自觉地把美好婚姻建构在男女双方门当户对的基础上。比如他的喜剧《驯悍记》中富有的维洛那绅士彼特鲁乔与帕度亚的富翁巴普提斯塔的大女儿凯瑟丽娜的爱情，富有的比萨绅士文森修的儿子路森修与巴普提斯塔的二女儿比恩卡的爱情，霍坦西奥与寡妇的爱情；《无事生非》的少年贵族克劳狄奥与总督里奥那托的女儿希罗的婚姻，少年贵族培尼狄克和里奥那托的侄女贝特丽丝的婚姻；《威尼斯商人》中巴萨尼奥与鲍西娅的婚姻，巴萨尼奥的朋友葛莱西安诺与鲍西娅侍女尼莉莎的婚姻；等等。还比如《爱的徒劳》中的那瓦国王腓迪南爱上了法国公主，三位侍从也分别爱上了公主的三位侍女，西班牙游客亚马多则爱上了村姑杰奎妮妲。《第十二夜》中的公爵奥西诺娶了薇奥拉，薇奥拉的哥哥西巴斯辛娶了伯爵女儿奥丽维娅，托比叔叔则同侍女玛利娅结了婚。其中有一个插曲是，当大家终于弄清楚奥丽维娅阴差阳错地同薇奥拉的哥哥西巴斯辛订婚后，公爵还赶忙出来说："不要惊骇，他的血统也很高贵。"①《皆大欢喜》中已故罗兰爵士的小儿子奥兰多与遭放逐的公爵女儿罗瑟琳，罗兰爵士的大儿子奥列佛与陪同罗瑟琳放逐的公爵篡位弟弟的女儿西莉娅，牧人西尔维斯与牧女菲苾，西莉娅的仆人小丑试金石同村姑奥德蕾也是各遂其愿、喜结良缘。莎士比亚没有忘记自由理想与历史现实的距离，所以一些非门当户对基础上的纯真的爱情，就只可能或发生在非常的境遇里，或经历非常的磨难，等等。比如《仲夏夜之梦》中拉山德与赫米娅的爱情，就发生和实现在乌托邦式的魔幻世界里。《一报还一报》里的公爵向依莎贝拉表达爱情，克劳狄奥同朱丽叶圆满结合，安哲鲁重新接纳自己曾经抛弃的未婚妻玛利安娜，则都经历了生离死别的非常磨难。其中克劳狄奥同朱丽叶所以未举行婚礼而偷吃禁果，是因为朱丽叶深恐她的亲友反对她的自由婚姻而拒绝把所保管的嫁奁给予她，安哲鲁先前所以抛弃未婚妻玛利安娜则因为玛利安娜的哥哥海上遇难而使妹妹的嫁奁随失事的船同归于尽。《终成眷属》中伯爵夫人的儿子勃特拉姆所以接受伯爵夫人收养的女孩海丽娜的爱情，也是因为海丽娜的忍辱负重和良苦用心。《威尼斯商人》中夏洛克的女儿杰西卡同基督教青年罗兰佐的爱情，则是机缘巧合的奇迹。其他如《维洛那二绅士》中在公爵府供职的凡伦丁同公爵女儿西尔维娅的爱情，以及《温莎的风流娘儿们》中培琪的女儿同自己所爱的少年绅士范顿的爱情，都共同躲过了若干阻挠或算计，才得以有情人终成眷属。卜伽丘的《十日谈》中还有许多涉及教士利用虚伪面纱掩护而偷香窃玉的故事，基本上都是喜剧。尤其比如第三天"劳丽达"的故事，描写修道院院长爱上了一个农民的妻子，使用药酒让农民人事不省，而后禁锢在地窖中，农民苏醒后还以为自己在炼狱里；第四天"潘比妮娅"的故事，描写亚伯度神父装扮成加百列天使同一个女人幽会；第九天"爱莉莎"的故事，描写女修道院长捉住一个犯奸情的修女，修女则指出院

---

① 莎士比亚：《第十二夜》，朱生豪译，《莎士比亚全集》四，人民文学出版社1978年版，第93页。

长头上是一条裤子而不是头巾；等等。如果在中世纪，当宗教教会的禁欲苦行还有其历史合理性时，放纵情欲的教徒可能会是文学家表达感性情感遭受理性意志压抑的悲剧性角色。但在文艺复兴时期的人文主义者的思想观念里，教会的禁欲主义扼杀人的天性，扭曲人的生命追求，已经失去了历史的合理性。这时候，教徒们偏偏还要虚伪地戴着注定应该抛入历史垃圾堆的虚伪面具，掩饰自己既合情也合理的生命冲动，同时还试图要人们相信自欺欺人的鬼把戏，因而也就顺理成章地成为文学家表达轻松愉快告别历史的喜剧性角色。正如爱默生所说："理智会不停地分析比较崇高的思想和那种虚张声势的假冒，如果发现两者不相称了，喜剧也就产生了。而且，由于宗教情操是世上最真实最诚恳的情操，几乎达到了一种忘我的境地，亵渎它仿佛就是最大的谎言。所以，文学中最早的讥讽就是攻击宗教的虚假。这是最可笑的笑话。……宗教的情操教人处世之道，可教会的所作所为又背离其道。这时，讽刺就达到了高潮。"①

法国古典主义戏剧家莫里哀的《达尔杜弗或者骗子》中的主人公达尔杜弗，披着虔诚的天主教徒外衣，骗取了奥尔贡及其母亲白尔奈耳夫人的无限敬重。他的伪善也就像他的手帕一样，一方面泄露了他受情欲熬煎的灵魂，另一方面又显示了他不合时宜的可笑。他的情欲冲动本有着复杂的历史与情感的内涵，但他故作虔诚的扭捏作态却只有激起人们蔑视嘲讽的喜剧感。因此，莫里哀说："规劝大多数人，没有比描画他们的过失更见效的了。恶习变成人人的笑柄，对恶习就是重大的致命打击。责备两句，人容易受下去的；可是人受不了揶揄。人宁可作恶人，也不要作滑稽人。"② 莫里哀明确意识到了当恶习具有历史合理依据时，可能引发痛苦的悲剧而令人憎恨；当恶习失去历史合理依据时，就只可能引发喜剧而成为笑柄。具有历史合理依据而能够引发悲剧的人是恶人，失去了历史合理依据而只能引发喜剧的人是滑稽人。恶人和滑稽人都是讨厌的社会丑陋人物，但恶人还有存在的意义，尽管他使人憎恨；滑稽人却没有存在的意

---

① 爱默生：《喜剧性》，《爱默生散文选》，姚暨荣译，天津百花文艺出版社1995年版，第144页。
② 莫里哀：《〈达尔杜弗〉的序言》，《文艺理论译丛》第四期，人民文学出版社1958年版，第122页。

义，所以他让人揶揄。因此，法国剧作家高乃依在谈论悲剧和喜剧时说：
"喜剧和悲剧的不同之处，在于悲剧的题材需要崇高的、不平凡和严肃的
行动，喜剧则只需要寻常的、滑稽可笑的事件。"① 别林斯基在谈到悲剧
和喜剧时也说："悲剧在其情节的狭小范围内只集中英雄事迹的崇高而诗
意的片断，喜剧则主要地描写日常生活中的散文，和生活中细琐的和偶然
的事件。"② 高乃依与别林斯基的意思无非表明，悲剧所处理的题材是具
有历史现实合理依据的重要问题，所表现的是人类痛苦的历史性选择，所
以，它是崇高的、不平凡的、严肃的、诗意的；喜剧所处理的题材是失去
历史现实合理依据的琐屑事情、偶然事件，所以它是寻常的、滑稽可笑
的。意大利剧作家瓜里尼也说："悲剧所写的是王侯，是严肃的行动，是
可恐惧可哀怜的情节，而喜剧所写的则是私人的事，是笑谑；这些就是悲
剧和喜剧在剧种上的差别。"③ 英国剧作家德莱登也说："构成悲剧的行为
的下述性质很简单明了，不需我解释。它必须是伟大的行为，包含伟大的
人物，以便与喜剧相区别，喜剧中的行为是琐屑的，人物是微贱的。"④
瓜里尼与德莱登都是要强调，悲剧所牵涉的严肃行动是具有历史现实合理
依据的重大事件，悲剧所席卷的人物是在具有历史现实合理依据舞台上履
行重要使命的大角色；喜剧所牵涉的行为是失去历史现实合理依据的琐屑
事情，喜剧中的人物，只是奔忙在失去历史现实合理依据舞台上的小角
色。所以，普罗普说："人们琐细的日常生活小事中由同样琐细的原因造
成的挫折才是滑稽。""由此可以看出，一些理论家断言喜剧性决定于某种
卑俗的、猥琐的东西，某些缺点的存在，他们的意见是正确的。"⑤ 别林
斯基也说："喜剧的内容是不含有任何合理的必然性的偶然事件，是幻象

---

① 高乃依：《论戏剧的功用及其组成部分》，孙伟译，伍蠡甫主编：《西方文论选》上卷，
上海译文出版社 1979 年版，第 255 页。
② 别林斯基：《诗的分类和分型》，《别林斯基论文学》，新文艺出版社 1958 年版，第 187 页。
③ 瓜里尼：《悲喜混杂剧体诗的纲领》，朱光潜译，伍蠡甫主编：《西方文论选》上卷，上
海译文出版社 1979 年版，第 196 页。
④ 德莱登：《悲剧批评的基础》，袁可嘉译，伍蠡甫主编：《西方文论选》上卷，上海译文
出版社 1979 年版，第 309 页。
⑤ 普罗普：《滑稽与笑的问题》，杜书瀛等译，辽宁教育出版社 1998 年版，第 78、161 页。

的世界，或者是似乎存在，实则是不存在的现实世界，喜剧的主人公是脱
离了自己精神天性的真实基础的人们。"① 别林斯基所说的"喜剧内容"，
就是指失去了历史合理性的社会生活现象。"喜剧的主人公"也就是扮演
着失去历史合理性，同时又缺乏伦理合情性的自我否定的人物角色。比如
18 世纪意大利喜剧作家哥尔多尼的喜剧《女店主》中，那位穷愁潦倒、
不名一文的侯爵，在贵族爵位已经弃如敝屣的时代，还不识时务、自以为
是地试图以摆阔气、撑面子的方式追求世事洞明的女主人公米兰多莉娜，
自然成为文学家表达轻松愉快告别历史的喜剧主人公。女主人公米兰多莉
娜就毫不讳言地说："那些像尾巴一样追在我身后的人，早就令我厌烦透
了。爵位对我毫无意义，我重视财富，但也不是金钱的奴隶。……我同所
有的客人都来往，但是从来也没有爱上过谁。那些疯狂追求我的痴情汉们
一举一动都是那么傻里傻气，我老是喜欢拿这个寻开心。我一定要使用一
切手腕，去征服、打击和摧毁那些敢于同我们女人为敌的冷酷无情的心，
因为我们是大自然这位美丽的母亲为人间创造的最美妙的事物。"② 正如英
国文艺批评家赫斯列特所说："人是唯一的笑和哭的动物；因为他是唯一能
感受到事物已然以及事物当然之间区别的动物。我们遇到严重的事件违反或
越出我们的愿望时，我们就哭；我们遇到琐细的事情使我们失望时，我们就
笑。我们落泪，由于同情现实中无可避免的苦难；正如我们发笑，是由于不
能同情那没有理性、没有必要的事物，这种事物的荒谬所引起的，只是我们
的反感或发笑，而不是对它的任何严肃的思考。""与人生分不开的那些罪
过和不幸，一朝占领着人生，便予精神以打击和损伤，而当压力不能再被忍
受时，它们便在眼泪中寻求宣泄；人们所干出来的种种愚蠢和荒谬，或者他
们所遭遇到的种种奇特的偶然之事，都由于没有真正的理由来要求我们的同
情，所以就只能提供我们以娱乐，并且产生笑的结果。"③ 从某种意义上说，

---

① 别林斯基：《诗的分类和分型》，《别林斯基论文学》，新文艺出版社 1958 年版，第 187 页。

② 哥尔多尼：《女店主》，万子美译，《哥尔多尼喜剧三种》，上海译文出版社 1989 年版，第 123 页。

③ 赫斯列特：《英国的喜剧作家》，伍蠡甫译，伍蠡甫主编：《西方文论选》下卷，上海译文出版社 1979 年版，第 38 页。

西方喜剧意识犹似在高声吆喝人们观看社会生活中不堪褴褛或不合时宜的
人性破衣如何轻松地被抛入了历史的垃圾堆。

应该说，人类社会发展中的历史与人伦、理性与感性、现实与理想的
矛盾是一对永恒的矛盾。每一新的历史阶段的到来，标志着旧的失去历史
合理性的现实已经埋葬、新的具有历史合理性的现实已经到来。喜剧意识
如何可能表现出向历史现实作轻松告别的审美本质呢？我们可以从两个方
面来理解这个问题。

第一，人类社会历史进步不是一个从低往高的直线过程，而是包含着
复杂性、曲折性，甚至诡异性的螺旋式上升过程，其历史合理性的失去往
往是一个发生在新历史阶段实现前后的渐进过程，轻松告别陈旧历史现实
也是一个发生在新历史阶段实现前后的渐进过程。所以，人的心灵自由本
质也就不难在新历史阶段实现前后的渐进过程中，发现已经失去历史合理
性却还未彻底埋葬的社会现实，从而实现轻松告别的喜剧意识。同时，每
一新的社会历史进步阶段的到来，常常是以人的自由本质较高实现的抽象
形式，掩藏或遮盖着一定阶段的经济、政治及社会制度性质。如同马克
思、恩格斯所说："事情是这样的，每一个企图代替旧统治阶级的地位的
新阶级，为了达到自己的目的就不得不把自己的利益说成是社会全体成员
的共同利益，抽象地讲，就是赋予自己的思想以普遍性的形式，把它们描
绘成唯一合理的、有普遍意义的思想。进行革命的阶级，仅就它对抗另一
个阶级这一点来说，从一开始就不是作为一个阶级，而是作为全社会的代
表出现的；它俨然以社会全体群众的姿态反对唯一的统治阶级。"① 这种
抽象形式上的普遍一致性，往往使新历史阶段实现前后的渐进过程变得更
曲折、更漫长，或者旧历史阶段失去历史合理性的渐进过程变得更曲折、
更漫长，从而轻松告别陈旧历史现实的渐进过程也变得更曲折、更漫长，
自由理想埋葬陈旧历史现实的喜剧意识可能发生的机会也更广泛、更多
元。比如欧洲 18 世纪的启蒙运动在运用自由、平等的口号解放人们的思

---

① 马克思、恩格斯：《费尔巴哈》，《马克思恩格斯选集》第一卷，人民出版社 1972 年版，
第 53 页。

想时，也就同时在观念形式上，赋予了男女性别在经济、政治地位上的自由、平等权利。所以，那些歧视女性的偏见，也就在没有伦理合情性的同时失去了历史合理性，坚持这些偏见的人物自然在文学作品中成了喜剧性角色。比如哥尔多尼的《老顽固》里的商人卢纳尔多、西蒙等，因为对女人怀有顽固不化的偏见，要求自己的妻子、女儿整天闭门不出，更不准穿漂亮衣服。卢纳尔多要把自己的女儿嫁给毛里奇奥的儿子费里佩托，却不允许两位青年人事先知道，更不允许他们事先见面。整个喜剧就围绕这些人物的顽固性格而充分表现了轻松告别陈旧历史的喜剧性。正如柏格森所说："当他应该按照目前的现实改变他的行为时，他却使自己僵化地依照过去因而只是依照想象中的情景去行事。在这种情况下，滑稽就会落到这个人的身上；他具备滑稽的一切要素——内容与形式，原因与时机。"①《老顽固》还别有深意地描写市民康奇亚诺的妻子菲莉琪叶，设计让卢纳尔多的女儿露琪艾塔与毛里奇奥的儿子费里佩托，在二人的婚事宣布前互相见面。大怒的卢纳尔多要取消婚约，于是引发了菲莉琪叶理直气壮的斥责。菲莉琪叶说："首先我要告诉你一个基本事实，卢纳尔多先生，您不用发火，也不要见怪，您是一个非常顽固的人，粗鲁而没有教养。您对待女人的态度，对您妻子、女儿的态度是那样地刁钻怪僻，令人不可思议，超出了正常人的范围。因此，她们永远也不可能对您好，只不过是在用理智克制自己，勉强地服从您。在她们眼里，您并不是一个丈夫或者一个父亲，而是一个魔鬼，一头野熊，一个恶棍。……先生们，我的话讲完了，但是我还要向你们大声疾呼，同意这门婚事吧！请原谅我这一番律师式的演讲。"听完菲莉琪叶正气凛然的话语，卢纳尔多、西蒙、康奇亚诺均哑口无言，面面相觑。其情其景也就自然产生了柏格森所说的"如果某种情感并不会使我们动情，反而会使我们感到滑稽，那么肯定存在着某种僵化的东西，阻碍着心灵之间的沟通。到了一定的时候，这种僵化就会像木偶的动作那样表现出来，而使我们发笑"。② 所以，菲莉琪叶忍不住旁白：

---

① 柏格森：《滑稽的一般含义——相貌与动作中的滑稽——滑稽的延伸》，《笑与滑稽》，乐爱国译，广东人民出版社 2000 年版，第 8 页。

② 柏格森：《性格中的滑稽》，《笑与滑稽》，乐爱国译，广东人民出版社 2000 年版，第 99 页。

"瞧呀！他们一个个都像闷葫芦似的，可见我的话已经打中了他们的要害。"接下来，卢纳尔多问："您觉得怎么样，西蒙先生？"西蒙回答说："我吗？如果您想知道我的意见，我似乎觉得应该同意。"康奇亚诺也说："我也不会投反对票的。"① 更加令人感到有意思的是，这几位对女人心存傲慢的爷们儿，终于禁不住表露出对菲莉琪叶的钦佩之意。卢纳尔多对康奇亚诺说："您这位妻子可真是能说会道呀！"康奇亚诺则不无自豪地说："您也看到了吧！可见你们平时骂我笨蛋是不对的，我老是不得不被她牵着鼻子走。有时我说一句话，她就说十句、一百句，我只好依着她。"西蒙则赞叹道："真是一个了不起的女人！说话也好，办事也好，她总是胸有成竹，有她自己的一套办法。"卢纳尔多最后归纳说："只要她一开口，就注定要占上风。"② 其实，菲莉琪叶的征服力量不是个人的语言逻辑，而是社会的历史逻辑。

第二，人类社会历史合理性的判定，往往取决于人类社会实践主体的主观心理尺度。从这个意义上说，文学世界里的喜剧意识，其实体现了一个历史时代的文学创作者和读者或观众判断社会现实合理性的主观心理尺度。正如黑格尔所说："在喜剧里情况就相反，无限安稳的主体性却占着优势。"③ "喜剧却不然，主体一般非常愉快和自信，超然于自己的矛盾之上，不觉得其中有什么辛辣和不幸；他自己有把握，凭他的幸福和愉快的心情，就可以使他的目的得到解决和实现。"④ 当一个历史时代的文学创作者和读者或观众，都普遍认为相应的社会现实里包含了应当否定的历史谬误时，轻松告别相应社会现实的时候就来到了，喜剧意识发生的机会也来到了。正如亚里士多德所说："人们所想听的笑话和所要讲的笑话应该是同类的，如若所想听的不与所要讲的同类，人们就难于接受。"⑤ 或者还如柏格森所说："我们可以承认，使我们发笑的是别人的缺点，但是还

---

① 哥尔多尼：《老顽固》，万子美译，《哥尔多尼喜剧三种》，上海译文出版社 1989 年版，第 302—303 页。

② 同上书，第 305 页。

③ 黑格尔：《美学》第三卷下册，朱光潜译，商务印书馆 1981 年版，第 290 页。

④ 同上书，第 291 页。

⑤ 亚里士多德：《尼各马科伦理学》，苗力田译，中国社会科学出版社 1990 年版，第 86 页。

必须加上一句，这些缺点之所以会使我们发笑与其说是因为不道德，还不如说是因为不合群。"① "总之，一个人物是好人还是坏人并不重要，如果他不合群，他就有可能变成滑稽人物。"② 所谓合群其实就是文学创作者和读者或观众，不自觉地共同拥有一种具有普遍性的思想意识或情感感受。这种具有普遍性的思想意识或情感感受来自一个历史时代的思维逻辑与历史逻辑、主观目的与客观规律、理想与现实的辩证统一。哥尔多尼的优秀喜剧，就因为启蒙思想包含的自由理想观念已经在意大利广泛传播，主人公纯真的爱情追求、质朴的人生态度、倔强的个体性格、机智的应对策略等等，相对于旧封建贵族的贪婪傲慢、吝啬虚伪、冥顽不灵等等，皆具有不言自明的伦理合情性与历史合理性，因此二者的冲突自然会显现出轻松告别历史的喜剧性。

当然，因为人类社会历史进步隐藏着无数错裂罅隙，历史合理性的失去是一个渐进过程，人类社会历史合理性的判定，又取决于人类社会实践主体的主观心理尺度；所以，客观社会现实与主观心理尺度一定会发生复杂的纠缠交错，从而使历史合理性的判断、历史告别的喜剧性也呈现出复杂的纠缠交错。所以，贺拉斯·沃尔波说："世界对爱思考的人来说是出喜剧，对动感情的人来说是出悲剧。"③ 普罗普也说："恶习、缺点如果写得极为可怕，结果就不是喜剧的对象，而成了悲剧的对象了。"④ 比如古罗马普劳图斯的《凶宅》描写青年菲洛拉切斯在父亲外出期间，放纵自己吃喝玩乐，甚至借高利贷替宠姬赎身，等等。但这些道德上的放纵行为在古罗马时代的文学创作者和读者或观众的主观心理尺度里，显然是可以理解的青年人成长过程中的错误，因而不具有违背历史合理与伦理合情的喜剧性。正如菲洛拉切斯的好朋友加利达马提斯，在劝解菲洛拉切斯的父亲时所说："您知道我是您儿子最要好的朋友。他来找了我，因为他知道你

① 柏格森：《性格中的滑稽》，《笑与滑稽》，乐爱国译，广东人民出版社 2000 年版，第 97 页。

② 同上书，第 102 页。

③ 梅尔文·赫利茨：《幽默的六要素》，诺思罗普·弗莱等：《喜剧：春天的神话》，傅正明、程朝翔等译，中国戏剧出版社 1992 年版，第 271 页。

④ 普罗普：《滑稽与笑的问题》，杜书瀛等译，辽宁教育出版社 1998 年版，第 121 页。

了解了他的事，他感觉惭愧，不敢见您。现在我请求您，他年轻糊涂，原谅他吧，他总是您的儿子，您也明白年轻人总会开这种玩笑的。而且他做的事情都是和我们一起做的；我们都有责任。"① 其实，菲洛拉切斯在剧情开始的时候，就用人生在世像一所房子的生动比喻，认识到了自己的放纵行为是人生的错误。因此，《凶宅》的喜剧性是源自菲洛拉切斯的奴隶特拉尼奥，为帮助少主人煞费苦心地用谎言遮掩错误，从而因为谎言自身的逻辑机制而引发了一系列的喜剧冲突。所以，读者或观众也就不难理解，当菲洛拉切斯的好朋友加利达马提斯诚恳地向其父亲转达了儿子的惭愧后，喜剧性则戛然而止。还比如 17 世纪西班牙作家维加的《傻姑娘》描写一位仁慈父亲，根据自己的设想为冥顽痴傻但嫁妆丰厚的大女儿菲内娅、聪明伶俐的二女儿尼赛，分别安排了利塞奥、劳伦西奥作为未来的丈夫。但利塞奥因为很富有，更看重才情智慧，所以，他钟情二女儿尼赛。劳伦西奥是个穷光蛋，更青睐丰厚嫁妆，所以，他情愿娶大女儿菲内娅。奇妙的是，劳伦西奥的甜言蜜语不但赢得了菲内娅的芳心，而且奇迹般地使其混沌的心智逐渐开窍了。显然，在西班牙这个时期的文学创作者和读者或观众的主观心理尺度里，一定限度的物质计较是可以理解的青年人面对生活现实的精神缺陷，因而不具有违背历史合理与伦理合情的喜剧性。如果主人公劳伦西奥费尽心机地掩盖其缺陷，就可能引发相应的喜剧性。所以，《傻姑娘》的喜剧性更在于父亲的安排与两个未来女婿的选择错位而引发的一系列无意识的误解、冲突，以及菲内娅从冥顽痴傻到豁然开窍，再到装疯卖傻而逐步展开的有趣故事。

同时，我们也不难发现，西方许多经典喜剧常常因为客观社会现实与主观心理尺度的复杂纠缠与交错，又不可避免地潜藏着朦胧的悲剧性因素。比如泰伦提乌斯的《安德罗斯女子》描写潘菲卢斯爱上了格吕克里乌姆，并且使其怀孕，潘菲卢斯允诺娶其为妻。但人们一直误以为格吕克里乌姆是一个安德罗斯岛出生的伴妓赫里西斯的妹妹。因此，潘菲卢斯的父

---

① 普劳图斯：《凶宅》，杨宪益译，《古罗马戏剧选》，人民文学出版社 1991 年版，第 58—59 页。

亲西蒙为儿子另外选择了赫勒墨斯的女儿为妻。尽管父亲的行为，可能没有伦理的合情性和历史的合理性，但这并不能否认社会身份在现实社会生活中还有相当的影响力。所以，潘菲卢斯的奴隶达乌斯不得不让赫勒墨斯看见了婴儿的同时，故意说有人认为格吕克里乌姆是阿提卡公民，法律要求潘菲卢斯娶她，以此坚定赫勒墨斯取消自己女儿与潘菲卢斯婚礼的决心。更重要的是，赫里西斯的堂兄弟克里托来到了雅典，让人们发现格吕克里乌姆原来是赫勒墨斯失散多年的亲生女儿。潘菲卢斯与格吕克里乌姆的爱情才终于得到了圆满的结果。还比如莫里哀的喜剧《吝啬鬼》中的主人公极度迷醉金钱的思想行为，因为既没有伦理的合情性，也没有历史的合理性，所以产生了浓郁的喜剧性，但这并不能否认金钱在现实社会生活中还有相当的魔力。所以，剧情展示的喜剧性矛盾达到高潮时，莫里哀不得不借用古希腊戏剧所称的"机械上的神"的方式，请出了从天而降的玛丽雅娜的富贵父亲。也就是说，莫里哀仍然不得不用金钱的力量，解决现实生活中的矛盾，从而保证了喜剧性的完满实现。《达尔杜弗或者骗子》也同样在达尔杜弗的假面最终被揭穿的剧情高潮时，他凶相毕露地一方面试图利用合法手段，夺取奥尔贡的财产，另一方面还准备利用手中掌握的秘密政治文件向国王告密。因为私有财产转让的合法性，封建国王统治秩序的权威性，仍具有历史合理性，因而达尔杜弗与奥尔贡的矛盾冲突，也就形成了一种急转直下的优势向劣势的转变，眼见悲剧的结局在所难免。莫里哀又勉强借用"机械上的神"的方式，请出了英明的国王，从而将悲剧的潜在因素消解在喜剧的主导趋势中了。《太太学堂》描写青年奥拉斯不知道自己爱上的姑娘，就是自己父亲的朋友阿尔诺耳弗控制下的阿涅丝，他不但告诉阿尔诺耳弗自己同阿涅丝的恋情和自己的心事、计谋，而且甚至将逃跑出来的阿涅丝交给阿尔诺耳弗去帮助藏匿，等等。事件的一切发展皆在阿尔诺耳弗的掌握之中，喜剧已然向着悲剧方向滑行。所以，莫里哀又赶快借用"机械上的神"方式，设计了失散女儿多年的昂立克先生不经意间找到了自己的女儿阿涅丝，并且将女儿许配给自己老朋友奥隆特的儿子奥拉斯的巧合。不意而来的天凑机缘，终于止住了悲剧的运行趋势。所以，剧中的另一位人物克立萨耳德忍不住说："也感谢上天，凡事逢凶化吉。"《堂·璜》也是通过"机械上神"的方式，描写一个具有生命的雕像代表上天惩罚了堂·璜。还比如法国启蒙作家博马舍在《塞维勒的理发师》里，描写阿勒玛维华伯爵为了证明真正的爱情，装扮成没有财产和地位的穷大学生，追求贵族出身但父母双亡的罗丝娜。他翻过百叶窗来到罗丝娜卧室时，仍然在表达爱情时透露了自己的真实身份。特别在面对霸尔多洛已知内情而情况紧急时，他仍然不能不使用地位和金钱，买通罗丝娜的唱歌教师唐巴斯洛和公证人，立即为自己和罗丝娜作结婚证明。前面说过，坚信纯真爱情和个人幸福具有不言自明神圣性的莎士比亚，也往往为回避封建等级制度历史合理判定的复杂性，常常在其喜剧中不自觉地把美好婚姻建构在男女双方门当户对的基础上。莎士比亚还有许多喜剧因为完全为表达自己自觉的道德观念和善恶意识，有些稍许偏离西方主流的喜剧意识而包含两个方面的独特意蕴：其一，通过各种形式展现善与恶的尖锐激烈矛盾，使喜剧里充溢着忧伤和痛苦的悲剧色彩。这种特征主要体现在他的第二期喜剧创作里。比如《一报还一报》中的文森修公爵把权力托付给安哲鲁，自己装扮成神父暗中巡回察访。少年绅士克劳狄奥因为同朱丽叶小姐相爱而使其未婚先孕，摄政的安哲鲁以整顿社会风气为名判处克劳狄奥的死刑。克劳狄奥的姐姐依莎贝拉为救弟弟性命前往拜见安哲鲁，安哲鲁爱上了克劳狄奥的姐姐依莎贝拉，他以依莎贝拉满足自己的爱欲作为赦免克劳狄奥的条件，遭到了依莎贝拉的拒绝。公爵在巡回察访中分别会见了朱丽叶、克劳狄奥、依莎贝拉。公爵安排依莎贝拉答应安哲鲁的爱欲要求，并相互约定会面的时间、地点和规则。公爵私下安排安哲鲁曾经抛弃的未婚妻玛利安娜，代替依莎贝拉同安哲鲁完成了约会。安哲鲁自以为得逞后，居然背信弃义下令如期处死克劳狄奥。公爵又暗自让狱卒做了巧妙的调包，救下了克劳狄奥。最后，公爵回来让一切真相大白。《终成眷属》中伯爵夫人收养的女孩海丽娜一厢情愿地爱上了伯爵的儿子勃特拉姆。海丽娜运用父亲留下的医药秘方，解除了国王的病痛。国王赞同海丽娜向勃特拉姆求爱。勃特拉姆嫌弃海丽娜地位卑微，迫于国王权威结婚后，打发妻子回到母亲家里，自己匆匆到意大利战场去了。勃特拉姆写信告诉母亲自己的意思。同时说："汝倘能得余永不离手之指环，且能腹孕一子，确为余之骨肉者，始可称余为夫，然余可断言永无此一日也。"① 海丽娜为了实现自己的爱情，亲自来到意大利。她碰巧知道勃特拉姆主动勾引一位寡妇的女儿狄安娜姑娘，于是在她们的帮助下，得到了勃特拉姆的指环，实现了同勃特拉姆的约会，并且把国王送给自己的指环赠给了勃特拉姆。后来，大家以为海丽娜去世了，大臣拉佛愿意把自己的女儿嫁给勃特拉姆。勃特拉姆脱下手指上的指环给拉佛时，拉佛和国王都认出指环是国王曾经送给海丽娜的礼物，国王怀疑勃特拉姆谋害了海丽娜。这时候，一位朝士帮海丽娜递给国王一纸诉状。狄安娜声称自己被勃特拉姆所诱骗。国王追问指环的来历，终于引出海丽娜的上场而使真相大白。最后，勃特拉姆终于接受了海丽娜的爱情。其二，凭借人伦道德的奇迹般力量，甚至不惜借助超验的神秘力量，缝合现实与理想的裂隙，正如诺思罗普·弗莱所说："莎士比亚的喜剧，像所有神话一样，生动地说明了文学的原型功能即是展现欲望的世界，这并非意味着逃避'现实'，而恰恰表明人类力求创造一个真正的理想王国。"② 这种特征也主要体现在他的第二期喜剧创作里。当然，莎士比亚的这些喜剧终归没有完全背离西方喜剧意识历史告别的审美本质。这些喜剧的结果，往往通过喜剧性人物角色的悔悟与非喜剧性人物角色的宽恕，实现了双方在和解的基础上共同走向新的人生。这种通过喜剧性人物角色的悔悟和非喜剧性人物角色的宽恕，实现双方和解的喜剧性结果，甚至在法国 18 世纪深受启蒙运动思想影响的博马舍的《费加罗的婚姻》中得到了同样的表现：一方面是费加罗在伯爵夫人帮助下，嘲弄了逢场作戏的伯爵，保卫了自己同女仆苏珊娜的爱情；另一方面是伯爵悔悟妥协，放弃了封建贵族对农奴的特权，顺应了第三等级、资产阶级代替封建贵族的历史潮流。

　　尽管历史合理性的判断、历史告别的喜剧性具有复杂的纠缠交错，我们仍然不能不同意历史合理的评判、喜剧性的界定，仍然具有相对的清晰

---

① 莎士比亚：《终成眷属》，朱生豪译，《莎士比亚全集》三，人民文学出版社 1978 年版，第 354 页。

② 诺思罗普·弗莱：《喜剧：春天的神话》，傅正明、程朝翔等译，中国戏剧出版社 1992 年版，第 249 页。

性、明确性。因为历史合理的主要标志就是社会生产力的解放，而社会生产力解放又同社会生产关系具有辩证关系。社会生产关系可以直接追问的主要因素就是社会制度设计。一种社会制度设计是否充分调动绝大多数生产者的积极性、充分发掘绝大多数生产者的创造性，除非是别有用心或愚昧昏聩，绝大多数生产者应该是心知肚明。这种心知肚明就是一个历史时代的文学创作者和读者或观众主观心理尺度的主要依据。现代社会学的奠基者、法国著名社会学家迪尔凯姆从社会学角度谈到集体情感与个人情感的交互影响时认为："如果大家都产生了共鸣，那并不是因为彼此之间有一种事先自发安排好的协议，而是因为有一种同一的力量把大家引向同一个方向。"① 所以，一个历史时代的文学创作者常常可以凭借这种"同一的力量"，坚信读者或观众能够心照不宣地拉开一个适当的审美距离，心甘情愿地遵循文学创作者设定的喜剧审美范式，兴高采烈地默认喜剧运势的完整性。正如爱默生所说："一切谎言，一切罪孽，如果在一定的距离外观察，就是滑稽可笑的。"② 比如 17 世纪莫里哀的《吝啬鬼》与 19 世纪巴尔扎克的《欧也妮·葛朗台》中的主人公都是爱钱如命地吝啬。但前者是喜剧性人物，后者却是悲剧性人物。这是因为《吝啬鬼》中的主人公阿尔巴贡生活在金钱还未彻底撕裂人与人之间温情脉脉面纱的封建宗法制社会关系里，他为了金钱不惜牺牲儿女幸福的行径，在当时当地人们的主观心理尺度里，既无伦理的合情性，也无历史的合理性。而《欧也妮·葛朗台》中的主人公老葛朗台生活在金钱代替了门第，贿赂代替了刀剑，人与人之间的财产算计代替了宗法血亲的资本主义时代。金钱正凭借其历史时代的合理性，无情地摧毁一切阻挡其运行的人伦伦理情感和心灵自由理想。所以，巴尔扎克无情地揭示了老葛朗台和家人、社会，如何挣扎在金钱锁链束缚自我心灵的悲惨命运中。我们今天的读者在阅读巴尔扎克的悲剧作品《欧也妮·葛朗台》时，常常禁不住会产生一丝苦涩的喜剧感，那是因为今天的读者更能从人性本质更丰富、更高尚的精神层面来看待金钱；或者说，金钱在我们

---

① 迪尔凯姆：《社会学方法的准则》，狄玉明译，商务印书馆 1995 年版，第 31 页。
② 爱默生：《喜剧性》，《爱默生散文选》，姚暨荣译，天津百花文艺出版社 1995 年版，第 141 页。

现代人的心灵世界里，或许已经没有了主宰一切的绝对神圣性。正如普罗普所说："每个时代和每个民族都有他们特殊的幽默感和滑稽感，这种情感有时在其他时代是不可理解、不可接受的。"①

二 中国喜剧意识的审美本质：道德胜利

中国的喜剧意识萌芽可以追溯到原始的卜筮歌舞、祭祀飨宴。比如《诗经·小雅》的《宾之初筵》就通过描写宴饮贵族的丑态毕露，显示了初步的喜剧性。中国人最初生产实践活动产生的伦理理性主义文化，无视历史与人伦二律背反原则，坚决维护人伦对历史的绝对优先地位。当然，中国人在社会历史文化实践活动中仍然面临着无法回避的历史与伦理、理性与感性、必然与自由的尖锐矛盾和冲突，同时也无法避免这些矛盾冲突中伦理、感性、自由遭遇毁灭的必然命运，他们一方面萌发了将苦难和不幸审美超越的悲剧精神，另一方面更孕育出了将苦难和不幸审美消解的喜剧意识。所谓审美消解的喜剧意识，主要表现为中国人的思想意识里始终有一个永恒的道德法庭，它迫使每一个人无论其贫富、强弱、尊卑、高下，皆必须在其面前申说自己言语行为的合理性。因此，中国喜剧意识主要不是源自历史的微妙，而是源自道德的迷醉。这便决定了中国喜剧意识显示伦理道德胜利的审美本质。司马迁在《滑稽列传》中开章明义称："孔子曰：'六艺于治一也，礼以节人，乐以发和，书以道事，诗以达意，易以神化，春秋以义。'太史公曰：'天道恢恢，岂不大哉！谈言微中，亦可以解纷。'"② 他还为其自序曰："不流世俗，不争势利，上下无所凝滞，人莫之言，以道之用，作滑稽列传。"③ 司马迁明确表明自己作"滑稽列传"的目的就是有助于治化之道。所以，司马迁描写淳于髡、优孟、优旃三人，分别以讽喻而劝君王矫谬行或施仁义的喜剧故事。这些故事的喜剧性并不是主人公的思想、行为本身滑稽可笑，而是主人公巧妙运用永恒道德法庭的力量，获得了道德的胜利。正如刘勰在《文心雕龙·谐隐》中所说："优

① 普罗普：《滑稽与笑的问题》，杜书瀛等译，辽宁教育出版社1998年版，第14页。
② 司马迁：《史记·滑稽列传》，中华书局1982年版，第3197页。
③ 司马迁：《史记·太史公自序》，中华书局1982年版，第3318页。

旄之讽漆城，优孟之谏葬马，并谲辞饰说，抑止昏暴。是以子长编史，列传
滑稽，以其辞虽倾回，意归义正也。""赞曰：古之嘲隐，振危释惫。虽有
丝麻，无弃菅蒯。会义适时，颇益讽诫。空戏滑稽，德音大坏。"① 俄国文
艺理论家别林斯基曾结合俄国文学的喜剧艺术实践这样说："艺术的喜剧不
应该为了诗人预定的目的而牺牲其描绘的客观真实性：不然，它就会从艺术
的喜剧变为说教的喜剧了，这一词的意义我们下面就要谈到。但是，如果说
教的喜剧不是出于单纯的卖弄聪明的愿望，而是因为精神在生活的鄙陋中感
到了深刻的悲哀；如果那里面的嘲笑含有冷讥的愤怒，它的基础是深刻的幽
默，而且在描写中充溢着狂暴的灵感，——一句话，如果说教的喜剧是由痛
苦产生的作品——那么，它便不逊于任何一篇艺术的喜剧。当然，这种喜剧
不可能不是伟大才能的创作，它的描写可能具有过于鲜明和浓厚的色彩，可
是并没有夸张到不自然和戏谑的程度；自然，其中的人物性格应该是塑造而
非臆造出来的，他们的刻绘应该有一定程度的艺术性。"② 别林斯基作为俄
国农奴解放运动中"完全代替贵族的平民知识分子的先驱"，他的文学评论
活动主要是探索俄国文学在俄国农奴解放运动中的使命和责任，他对喜剧的
这种保留评价比较适合说明中国喜剧意识道德胜利的审美本质。

　　中国喜剧意识中的伦理道德胜利，首先表现为道德战胜邪恶的胜利。
比如《史记·滑稽列传》西门豹治邺故事里，邺县的官吏与女巫相互勾
结，凭借为河伯娶妇的幌子赋敛百姓。西门豹因势利导、"以其人之道还
治其人之身"，使"邺吏民大惊恐，从是以后，不敢复言为河伯娶妇"。③
汉魏志怪小说集《列异传·宗定伯卖鬼》中的宗定伯夜行逢鬼。他凭借自
己的无畏和智慧冒充鬼，并多次通过对鬼的捉弄而一次次化解了险恶的形
势，巧妙地获悉了鬼的天生畏忌，化鬼为羊，往市场上卖掉了。魏晋志怪
小说《搜神记·李寄》描写东越闽中庸岭有大蛇为害，每年八月初一不得
不祭以十二三岁女童一名，已经吃掉了九名女童。继而又开始预先寻找、
招募女童时，将乐县李诞家的小女李寄应募前往。李寄凭借其非凡的勇敢

①　周振甫注：《文心雕龙注释》，人民文学出版社 1981 年版，第 159—160 页。
②　别林斯基：《诗的分类和分型》，《别林斯基论文学》，新文艺出版社 1958 年版，第 188 页。
③　司马迁：《史记·滑稽列传》，中华书局 1982 年版，第 3212 页。

和机智杀死了大蛇，消灭了地方祸害。《搜神记·葛祚碑》描写衡阳太守葛祚在去官前，为了排除民累，准备用大斧砍伐兴妖作怪的所谓"神木"，迫使妖怪不得不主动逃离。魏晋志怪小说《搜神后记·山獭》描写王某捉获屡次破坏自己的蟹断、偷食断中蟹的山獭怪。山獭冒充山神，一面利诱王某，祈求释放，一面诳骗王某说出其姓名，以便伺机中伤。王某一概不予理会，回家用炽火焚烧了山獭怪。南朝志怪小说《齐谐记·吕思斫狸怪》描写吕思之妇被狸怪所窃，吕思在觅妇过程中，以刀斫杀百余狸怪，救出了妻子和数十名受害的女子。唐玄怪小说《河东记·板桥三娘子》描写旅客赵季和识破了开黑店的三娘子将人变成驴贱价出卖给路人的勾当，也通过"以其人之道还治其人之身"的方式，将黑店老板娘变成了驴。唐传奇小说《玄怪录·郭元振》描写郭元振回乡途中，夜行迷路，投宿一乡祠，听见女子啼哭。询问后得知，乡民每年要把一个美貌女子，嫁给一个所谓"乌将军"的猪妖。郭元振以其胆略智慧不但拯救了受害女子，而且说服乡民齐心协力消灭了猪妖。唐传奇小说《柳毅传》描写落第书生柳毅帮助荒郊牧羊的洞庭龙女传书至娘家，说明其在泾河夫家备受虐待。洞庭君弟钱塘君，诛杀泾河逆龙，救出龙女。后来，柳毅与龙女结成美满夫妻。唐传奇小说《红线》描写安禄山叛乱后，破坏唐王朝统一、危害人民的魏博节度使田承嗣，妄图吞并维护唐王朝统一、同情人民的潞州节度使薛嵩。薛嵩的婢女红线，凭借高超的武艺，突破田承嗣的严密警卫，从其枕头边取去一金盒，迫使田承嗣放弃了吞并邻镇的野心。宋志怪小说《夷坚丙志》卷十三《蓝姐》描写王知军的婢女蓝姐，在遭遇强盗抢劫时，暗以烛泪污盗衣背，终于使强盗全部落网，财物全部追回。中国戏剧成熟时期的喜剧，更是充分表现了道德战胜邪恶的审美本质。关汉卿的《望江亭》描写女主角谭记儿凭借勇气和智慧，巧妙地战胜了权势人物杨衙内。《救风尘》描写女主角赵盼儿凭借世事洞明的聪明智慧，战胜了拥有客店、粉房、赌房的强势恶棍周舍，营救了弱势女子宋引章。无名氏的《陈州粜米》描写包拯赴陈州勘察案件，历尽磨难而亲自体察到了刘衙内儿子和女婿的恶行，然后不露声色地设计斩杀了刘衙内儿子和女婿。

中国喜剧意识中的伦理道德胜利，其次表现为道德战胜丑陋的胜利。

比如汉乐府诗歌《陌上桑》描写"五马立踟蹰"的使君试图调戏采桑女罗敷，罗敷通过机智地应对，使自以为艳遇将至的权势人物灰溜溜地逃走了。南朝志怪小说《幽明录·汉武帝避暑甘泉宫》描写"汉武帝在甘泉宫，有玉女降，常与帝围棋相娱。女风姿端正，帝密悦，乃欲逼之，女因唾帝面而去，遂病疮经年"。① 南朝志怪小说《述异记·傻鬼掷钱》描写一个鬼在一王姓家"或歌啸，或学人语，常以粪秽投食中"。后又到东邻庾姓家如是恶作剧。但不怕鬼的庾某告诉鬼："以土石投我，非所畏，若以钱见掷，此真见困。"② 鬼便用钱掷庾额，庾某得百余钱。中国戏剧成熟时期的喜剧，更是充分表现了道德战胜丑陋的审美本质。比如王实甫的《西厢记》描写代表道德理想的自由恋爱与代表丑陋现实的宗法礼教发生了冲突，因为男女主人公张生、莺莺的坚持不懈，丫环红娘的巧妙周旋，终于迫使宗法礼教不得不妥协退让。吴炳的《绿牡丹》描写告老还乡的原翰林学士沈重访求乘龙快婿举行文会。世宦子弟柳希潜请谢英，车本高请妹妹代笔作文，分别获得了第一、第二名，真正有才学的青年顾粲却屈居第三。但车本高的妹妹车静芳、沈老先生，终归识破了柳希潜与车本高的真相。这里代表道德理想的是识诗书、知礼义的谢英、顾粲，代表丑陋现实的是不学无术的柳希潜、车本高。谢英、顾粲战胜柳希潜、车本高无疑实现了道德理想战胜丑陋现实的喜剧性胜利。同类的喜剧还如清代李渔的《风筝误》里，代表道德理想的是识诗书、知礼义的韩琦仲、詹淑娟，代表丑陋现实的是不学无术的膏粱子弟戚友先、言行粗俗的詹爱娟。韩琦仲、詹淑娟经过一连串阴差阳错与人物性格矛盾，终于战胜戚友先、詹爱娟的纠缠而喜结良缘，实现了道德理想战胜丑陋现实的喜剧性胜利。

应该说，人类社会历史具有不依照人的主观道德意志为转移的无情规律性，喜剧意识如何可能显示出道德胜利的审美本质呢？我们也可以从两个方面来理解这个问题。第一，中国文化不同于西方文化注重探讨人与人生产协作关系基础上的社会制度建设，中国文化更注重探讨人与人血缘宗

① 转引自吴志达《中国文言小说史》，齐鲁书社1994年版，第168页。
② 同上书，第182页。

亲关系基础上的社会伦理秩序。尽管历史从来都是在深刻的悖论中前进，中国历史的发展也必然引发社会矛盾冲突。但在中国文化中起主导作用的思想家孔子却认为中国历史中发生的矛盾冲突都根源于血缘宗亲基础上的社会伦理秩序的毁坏：一方面是普通百姓僭礼越位，不能谨守名分约定；另一方面更是统治者未从个人伦理亲情的感受推己及人，不能设身处地与人民分享同情。孔子认为治理国家的原则就是正名，即所谓"君君、臣臣、父父、子子"。也就是君、臣、父、子都各遵其道，名副其实。所以，中国文化中的伦理道德常常具有超时代、超阶级的准宗教性质的盲目迷信，反过来也就为各时代、各阶级准备了随时可供利用的意识形态话语资源。马克思和恩格斯说："现在，分工也以精神劳动和物质劳动的分工的形式出现在统治阶级中间，因为在这个阶级内部，一部分人是作为该阶级的思想家而出现的（他们是这一阶级的积极的、有概括能力的思想家，他们把编造这一阶级关于自身的幻想当作谋生的主要泉源），而另一些人对于这些思想和幻想则采取比较消极的态度，他们准备接受这些思想和幻想，因为在实际中他们是该阶级的积极成员，他们很少有时间来编造关于自身的幻想和思想。在这一阶级内部，这种分裂甚至可以发展成为这两部分人之间的某种程度上的对立和敌视，但是一旦发生任何实际冲突，当阶级本身受到威胁，甚至占统治地位的思想好像不是统治阶级的思想这种假象、它们拥有的权力好像和这一阶级的权力不同这种假象也趋于消失的时候，这种对立和敌视便会自行消失。"[①] 中国古代皇权专制社会历史里频繁的改朝换代斗争，更为掌握统治权的阶级或争夺统治权的阶级中的思想家提供了利用伦理道德，编造美妙理想的广阔社会舞台，尤其是那些希望从旧时代破茧而出的新兴阶级，甚至还会真诚地陶醉在伦理道德的美妙理想里。这无疑为永恒不变的伦理道德在意识形态领域超越社会历史提供了充足的机会，从而为中国文学喜剧意识道德胜利审美本质的发生发展准备了充分的条件。比如《史记·滑稽列传》中西门豹治邺的喜剧故事，描写

---

　　① 马克思、恩格斯：《费尔巴哈》，《马克思恩格斯选集》第一卷，人民出版社 1972 年版，第 52 页。

邺县的官吏与女巫相互勾结赋敛百姓，他们一方面凭借手中掌握的权力，另一方面更凭借为河伯娶妇、为民消灾的道德幌子。西门豹因为充分认识到了伦理道德的绝对力量，所以，他因势利导、请君入瓮，终于将悲剧性的矛盾冲突，转化成了喜剧性的矛盾解决。再比如汉乐府诗歌《陌上桑》中的美女秦罗敷，她面对"五马立踟蹰"使君的调戏，先巧妙地以"使君自有妇，罗敷自有夫"的伦理道德盾牌护卫住自己，而后利用对方自知理亏的怯懦心态，连珠炮般地给予奚落嘲讽，使其不能不灰溜溜地逃走。还比如王实甫的《西厢记》中代表男女自由爱情理想的女儿莺莺、书生张生、丫环红娘与代表专制政权、宗法礼教等多重社会现实力量的老夫人的矛盾冲突中，丫环红娘所以能够化劣势为优势，也在于她能够巧妙地使用伦理道德的利剑，理直气壮地反诘老夫人说："非是张生、小姐、红娘之罪，乃夫人之过也。……信者人之根本，人而无信，不知其可也。……目下老夫人若不息其事，一来辱没相国家谱，二来张生日后名重天下，施恩于人，忍令反受其辱哉？使至官司，夫人亦得治家不严之罪，官司若推其详，亦知老夫人背义而忘恩，岂得为贤哉？红娘不敢自专，乞望夫人台鉴：莫若恕其小过，成就大事，捐之以去其污，岂不长便乎?"① 红娘晓之以利害、动之以情理，使老夫人感到了一股绝对道德力量的威慑，她明白自己的社会现实优势将因为违背伦理道德而化为劣势，她更明白在伦理道德社会里"家丑"对社会名声、地位的威胁、危害，因此，老夫人虽无可奈何，却也算明智地作了妥协退让。鲁迅说："悲剧将人生的有价值的东西毁灭给人看，喜剧将那无价值的撕破给人看。"② 从中国文学的发生发展而言，鲁迅所说的"价值"就是伦理道德，"毁灭"就是伦理道德的受害；"无价值"也就是与伦理道德相对立的社会邪恶或丑陋，"撕破"就是伦理道德战胜社会邪恶或丑陋。

第二，中国文化以儒家思想为基础的传统，坚信自我内心的道德修养

---

① 王实甫：《西厢记》，王季思主编：《中国十大古典喜剧集》，上海文艺出版社 1982 年版，第 129 页。

② 鲁迅：《再论雷峰塔的倒掉》，《鲁迅全集》第一卷，人民文学出版社 1981 年版，第 192—193 页。

同宇宙万物的变化发展有神秘的交感关系。具体而言，中国人坚信天有天道，同时又坚信人道将上感于天。天道与人道本是大小宇宙的一而二、二而一。汉代董仲舒在把阴阳五行宇宙论引进儒学时，就把阴阳五行宇宙论说成是天的恩德刑罚表现，从而使阴阳五行运转具有了道德目的。董仲舒一方面如同李泽厚先生所说，"主要是为了以这种宇宙论系统确定君主专制权力和社会的统治秩序"①，以及如冯友兰先生所说，"为当时政治、社会新秩序提供理论的根据"。② 另一方面还如同李泽厚先生所说，"又把这一秩序安排规范在谁也不能超越的五行图式的普遍模型中"。③ 因此，这个普遍模型与人间社会伦理秩序天然具有互相影响的关系。所以，中国喜剧意识的伦理道德理想常常可以表现为天理与人伦合二而一基础上的善恶轮回或报应。比如明《古今小说·蒋兴哥重会珍珠衫》就描写徽州新安客商陈大郎勾引湖广襄阳府枣阳县商人蒋兴哥的妻子三巧儿。后来，陈大郎再来枣阳时暴病身亡，其妻改嫁给了蒋兴哥。三巧儿改嫁给吴知县时，蒋兴哥送她十六只箱笼的细软作为陪嫁。后来，蒋兴哥遭遇官司，断案的是三巧儿的丈夫吴知县，三巧儿竭力相救。吴知县知道真情后，把三巧儿和陪嫁的十六只箱笼一并归还给了蒋兴哥。戏剧《看钱奴》则描写了贾仁与周荣祖的富贵贫穷循环转化。当然，这种天理与人伦合二而一基础上的善恶轮回或报应，更经常表现为伦理道德与社会秩序、政治权力和谐合作的审美想象。比如《幽闺记》既描写人与人相互救助的善良报答，如蒋世隆先救助陀满兴福，后来陀满兴福又救助蒋世隆；又描写男女爱恋心诚志坚的圆满结果，如蒋世隆与王瑞兰逃难中结良缘强被拆散后，一个幽闺拜月，甚至挑战君令父命，另一个考中状元，拒绝尚书府招赘纳婿。最后，皇帝感念其道德坚守而满门诏封。

　　更多审美想象的具体化就是中国老百姓几千年来寄托其道德理想的"明君"、"清官"梦幻，而实现梦幻的具体途径无非是消极"等候"或积极"告状"。《史记·滑稽列传》中的西门豹就是人们"等候"的体谅民

---

① 李泽厚：《中国古代思想史论》，人民出版社 1986 年版，第 149 页。
② 冯友兰：《中国哲学简史》，北京大学出版社 1996 年版，第 166 页。
③ 李泽厚：《中国古代思想史论》，人民出版社 1986 年版，第 150 页。

间疾苦的新任郓县县令，所以才实现了为民除害的道德胜利。《陈州粜米》中的包拯也是人们"等候"的为民请命的开封府尹，所以才实现了反腐败、惩贪官的道德胜利。《望江亭》中的谭记儿战胜权势人物杨衙内的关键，是巧妙地骗取其拥有的势剑金牌和文书，这就为通过"告状"来揭露邪恶、澄清冤屈，留下了充足的，甚至是肯定的机会。《救风尘》中赵盼儿、宋引章与周舍的斗争高潮就是获得"休书"。因为"休书"是伦理道德与政治权力和谐合作的桥梁。所以，喜剧描写赵盼儿假装要宋引章的"休书"看，却暗暗偷换了原"休书"。果然，追赶上来的周舍欺骗宋引章拿出假"休书"，夺过去咬碎了。同时，赵盼儿还不忘撺掇一直对宋引章有情意的安秀才，到衙门告周舍强夺人妻。最后，借助官府的最后断案，赵盼儿终于完成了救风尘。所以，我们也就不难理解，汉乐府诗歌《陌上桑》首先通过描写行者、少年、耕者、锄者的惊羡，极度渲染采桑女秦罗敷的美丽，而后描写秦罗敷在面对"五马立踟蹰"的使君调戏时，不仅巧妙利用"使君自有妇，罗敷自有夫"的道德盾牌，而且夸张描述自己夫君的华丽排场和高贵身份、英俊相貌和翩翩风度，伦理道德与社会现实的合作力量终于破碎了使君的艳遇梦，从而轻松地实现了伦理道德的胜利。《西厢记》中的红娘答应为张生传简递书时，也禁不住鼓励张生说："这简帖儿我与你将去，先生当以功名为念，休堕了志气者！（唱）你将那偷香手，准备着折桂枝。休教那淫词儿污了龙蛇字，藕丝儿缚定鲲鹏翅，黄莺儿夺了鸿鹄志；休为这翠帏锦帐一佳人，误了你玉堂金马三学士。"[①] 勉强妥协退让后的老夫人依然有理由声称"三辈不招白衣女婿"，逼迫张生上朝应试，从而顺理成章地有了张生中头名状元，衣锦还家的大好结局。可以说，伦理道德与社会秩序、政治权力是否和谐合作，有时候甚至是决定中国喜剧是否成立的关键。比如白朴的《墙头马上》描写宦门之女李千金与裴尚书之子裴少俊私自在裴家后花园同居且生儿育女。裴尚书以"淫奔"罪名逼迫裴少俊休了李千金。裴少俊中状元后，才恳求李千

---

① 王实甫：《西厢记》，王季思主编：《中国十大古典喜剧集》，上海文艺出版社1982年版，第109页。

金复婚，裴尚书还亲自上门赔罪。乔吉的《金钱记》描写恃才疏狂的韩飞卿与长安府尹王辅的女儿一见钟情，不惜屈尊到王府做门馆先生，私情泄漏后被王辅吊起来欲加拷打。韩飞卿中状元后，不但拒绝成为王辅的女婿，而且百般戏弄王辅。最后在贺知章再三调解，李白捧来皇帝诏书的情况下，才欣然应允。我们不能不承认，两个喜剧里面，子辈的自由爱情追求符合道德理想，父辈的功名前程期望也符合道德理想；两个道德理想发生冲突的结果可能是悲剧。只有伦理道德与社会秩序、政治权力和谐合作的情况下，才能完成道德理想胜利的喜剧。比如元稹的传奇小说《莺莺传》本是一部真实描写古代女性命运的悲剧故事。王季思先生说："从时代特征看，唐代进士的婚前恋往往以悲剧告终，它反映当时青年士子在恋爱问题与功名事业上的矛盾。唐代士子一旦考取科举，将有高门贵族招他作女婿，如果过早地结婚，就不利于他们在功名事业上的发展，然而，科举能否考取，何时考取，都难有把握，他们就往往在考取前私自爱上某个女子，到考取后再明媒正娶，造成欢爱不终的悲剧，尤其是对女方。"[①]董解元《西厢记诸宫调》以真心诚意的自由爱情代替了逢场作戏的始乱终弃，从而把张生同莺莺的矛盾冲突，转换为张生与莺莺的自由爱情同宗法礼教的矛盾冲突。可以预见，这种矛盾冲突的发展结果仍然可能是悲剧。只有进一步化解张生与莺莺的自由爱情与宗法礼教的矛盾冲突才可能发展为喜剧。化解矛盾冲突的条件就是伦理道德与社会法则和谐合作。这就是从董解元的《西厢记诸宫调》到王实甫的《西厢记》成功完成的喜剧性主题框架。同时，我们也就不难理解，为什么中国成熟戏剧中的大多数杰出喜剧如《墙头马上》、《西厢记》、《幽闺记》、《玉簪记》、《绿牡丹》、《风筝误》等等，凡涉及青年男女的"洞房花烛夜"，必定有"金榜题名时"。甚至更将"洞房花烛夜"的男女婚配，也根据伦理道德与社会秩序、政治权力和谐合作的审美想象，规定了夫唱妇随、才子佳人的完美格局。其间虽不乏诸多挫折、阴差阳错，但毕竟多磨皆好事。他们的自由爱

---

① 王季思：《西厢记的历史光波》，《王季思学术论著自选集》，北京师范学院出版社1991年版，第470页。

情与功名前程皆在伦理道德的旗帜下终归各得其所。所以,《西厢记》中的红娘,在面对郑恒的追问和纠缠时,能够理直气壮地赞美张生说:"他凭着讲性理齐论鲁论,作词赋韩文柳文,他识道理为人敬人,俺家里有信行知恩报恩。"① 李渔的《十种曲》大都写才子佳人在忠孝节义原则下的"始难终圆"故事。李渔曾经借《意中缘》中主人公的口说:"从古以来,'佳人才子'的四个字再分不开。是个佳人一定该配才子,是个才子一定该配佳人;若还配错了,就是千古的恨事!"② 当然,才子佳人的风流,一定要符合忠孝节义道德原则。只有"风流"与"道统"统一,才能充分表现伦理道德与社会秩序、政治权力和谐合作的审美想象。正如《幽闺记》剧本末尾有诗曰:"风流事载风流传,太平人唱太平歌。"③ 从历史哲学的角度看,这种审美想象引领下的写作套路皆以非历史的方式解释人类社会的发展,未免有些幼稚肤浅,这也就是深受西方文艺思想影响的王国维轻慢中国喜剧的缘由。但不管如何评价,这一切无疑强化了中国文学喜剧意识道德胜利的审美本质,推动了中国喜剧意识在文学艺术实践舞台上的发生发展。

　　西方喜剧意识的审美本质是历史告别,中国喜剧意识的审美本质是道德胜利。西方喜剧意识所体现的人的自由本质的实现,在于人类主体彻底地埋葬不合理的过去,走向更合理的未来;中国喜剧意识所体现的人的自由本质的实现,在于人类主体坚决否定不合伦理道德的邪恶、丑陋,维护伦理道德的神圣性。西方喜剧意识的价值实现,无疑同历史理性主义的遥远允诺紧紧地联结在一起,从而显示出一种深刻与明智。中国喜剧意识的价值实现,无疑同伦理理性主义的美妙愿望紧紧地联结在一起,从而显示出一种高尚与坚定。

---

① 王实甫:《西厢记》,王季思主编:《中国十大古典喜剧集》,上海文艺出版社 1982 年版,第 150 页。
② 《笠翁传奇十种》,《李渔全集》第四卷,浙江古籍出版社 1991 年版,第 411 页。
③ 施惠:《幽闺记》,王季思主编:《中国十大古典喜剧集》,上海文艺出版社 1982 年版,第 331 页。

第三章

中西喜剧意识的审美特征

中西喜剧意识因为具有不同的审美本质，所以也具有不同的审美特征。概括而言，中西喜剧意识的审美特征主要表现为：前后一贯的情景画面与从悲往喜的故事情节、缺陷的揭示与美德的礼赞。

一 前后一贯的情景画面与从悲往喜的故事情节

西方喜剧意识的审美本质是轻松愉快的历史告别。因为社会生活中的人常常因为客观历史的曲折和主观判断的复杂，难以正确辨别历史运动中的真假、美丑，所以，西方喜剧意识常常需要一个居高临下的视角和拉开距离的视野，以陌生化的方式帮助社会现实中的人们发现、识别真假、美丑，从而产生轻松愉快的喜剧性。正如俄国作家果戈理所说："到处隐藏着喜剧性，我们就生活在它们当中，但却看不见它；可是，如果有一位艺术家把它移植到艺术中来，搬到舞台上来，我们就会自己对自己捧腹大笑，就会奇怪以前竟没有注意到它。"[1] 还如同莱辛所说："预防也是一帖良药，而全部劝化也抵不上笑声更有力量，更有效果。"[2] 所以，西方喜剧意识的审美特征表现为巧妙地建构起前后一贯的喜剧艺术情景画面，让人从中领悟到轻松愉快的喜剧性。具体而言，西方喜剧主要不是通过剧情的发生、发展到高潮、结局的动态过程来创造出喜剧性，尤其不依赖人物思想行为引发的剧情转折来创造出喜剧性；相反，西方喜剧是通过前后一

---

① 杜雷林：《果戈理论艺术》，《文学的战斗传统》，新文艺出版社 1953 年版，第 179 页。

② 莱辛：《汉堡剧评》，张黎译，上海译文出版社 1981 年版，第 152 页。

贯的喜剧艺术情景画面延伸着自始至终的喜剧性主旋律。比如古希腊阿里斯托芬的《阿卡奈人》，从阿提卡农民狄开俄波利斯在雅典公民大会会场的表现，到狄开俄波利斯个人单独与交战国讲和、开放个人市场、同墨伽拉人做交易，再到狄开俄波利斯应酒神祭司邀请赴宴与拉马科斯奉命冒雪把守关口，狄开俄波利斯酒醉饭饱后被两个吹笛女人陪伴回家与拉马科斯受伤后被二名兵士搀扶归来，等等，都是经典的喜剧艺术情景画面。尤其是拉马科斯奉命火速冒着风雪赴关口守卫与狄开俄波利斯应酒神祭司邀请前往赴宴更是别有风趣的喜剧艺术情景画面：

> 拉马科斯：孩子，孩子，把我的背包拿出来！
>
> 狄开俄波利斯：孩子，孩子，把我的菜篮拿出来！
>
> 拉马科斯：给我拿一点茴香盐来，别忘记葱头！
>
> 狄开俄波利斯：给我拿几块鲜鱼片来，我讨厌葱头！
>
> 拉马科斯：给我拿无花果叶子裹一点臭鱼干，路上好充饥。
>
> 狄开俄波利斯：给我拿无花果叶子裹一盘肥肉来，带去好现烤。
>
> ……
>
> 拉马科斯：把那个装三道翎毛的匣子找出来！
>
> 狄开俄波利斯：把那个装兔子肉的盘子递给我！
>
> ……
>
> 拉马科斯：孩子，孩子，把长矛取下来，拿到这儿来！
>
> 狄开俄波利斯：孩子，孩子，把腊肠取出来，拿到这儿来！
>
> ……
>
> 拉马科斯：先拿架子来搁我的盾牌！
>
> 狄开俄波利斯：先拿烤面包来垫垫我的肚子！
>
> 拉马科斯：再把戈尔戈面的圆牌牌提给我！
>
> 狄开俄波利斯：再把奶酪面的圆饼饼递给我！①

---

① 阿里斯托芬：《阿卡奈人》，罗念生译，《古希腊戏剧选》，人民文学出版社 1998 年版，第 408—409 页。

　　再比如古罗马普劳图斯的《凶宅》无疑也是巧妙构思喜剧艺术情景画面的经典。喜剧第一幕第一场描写菲洛拉切斯的两个奴隶的对话的情景，其中就不乏语言的放纵嬉戏。第二场描写菲洛拉切斯意识到自己的荒唐，自言自语的情景。第三场描写菲洛拉切斯的宠姬菲勒玛提恩与其女仆斯卡发的对话，其间不断穿插菲洛拉切斯语言放纵嬉戏的情景。第四场描写菲洛拉切斯的好朋友加利达马提斯同女伴黛尔菲恩上场，加利达马提斯因为醉酒而东倒西歪、语无伦次的情景。第二幕第一场、第二场描写菲洛拉切斯的奴隶特拉尼奥报告老主人回来的消息。菲洛拉切斯因为害怕而惊慌失措，特拉尼奥让少主人和醉酒的男女朋友躲进住宅。特拉尼奥为帮助少主人摆脱困窘，骗老主人说住宅闹鬼。第三幕第一场描写特拉尼奥为掩盖少主人借高利贷替宠姬赎身的事情，一面同高利贷者周旋，一面骗老主人说少主人借高利贷买了邻居的住宅。第二场描写老主人要看新买的住宅，特拉尼奥骗邻居说主人想参观其住宅。第四幕第二场描写加利达马提斯的两个奴隶互相斗嘴。第三场描写加利达马提斯的两个奴隶寻找主人，同菲洛拉切斯的父亲塞奥普辟德斯发生了误会，无意间泄露了他儿子的一切。第四场描写塞奥普辟德斯遇见邻居西摩，二人发生了充满意趣的对话。第五幕第一场描写特拉尼奥与塞奥普辟德斯对话，其中有塞奥普辟德斯怒气冲天的责骂，也有特拉尼奥装疯卖傻的打岔。

　　莎士比亚的喜剧也是巧妙构思喜剧艺术情景画面的经典。其中《错误的喜剧》、《第十二夜》、《爱的徒劳》等，尤其因为许多无意识差错和有意识误解，可以说喜剧性情景画面一个接一个。比如《错误的喜剧》中的小德洛米奥误把大安提福勒斯认作自己的主人。大安提福勒斯也误把小德洛米奥认作自己的仆人。主人追问仆人钱放置在何处，仆人则转达太太要主人回家吃饭。小安提福勒斯的妻子阿德里安娜偕妹妹露西安娜，看见大安提福勒斯和大德洛米奥，一顿责骂后将二人强行带回了家。露西安娜对大安提福勒斯好一番劝解，使大安提福勒斯不由得爱上了露西安娜，于是有这样一个经典情景画面：

　　露西安娜：你这样语无伦次，难道已经疯了？

　　　　大安提福勒斯：疯倒没有疯，可是有些昏迷颠倒。

　　　　露西安娜：多半是你眼睛瞧着人，心思不正。

　　　　大安提福勒斯：是你耀眼的阳光使我眩眩欲晕。

　　　　露西安娜：只要非礼勿视，你就会心地清明。

　　　　大安提福勒斯：我眼里没有你，就像黑夜没有星。

　　　　露西安娜：你要谈情说爱，请去找我姐姐。

　　　　大安提福勒斯：你姐姐的妹妹。

　　　　露西安娜：我姐姐。

　　　　大安提福勒：不，就是你，你是我纯洁美好的身外之身，眼睛里
　　　的瞳人，灵魂深处的灵魂，你是我幸福的源头，饥渴的食粮，你是我
　　　尘世的天堂，升天的慈航。①

　　大德洛米奥慌慌张张跑来说厨房的丫头非把自己认作她的男人。小安提福
勒斯给妻子做了一条金项链，金匠不由分说把金项链给了大安提福勒斯，
后来又向小安提福勒斯讨要金项链钱。大德洛米奥告诉小安提福勒斯，安
排好了离去的船只，小安提福勒斯则要大德洛米奥赶快拿钥匙到太太那里
取钱应付官司。露西安娜告诉姐姐大安提福勒斯向自己的求爱。大德洛米
奥跑来要太太拿钱救小安提福勒斯。小安提福勒斯相好的妓女向大安提福
勒讨要自己用戒指交换的金项链，等等，都是巧妙构思的喜剧艺术情景画
面。再比如《爱的徒劳》描写那瓦国王腓迪南向自己和三位侍从宣布了一
条敕令，三年内在宫廷里潜心探讨有益人生的学术，禁绝一切感官享受，
包括"任何女子不得进入离朕宫廷一哩之内"。一个叫亚马多的控告村夫
考斯塔德与一个姑娘杰奎妮姐在御苑谈情说爱，国王判定考斯塔德禁食一
星期，杰奎妮姐留在御苑挤牛奶。法国公主带领她的三位侍女及群臣出使
那瓦国，那瓦国王带领侍从迎接法国公主，国王和三位侍从都分别坠入了
爱河。亚马多暗中爱上了杰奎妮姐，他释放了考斯塔德，条件是为他送一

----

　　① 莎士比亚：《错误的喜剧》，朱生豪译，《莎士比亚全集》二，人民文学出版社1978年
版，第33—34页。

封信给杰奎妮姐。考斯塔德碰见国王侍从俾隆，俾隆也托考斯塔德送一封信给法国公主的侍女罗瑟琳。考斯塔德错把亚马多写给杰奎妮姐的信送到了公主处，把俾隆写给罗瑟琳的信送给了杰奎妮姐。正在相思之苦的俾隆看见国王来了，急忙爬上树。国王口中抒发着心灵的爱情，看见侍从朗格维来了，急忙躲在旁边。朗格维正哀叹破坏誓言并抒发爱情感受，看见侍从杜曼来了，急忙躲在旁边。四个人终于会聚到了一块，杰奎妮姐正好交来俾隆写给罗瑟琳的信，国王要俾隆读信，俾隆赶快撕碎了信，杜曼拾起纸片，认出了俾隆的笔迹和名字。四个人达成共识，决定开始向法国女郎们求爱。他们先为各自相爱的人送去了珍贵的礼物，然后装扮成俄罗斯人来到公主的驻地，各自借邀请跳舞而求爱。公主吩咐侍女们戴上脸罩，并且交换佩戴珍贵礼物。结果是国王拉着罗瑟琳谈情说爱，俾隆拉着公主谈情说爱，杜曼拉着玛利娅谈情说爱，朗格维拉着凯瑟琳谈情说爱。喜剧性艺术情景或画面一个接一个呈现。

西方喜剧意识前后一贯喜剧艺术情景画面的审美特征，在莫里哀的喜剧艺术实践中达到非常完美的境界。难怪李健吾先生在《喜剧六种·译本序》里认为："《太太学堂》深入人物的内心活动，使其成为了性格喜剧。《愤世者》显示了莫里哀精描细绘的天才，暴露了忽视情节的弱点。《贵人迷》性格塑造完成了，情节才跟在后头出现。"莫里哀就是通过精心创造一系列喜剧艺术情景画面，使喜剧性人物的吝啬、卑鄙、迂腐等等不合情理的丑陋、滑稽，直观地呈现了出来。比如在《达尔杜弗或者骗子》第一幕第四场里，奥尔贡询问家里人情况，道丽娜报告太太发烧、头疼、吃不下饭、睡不好觉，放血以后稍微感觉好过一点。奥尔贡却只是不断地问：达尔杜弗呢？道丽娜回答说，达尔杜弗又粗又胖，虔诚地吃了两只鹌鹑、半条羊腿，安安逸逸一觉睡到天明。为了抵偿太太放掉的血，滋补自己的灵魂，抵抗所有罪恶，早点喝了满四大杯的葡萄酒。奥尔贡在道丽娜的揶揄性回答中还不断地叹息：可怜的人！其喜剧性正如柏格森所说："在莫里哀的《达尔杜弗》中，当道丽娜告诉奥尔贡有关他太太的病情时，奥尔贡却不时地去打听达尔杜弗的健康状况。'达尔杜弗呢？'这个老是反复提出来的问题给了我们一种弹簧弹起来的感觉。道丽娜以把弹簧压回去为乐趣，一次次反复地解释艾耳密尔太太的病情。"① 莫里哀在《达尔杜弗或者骗子》中还创造了许多非常经典的喜剧情景画面。比如第三幕第二场达尔杜弗的上场：

> 达尔杜弗：（从他的衣袋内掏出一条手绢）啊！我的上帝，我求你了，在说话之前，先给我拿着这条手绢。
>
> 道丽娜：干什么？
>
> 达尔杜弗：盖上你的胸脯。我看不下去：像这样的情形，败坏人心，引起有罪的思想。
>
> 道丽娜：原来您这样经不起诱惑，肉身子对您起这么大的作用？说实话，我不知道您心里热烘烘的，在冒什么东西，可是我呀，简直麻木不仁，我可以从头到脚看您光着，您浑身上下的皮，别想动得了我的心。②

第四幕第五场描写奥尔贡的妻子艾耳密尔为了让奥尔贡识别骗子的假面，她假意接受了达尔杜弗的爱情后，达尔杜弗的上场：

> 艾耳密尔：不过您口口声声全是上天，我同意您的要求，岂不得罪上天？
>
> 达尔杜弗：如果您只有上天和我的爱情作对，去掉这样一种障碍，在我并不费事，您大可不必畏缩不前。③

《贵人迷》里描写主人公汝尔丹先生爱上了一位贵妇人，他希望哲学教师帮助他写一封短信，哲学教师问他是写诗还是写散文，于是引发了一个经典情景画面：

---

① 柏格森：《情景中的滑稽与言语中的滑稽》，《笑与滑稽》，乐爱国译，广东人民出版社2000年版，第52页。
② 莫里哀：《达尔杜弗或者骗子》，李健吾译，《喜剧六种》，上海译文出版社1978年版，第157页。
③ 同上书，第181页。

汝尔丹先生：除去用散文，还就是用诗？

哲学教师：可不，先生：不是散文的，就是诗；不是诗的，就是散文。

汝尔丹先生：那么，一个人说话，又算什么？

哲学教师：散文。

汝尔丹先生：什么？我说："妮考耳，给我拿我的拖鞋来，给我拿我的睡帽来，"这是散文？

哲学教师：是啊，先生。

汝尔丹先生：天啊！我说了四十多年散文，一点也不晓得；你把这教给我知道，我万分感激。①

汝尔丹回到家里后，他的太太和使女笑话其举止行为，于是又引发了一个经典情景画面：

汝尔丹先生：你们两个人说起话来，颠三倒四的，我为你们的不学无术害臊。比方说，你现在说的话，你知道是什么吗？

汝尔丹太太：是呀，我知道我说的话，说的头头是道，你就该换一个样子过活才是。

汝尔丹先生：我不是说这个。我是问你，你这时候说的话是什么。

汝尔丹太太：这都是些通情达理的话，可是你的行为根本就不通情达理。

汝尔丹先生：我不是说这个，我说。我是在问你：我对你说的话，我现在和你讲的话，是什么？

汝尔丹太太：瞎扯。

汝尔丹先生：哎呀！不对。不是这个。我们两个人说的话，我们现在用的语言是什么？

汝尔丹太太：怎么样？

---

① 莫里哀：《贵人迷》，李健吾译，《喜剧六种》，上海译文出版社 1978 年版，第 333 页。

　　汝尔丹先生：叫什么名堂？

　　汝尔丹太太：爱叫什么名堂，就叫什么名堂。

　　汝尔丹先生：不学无术的人哟，叫散文。①

　　莫里哀在《太太学堂》里，描写主人公阿尔诺耳弗从最初的自鸣得意，到追问经常到家里来的陌生年轻人，再到青年奥拉斯不知道自己爱上的姑娘与阿尔诺耳弗的关系而告知自己与阿涅丝的恋情、计谋，最后到奥拉斯将逃跑出来的阿涅丝交给阿尔诺耳弗帮助藏匿，等等，喜剧艺术情景画面一个接一个。比如第一幕第二场里，奥拉斯告诉阿尔诺耳弗自己爱上了阿涅丝时这样说："她什么也不懂，原因是有一个男人，荒谬绝顶，禁止她和世人往来。"他还评价说："据说，他很阔，不过头脑不算怎么清楚。人家对我说起他来，像说一个滑稽人。"进而更忍不住忿忿地抨击说："一位绝世佳人，受这种人管制，简直罪过。"② 更有趣的是阿尔诺耳弗急切地要引逗出阿涅丝真话时的经典情景画面：

　　阿尔诺耳弗：听听那些流言蜚语看，人人说短道长：有些街坊对我讲，我在外期间，有一个陌生的年轻人到家里来过，你不但允许他相见，还耐心听他唠叨来的；不过我并不相信这些闲言闲语，我敢打赌说，这不是真的……

　　阿涅丝：我的上帝，别打赌，你准输。

　　阿尔诺耳弗：什么？真有一个男人……？

　　阿涅丝：千真万确。我敢发誓，他几乎就没有离开过我们的家。③

　　第四幕第二场，描写主人公阿尔诺耳弗思索阻止奥拉斯与阿涅丝的相爱而自言自语，应邀而来的公证人还以为阿尔诺耳弗在同自己对话，于是有这

_____

① 莫里哀：《贵人迷》，李健吾译，《喜剧六种》，上海译文出版社1978年版，第344页。

② 莫里哀：《太太学堂》，李健吾译，《喜剧六种》，上海译文出版社1978年版，第18—19页。

③ 同上书，第26页。

样一个经典情景画面：

> 阿尔诺耳弗：怎么办？
>
> 公证人：应当按照一般形式办。
>
> 阿尔诺耳弗：我要事前考虑周到。
>
> 公证人：对你不利的地方，我不会写上去的。
>
> 阿尔诺耳弗：必须提防种种意外。
>
> 公证人：交给我办，不会错的。害怕上当，实物不到手，你不在婚书上签字，也就成了。①

后来，阿尔诺耳弗责备情感单纯的阿涅丝不应该爱上奥拉斯，同时表示自己想要娶阿涅丝时，阿涅丝则非常坦率地告诉他说："不过干脆把话对你直说了吧，和他成亲，比和你成亲，更合我的心思。和你成亲，又痛苦，又气闷；你把婚姻描绘成一个可怕的样子，可是婚姻上了他的嘴啊，哎呀！就喜盈盈的，让人直想成亲。"② 这些喜剧艺术情景画面中既有阿尔诺耳弗与阿涅丝在思想观念、生活态度上的交互错裂，又有奥拉斯与阿尔诺耳弗在局里局外、知与不知中的复杂纠缠，更有连带而出的许多思想、语言的错裂，从而建构起了前后一贯的喜剧艺术情景画面，充分体现了尤列涅夫所说的"暴露出脱离常规的不相称，能引人发笑"。③

莫里哀在《吝啬鬼》的第一幕第一场、第二场通过描写主人公的女儿艾莉丝和管家法赖尔的对话情景、艾莉丝和哥哥克莱昂特的对话情景，从侧面显示了主人公阿尔巴贡的极度吝啬。第三场描写阿尔巴贡对克莱昂特的听差阿箭骂骂咧咧，因为怀疑阿箭时刻想偷自己的东西，所以仔细查看阿箭的手、裤筒、衣袋。第四场描写阿尔巴贡告诉儿子、女儿，自己准备娶一位年轻姑娘玛丽雅娜（儿子的意中人），同时要儿子克莱昂特娶一位有钱的寡妇，要女儿艾莉丝嫁给一位年近 50 岁的爵爷；第五场描写阿尔

---

① 莫里哀：《太太学堂》，李健吾译，《喜剧六种》，上海译文出版社 1978 年版，第 48 页。
② 同上书，第 66—67 页。
③ 普罗普：《滑稽与笑的问题》，杜书瀛等译，辽宁教育出版社 1998 年版，第 44 页。

巴贡振振有辞地告诉法赖尔关于女儿婚事的理由说："千载难逢的好机会，错过不得。这门亲事有一种好处，是别处找不到的，那就是：他答应娶她，不要嫁妆。"① 第二幕第二场描写阿尔巴贡绞尽脑汁放高利贷，不但加利方式十分刻毒，而且还用一些废旧杂物充抵现金。急迫求婚的克莱昂特需用钱，无可奈何地答应苛刻条件。父子俩通过中介人不期相会，于是有这样一个经典情景画面：

> 阿尔巴贡：怎么，死鬼？不务正业，走短命路的，原来是你啊？
>
> 克莱昂特：怎么，爸爸？伤天害理，干欺心事的，原来是你啊？
>
> 阿尔巴贡：死活不管，胡乱借钱的，原来是你啊？
>
> 克莱昂特：放印子钱，非法致富的，原来是你啊？
>
> 阿尔巴贡：你干这种事，还敢见我？
>
> 克莱昂特：你干这种事，还敢见人？②

最后的第五幕第六场，克莱昂特要求父亲同意自己与玛丽雅娜的婚姻，就归还他失去的钱匣子。玛丽雅娜的父亲昂塞耳默也从中撮合，于是有这样一个经典情景画面：

> 阿尔巴贡：我可没有钱给我的子女结婚。
>
> 昂塞耳默：好啦！我有钱给他们结婚，你就不必挂念啦。
>
> 阿尔巴贡：两次喜事的费用，也全部归你出？
>
> 昂塞耳默：行，归我出。你满意了吧？
>
> 阿尔巴贡：满意，只要你给我做一件礼服，我穿了参加婚礼。
>
> 昂塞耳默：同意。赶上这大喜日子，我们去快乐快乐。
>
> ……
>
> 阿尔巴贡：那么，你开消警务员？

---

① 莫里哀：《吝啬鬼》，李健吾译，《喜剧六种》，上海译文出版社 1978 年版，第 227 页。
② 同上书，第 238 页。

昂塞耳默：行。快去看你们的母亲，把喜事告诉她吧。

阿尔巴贡：我呀，去看我的宝贝匣子。①

　　莫里哀在《堂·璜》里，则通过一个接一个表现主人公道德缺陷的艺术情景来推进喜剧性的充分实现。第一幕第一场描写堂·璜听差斯嘎纳耐勒同堂·璜太太艾耳维尔的侍从古司曼的对话情景，从侧面表明堂·璜的恶劣习性。第二场描写堂·璜同听差斯嘎纳耐勒的对话情景，则从正面显现堂·璜的恶劣习性。第三场描写堂·璜同太太艾耳维尔的对话情景，更直接凸显堂·璜的恶劣习性。第二幕第二场描写死里逃生的堂·璜，正盘算着勾引被救时所碰见的乡下姑娘玛杜莉娜，突然又碰见自己救命恩人彼艾罗的未婚妻莎尔劳特，他立刻展开了爱情攻势，再直接生动显现堂·璜的恶劣习性。第三场描写堂·璜的救命恩人彼艾罗责问堂·璜，居然被堂·璜连连打了几记耳光，进一步展示堂·璜的卑鄙无耻。第四场描写同乡下青年彼艾罗相爱的姑娘莎尔劳特被堂·璜的调情话所诱惑而同堂·璜约会，殊不知堂·璜早已经勾引了另一个姑娘玛杜莉娜。凑巧三个人碰到了一处，于是有这样一个经典的情景画面：

玛杜莉娜：（向堂·璜）先生，你在这儿跟莎尔劳特干什么？也在跟她谈恋爱呀？

堂·璜：（向玛杜莉娜）不，倒是相反，她对我表示，情愿当我的太太，我回答她，和你已经有了婚约。

莎尔劳特：玛杜莉娜问您一些什么？

堂·璜：（低声向莎尔劳特）她嫉妒我跟你说话，直想我娶她，可是我告诉她，我要你。

玛杜莉娜：什么？莎尔劳特……

堂·璜：（低声向玛杜莉娜）你就是跟她说破了嘴，也不顶事，她是一个死心眼儿。

---

① 莫里哀：《吝啬鬼》，李健吾译，《喜剧六种》，上海译文出版社 1978 年版，第 302 页。

　　莎尔劳特：怎么！玛杜莉娜……

　　堂·璜：(低声向莎尔劳特) 你跟她讲什么，也是白费唾沫，你怎么也打消不掉她这个念头。①

　　第五场描写堂·璜听说有十二个骑马的人正找自己，吩咐斯嘎纳耐勒穿上自己的衣服，而后仓皇逃跑，再度显现堂·璜的卑鄙无耻。第三幕第一场、第二场描写堂·璜同听差斯嘎纳耐勒、一个穷人的对话情景，再正面揭示堂·璜无虔诚信仰的人生态度。第四幕第三场描写堂·璜"顾左右而言它"地应付债主情景，再度显现堂·璜的卑鄙无耻。第四场描写堂·璜的父亲堂·路易训斥堂·璜的情景，再从侧面说明堂·璜的丑恶灵魂。第五场描写堂·璜诅咒自己的父亲、听差斯嘎纳耐勒说反话，再度显示堂·璜的卑鄙无耻。第六场描写太太艾耳维尔劝告堂·璜。第五幕第一场、第二场描写堂·璜同父亲和斯嘎纳耐勒的对话，第三场描写堂·璜同艾耳维尔哥哥的对话，甚至理直气壮地说："虚伪是一种时髦的恶习，而任何时髦的恶习都可以冒充道德。"② 所有这些喜剧艺术情景画面无疑彻头彻尾显现了堂·璜因为卑鄙无耻的荒唐可笑。正如普罗普所言："滑稽及其引起笑的第一个条件就是笑者有某些规范的、道德的、正常的观念，或者正确些说，是对某种东西的一种完全下意识的本能，这种东西从道德要求角度或者甚至从正常人性的角度来看，应该理解为规范的和正确的。""健康的正常人身上不仅蕴藏着道德方面应有的本能，而且蕴藏着某种对整个外在自然标准的感觉，对某种和谐的感觉。这种和谐构成自然规律，从这些规律看来是合乎目的性的。破坏这些标准便会被视为引人发笑的缺点。"③

　　莫里哀在《逼婚》第二场描写 53 岁的斯嘎纳赖勒要娶阿耳康陶尔先生年轻的女儿道丽麦娜，道丽麦娜看重的是斯嘎纳赖勒的钱。两个人

----

　　① 莫里哀：《堂·璜》，李健吾译，《莫里哀喜剧》第二集，湖南人民出版社 1982 年版，第297 页。

　　② 同上书，第 335 页。

　　③ 普罗普：《滑稽与笑的问题》，杜书瀛等译，辽宁教育出版社 1998 年版，第 160、163 页。

一见面，斯嘎纳赖勒说："你浑身上下都要归我所有，我要当你整个身子的主人了。"道丽麦娜则说："我爱赌钱，爱交际，爱集会，爱野餐，爱散步，一句话，爱形形色色的娱乐；娶我这样性情的太太，你一定喜欢得不得了。我们永远不会在一起吵架的，你做什么，我决不干涉，所以我希望你那方面，对我做什么，也决不干涉。"而后，道丽麦娜告诉斯嘎纳赖勒："现在我就去买我需要的各式各样东西，账单我叫铺子给你送过来。"① 第四场描写哲学家庞克拉斯上场时气愤得七窍生烟。斯嘎纳赖勒问："到底是怎么一回事？"庞克拉斯回答："容忍当众说：'一顶帽子的形状'难道不是一件万恶不赦、天诛地灭的事？"② 原来庞克拉斯坚持应该说"一顶帽子的形象"而同人发生了争论。庞克拉斯同斯嘎纳赖勒的对话则更是互相完全不搭界。斯嘎纳赖勒要请教自己是否结婚的具体问题，庞克拉斯却满嘴是实体、偶性、范畴、本质等等。所以，柏格森也说："许多喜剧的场面看上去的确可以归到这个简单的类型中去。比如在莫里哀的《逼婚》中，斯嘎纳赖勒与庞克拉斯对话的一场。斯嘎纳赖勒希望那位哲学家听他讲，而那位哲学家却像一台自动的说话机器滔滔不绝地说。这样，斯嘎纳赖勒的想法就与那位哲学家的固执发生了冲突，这就是滑稽的根源。随着剧情的发展，这两个人越来越像是玩弄玩偶匣的孩子与玩偶匣的玩偶，最后两人的动作几乎就是孩子在玩弄玩偶匣。"③ 第五场描写另一个哲学家马尔夫利屋斯同斯嘎纳赖勒的问答，也同样是互相不搭界各说各话。第六场描写两个埃及女人给斯嘎纳赖勒算命，说了一通恭维话，却终归不回答他是否会当"王八"的提问。第七场一面描写道丽麦娜告诉情人，自己为什么要嫁给一个老头子。一面描写斯嘎纳赖勒觉悟到自己婚姻的危险，决定解除婚约。第八场描写道丽麦娜的父亲阿耳康陶尔看见前来退婚的斯嘎纳赖勒，还以为他是来成亲，于是二人又发生了语言对话的错位。第九场描写道丽麦娜的哥哥阿耳席大斯用武力，逼迫斯嘎纳赖

---

① 莫里哀：《逼婚》，李健吾译，《喜剧六种》，上海译文出版社 1978 年版，第 88—89 页。
② 同上书，第 93 页。
③ 柏格森：《情景中的滑稽与言语中的滑稽》，《笑与滑稽》，乐爱国译，广东人民出版社 2000 年版，第 51 页。

勒娶自己的妹妹。第十场描写斯嘎纳赖勒不得不娶道丽麦娜。阿耳康陶尔心满意足地对斯嘎纳赖勒说："多谢上天！这下子我可轻松啦，从今以后，该你管教她啦。"[①]

莫里哀在《司卡班的诡计》里描写阿尔冈特的儿子奥克达弗、皆隆特的儿子赖昂特都违背父亲的意愿，爱上了自己喜欢的姑娘雅散特、赛尔比奈特。奥克达弗和赖昂特都求仆人司卡班帮助他们从各自的父亲那里索取急需用的钱，由此创造出了一连串的喜剧性情景画面。比如第二幕第三场描写赖昂特认为司卡班向自己父亲告状，气狠地要用剑砍他；司卡班不明究竟，以为是自己平时欺瞒主人的事情泄露，于是一五一十地坦白了出来。第二幕第五场、第六场描写司卡班假装帮助阿尔冈特协商儿子的退婚，骗去了阿尔冈特二百皮司陶耳，其间还穿插描写阿尔冈特因为出钱太多而犹豫，司卡班请奥克达弗的听差席耳外司特装扮成雅散特的蛮横哥哥前来威胁阿尔冈特。第二幕第七场描写司卡班骗皆隆特，说他儿子上了一艘土耳其船而被拘押，需要五百艾居赎身。皆隆特七次重复念叨：可他上那条船有什么鬼事干啊？第三幕第二场描写司卡班骗皆隆特，说雅散特的蛮横哥哥发狠要弄死他，吓得皆隆特听从司卡班的话而钻进一条口袋。司卡班在路上不断假装碰见雅散特蛮横哥哥的人，因寻找皆隆特而动手打口袋。皆隆特后来终于忍不住伸出头来，才发现自己被捉弄的真相。第三幕第三场描写赖昂特的情人赛尔比奈特在不知情的情况下，把赖昂特托司卡班骗父亲钱的事，作为笑话告诉了皆隆特。第三幕最后一场描写司卡班为了逃脱惩罚，假装被人砸伤而生命垂危，得到了主人的宽恕。

莫里哀在《爱情是医生》第一幕描写主人公斯嘎纳耐勒，不愿正视自己女儿吕散德不快活的真实原因是想出嫁，他面对女儿佣人莉塞特所传达的真话故意装疯卖傻。后来，莉塞特为了帮助吕散德，在告诉斯嘎纳耐勒关于吕散德的生病情况时，也故意卖关子，使斯嘎纳耐勒焦急万分。第二幕第一场描写莉塞特和主人斯嘎纳耐勒关于替小姐请医生，引出了医生不是治病，而是害命的经典情景对话。第四场、第五场集中描写几个庸医相

---

①　莫里哀：《逼婚》，李健吾译，《喜剧六种》，上海译文出版社 1978 年版，第 114 页。

互争执。第七场描写一个江湖医生卖所谓万灵药水。第三幕描写莉塞特帮助吕散德爱上的年轻人克利荡德扮演医生前来诊病。莉塞特告诉斯嘎纳耐勒请来了一个新医生。克利荡德扮演医生前来诊病，同吕散德互诉衷肠。吕散德病体痊愈。克利荡德借机哄骗斯嘎纳耐勒，为强化治病效果要顺应病人心思。斯嘎纳耐勒信以为真，同意克利荡德向吕散德求婚并请来公证人办理婚书。

　　西方喜剧意识运用艺术情景画面来表现喜剧性的审美特征，同样表现在哥尔多尼的喜剧作品里。比如《一仆二主》第一幕第二场描写前来面见主人贝阿特莉琪的仆人小特鲁法多上场后，不说正事却不断问他人的事。第三场描写冒充自己死去哥哥的贝阿特莉琪以其伪装捉弄克拉丽奇、西尔维奥和潘达洛奈。第十一场描写西尔维奥前来寻贝阿特莉琪的哥哥菲德里戈·拉斯波尼决斗，碰见同时又为弗洛林多做仆人的小特鲁法多而引起了误会。第十三场描写仆人小特鲁法多拿来两个主人的信，却不知哪一封信，该交给哪一位主人。弗洛林多从信中知道贝阿特莉琪正女扮男装寻找自己。第十六场、第十七场描写潘达洛奈先生给贝阿特莉琪送来一百金币，小特鲁法多误把钱交给了弗洛林多。第二十一场描写蒙在鼓里的潘达洛奈，以为女儿听从劝告后平静下来了。第一幕第一场、第二场、第三场描写蒙在鼓里的西尔维奥和父亲，与同样蒙在鼓里的潘达洛奈，就儿女的婚事发生严肃争执。第四场描写女扮男装的贝阿特莉琪同西尔维奥决斗，西尔维奥倒下并失落了剑。第五场、第六场描写克拉丽奇要求贝阿特莉琪住手。不明就里的西尔维奥责备克拉丽奇，迫使克拉丽奇用剑对准自己的胸膛。第十场描写小特鲁法多受主人弗洛林多所托放回钱。第十一场描写贝阿特莉琪向小特鲁法多讨要潘达洛奈送来的钱，小特鲁法多正好把主人弗洛林多托付放回的钱给了她。贝阿特莉琪要小特鲁法多准备午餐招待潘达洛奈，并交给小特鲁法多一张四千盾的支票。第十二场描写小特鲁法多与餐馆老板勃里盖拉安排菜肴时，不经意地将支票撕成了几块。第十五场描写小特鲁法多同时伺候两个主人的午餐而意趣横生。第三幕第一场、第二场描写小特鲁法多收拾两个主人的箱子，结果将两个主人的东西搞混了。弗洛林多拿到了贝阿特莉琪的东西，小特鲁法多信口胡编说是自己曾经伺候的主人死后留下的东西，使弗洛林多痛苦万分。第三场描写小特鲁法多又将弗洛林多的东西送给了贝阿特莉琪，小特鲁法多又信口胡编说是自己曾经伺候的主人死后留下的东西，使贝阿特莉琪悲痛欲绝的同时，在潘达洛奈和小特鲁法多面前暴露了女人的本来面目。第六场、第七场描写悲痛欲绝的贝阿特莉琪和痛苦万分的弗洛林多，分别拿着刀准备自杀而相互碰面。小特鲁法多的胡言被戳穿。第九场描写小特鲁法多急中生智，分别再给两位主人编造了另一个仆人所犯过错的故事。第十场描写克拉丽奇替自己的女仆小斯梅娜达，向贝阿特莉琪的仆人求婚，弗洛林多又替自己的仆人小特鲁法多，向克拉丽奇的女仆求婚，小特鲁法多一仆二主的伎俩终于被完全发现。《女店主》则通过巧妙构思的高低优劣比较情势，来显示人物思想极端错位的艺术情景画面。比如剧中的侯爵、伯爵等就因为自以为是、糊涂昏聩，同米兰多莉娜形成了优劣高低鲜明比照的情景画面。剧中的两个女喜剧演员，因为不揣冒昧地勾引一个对女人心怀偏见的骑士，结果骑士同她们形成了优劣高低鲜明比照的情景画面。但是，当心怀偏见而高傲的骑士同米兰多莉娜交往时，米兰多莉娜一开始故作诚恳地向骑士倾诉："他们到我的店里来住宿，竟异想天开地对我大献殷勤。我有许多别的事情要做，哪里有工夫去理会他们的那些笑话呢？但是为了客店的利益，又不得不用一些好话去应酬他们。这也是为了挽留他们在我的店里多住几天。当我看到他们那副神魂颠倒的模样时，简直乐得连肚子都快要笑破了。"[1] 由此解除了骑士的思想武装，使其不由自主地动情并坠入情网。米兰多莉娜则自始至终不卑不亢、游刃有余。二者终于又建构起了优劣高低的鲜明比照。所以米兰多莉娜骄傲地说："我已经大功告成了。他的心已经在冒火了，燃烧起来了，快要烧成灰了。……让那些狂妄的男人去丢脸吧，光荣属于我们女人。"[2]《女店主》还特别绘制了一幅又一幅充分昭示穷愁潦倒又好摆阔气的侯爵的喜剧艺术情景画面。比如生活拮据的侯爵好不容易买了一条丝手帕，反复卖弄后送给了女主人米兰多莉娜。伯爵来到后，他故意叫米兰多

---

① 哥尔多尼：《女店主》，万子美译，《哥尔多尼喜剧三种》，上海译文出版社 1989 年版，第 131—132 页。

② 同上书，第 184 页。

莉娜拿出丝手帕给伯爵看。侯爵还假装埋怨自己的管家没有按时寄钱来，伸手向伯爵借钱。骑士来到后，他又让米兰多莉娜拿出丝手帕给骑士看。同时不客气地接过骑士递过来的巧克力喝了下去，然后又以同样所谓管家未寄钱的说法，伸手向骑士借钱。所以骑士说："可惜是他喝了我的那杯巧克力，真不害臊！亏他还好意思说：我是个有地位的人呀！我是一位绅士呀！呵哈！好一位有教养的绅士！"① 其中的喜剧性犹如菲尔丁所说："真正可笑的事物的唯一源泉（在我看来）是造作。……造作的产生有两个原因：虚荣和虚伪。虚荣促使我们装扮成不是我们本来的面目以赢得别人的赞许，虚伪却鼓动我们把我们的罪恶用美德的外衣掩盖起来，企图避免别人的责备。"②

我们说西方喜剧的喜剧性，主要不是通过曲折复杂的故事情节发展变化，而是通过精心建构、巧妙绘制的艺术情景画面显示来实现，不是说西方喜剧没有故事情节的发展变化，而是说故事情节的发展变化不是喜剧性发生的决定因素，而只是像展示连续喜剧性艺术情景画面的长廊，从而延伸出贯串始终、首尾相接的喜剧性主旋律。比如古罗马泰伦提乌斯的《安德罗斯女子》描写潘菲卢斯爱上了格吕克里乌姆。潘菲卢斯的父亲西蒙为儿子选择了赫勒墨斯的女儿为妻。潘菲卢斯的奴隶达乌斯探听到赫勒墨斯不愿意嫁女儿给潘菲卢斯，所以，潘菲卢斯听从达乌斯的劝告，假装接受了父亲的安排。西蒙随后告诉赫勒墨斯，潘菲卢斯与格吕克里乌姆正闹矛盾，他请求赫勒墨斯说："在她还没有来得及用卑鄙的伎俩和虚假的眼泪诱惑他那受到伤害的心灵，激起他的同情之情之前，我们让他成亲。"③西蒙还请达乌斯作证。赫勒墨斯答应了婚事。达乌斯不得不请求格吕克里乌姆的女仆弥西斯，故意让赫勒墨斯看见刚出生的婴儿。达乌斯还假装追问婴儿的来历。其间还故意说有人认为格吕克里乌姆是阿提卡公

---

① 哥尔多尼：《女店主》，万子美译，《哥尔多尼喜剧三种》，上海译文出版社1989年版，第129页。

② 菲尔丁：《〈约瑟夫·安德路斯〉序言》，杨周翰译，伍蠡甫主编：《西方文论选》上卷，上海译文出版社1979年版，第506页。

③ 泰伦提乌斯：《安德罗斯女子》，王焕生译，《古罗马戏剧选》，人民文学出版社1991年版，第273页。

民，法律要求潘菲卢斯娶她。赫勒墨斯明白了潘菲卢斯与格吕克里乌姆
的真正关系，自然决定彻底取消婚礼。应该说，这里面不乏故事情节的
发展变化，但所有变化的原因都是潘菲卢斯的父亲西蒙和赫勒墨斯不知
道潘菲卢斯与格吕克里乌姆的真实关系，一旦知道了潘菲卢斯与格吕克
里乌姆的真实关系，所有的变化皆戛然而止。或者说，一切发展变化的
结局从开始就已经决定了，所谓故事情节无非是借以展开艺术情景画面
的过程而已。还比如莫里哀的《达尔杜弗或者骗子》描写达尔杜弗骗取
了奥尔贡和母亲白尔奈耳夫人的无限信任。奥尔贡甚至告诉内弟克莱昂
特说："谁照他的话做，谁就心神安宁，谁就把人世看成了粪土。可不，
听他讲话，我就变成一个新人；他教我凡事冷淡，割断我对尘世的关
联；我可以看着兄弟、儿女、母亲和太太死掉，就像这个一样，全不在
乎。"① 这种描写只是为了使奥尔贡的愚蠢迂腐与达尔杜弗的卑鄙伪善一
起构成艺术情景画面。其实，达尔杜弗的内心里一直潜伏着情欲与伪善的
激烈冲突，他的生命存在本身就是一种严重病态。其他重要家庭成员如奥
尔贡的妻子艾耳密尔、女仆道丽娜等一直高度警惕地监视着他的一言一
行。他的结局从一开始就也已经决定了。所谓故事情节无非是借以展开他
如何在骗人的同时自我欺骗的喜剧性艺术情景画面而已。正如柏格森所
说："为了与正剧区别开来，为了避免我们用严肃的态度去对待严肃的行
为，总之，为了使我们发笑，喜剧除了运用前面所述的一种手法外，还运
用了这样一种手法，即'喜剧不使我们的注意力集中于行为，而使它指向
姿态'。……这样，一旦我们的注意力只集中到姿态而不看行为时，我们
就进入了喜剧的王国。就拿达尔杜弗这个人物来说吧！如果我们只是考虑
他的行为，他应该属于正剧的人物，只有当我们考虑他的姿态时，我们才
发觉他是滑稽的。""因此我们看到，行为在正剧是最基本的东西，而在喜
剧中只是附带的东西。在喜剧中，我们感到完全可以选择不同的情景来表
现同一个人物；尽管情景不同，但他还是同一个人。而在正剧中，我们就

---

① 莫里哀：《达尔杜弗或者骗子》，李健吾译，《喜剧六种》，上海译文出版社 1978 年版，
第 130 页。

没有这种印象；在那里，人物情景融为一体，更准确地说，事件成为人物不可分割的部分。"① 人物行为是展开故事情节的重要因素，忽略人物行为，也就是忽略故事情节。亚里士多德最为推崇悲剧的原因，就是因为"悲剧是对于一个严肃、完整、有一定长度的行动的模仿"。② 高乃依说："悲剧要求表现剧中人所遭遇的巨大的危难，喜剧则满足于对主要人物的惊慌和烦恼的模拟。"③ 悲剧要表现遭遇巨大危难，意味着人物的行动必然延伸出跌宕起伏的故事情节，而喜剧只需模拟惊慌烦恼，则意味着人物的行动往往显现为艺术情景画面。柏格森在《笑之研究》中说："悲剧描写个性，喜剧描写类型。""停留于表面，喜剧的观察不过是皮相，人与人相交结而又彼此相类似的皮相。""喜剧的方法和目的，与归纳科学具有同样的性质，它们都是经常向外界观察，它们的结果也都经常具有普遍性。"柏格森的话可以作如是理解：悲剧因为揭示人类社会虽不合情却合理的复杂矛盾，因而中心人物具有特殊性格，方法和目的与演绎科学具有同样性质，更诉诸形而上的思考，审美特征表现为缜密的故事情节。喜剧则因为揭示既不合情又失去历史合理依据的东西，因而中心人物只有普遍类型，方法和目的与归纳科学具有同样性质，更诉诸生活现象的观察，审美特征表现为自足的艺术情景。所以，柏格森在《笑之研究》中还说："因为悲剧英雄谁也不像，所以谁也不会像他。可是，相反的，喜剧诗人一旦苦心创造了他的中心人物，他却有一种很显著的本能，去创造另一些具有同一类型性格的人物，使他们像卫星一样环绕着中心人物打转。许多喜剧的标题，不是用多数名词，就是用集合名词。"④

西方文学中也有些善恶道德观念强烈的喜剧，其艺术情景画面的连续性有所断裂，从而略微干扰了贯穿始终、首尾相接的喜剧性主旋律。比如

---

① 柏格森：《性格中的滑稽》，《笑与滑稽》，乐爱国译，广东人民出版社 2000 年版，第 101、102 页。

② 亚理斯多德：《诗学》，罗念生译，中国戏剧出版社 1986 年版，第 12 页。

③ 高乃依：《论戏剧的功用及其组成部分》，孙伟译，伍蠡甫主编：《西方文论选》上卷，上海译文出版社 1979 年版，第 255 页。

④ 柏格森：《笑之研究》，蒋孔阳译，伍蠡甫主编：《西方文论选》下卷，上海译文出版社 1979 年版，第 283、285、282 页。

　　莎士比亚就因为自觉的道德观念和善恶意识，其喜剧往往试图表现善与恶的矛盾冲突和人伦道德缝合现实与理想裂隙的奇迹般力量。所以，莎士比亚的一些喜剧就创造了一些喜剧人物因迷失心性，经历曲折跌宕再幡然回归的故事情节。这些故事情节使喜剧艺术情景画面的连续性常常发生了断裂，但这些断裂终归仍然发生在贯穿始终、首尾相接的喜剧性主旋律里，没有完全破坏喜剧主旋律的完美性。比如莎士比亚的《维洛那二绅士》、《皆大欢喜》、《无事生非》等，都是喜剧艺术情景画面的连续性有细微裂隙，但终归保证了喜剧性主旋律贯穿始终、首尾相接。莎士比亚还有一些喜剧在表现善与恶的矛盾冲突时，喜剧艺术情景画面的连续性发生了较大程度的断裂，显现出了悲喜剧色彩。这主要是莎士比亚第二期的喜剧作品，比如《一报还一报》、《终成眷属》等。应该说，莎士比亚的这些喜剧显然不是西方喜剧艺术的经典典型。这些非西方艺术典型的喜剧，依然不像中国喜剧主要通过故事情节的发展变化，创造出永恒伦理道德战胜社会现实邪恶或丑陋的审美特征。因为莎士比亚这些喜剧的结局，往往是在矛盾中心的喜剧性人物悔悟，非喜剧性人物宽恕基础上的双方和解。所以，莎士比亚这些绝非西方艺术典型的喜剧，仍然在使喜剧性主旋律有些变调的同时而终归贯穿始终、首尾相接。

　　中国喜剧意识的审美本质是愉快的道德胜利。中国喜剧意识的审美特征表现为巧妙设计从悲往喜发生转折的故事情节。这些从悲往喜发生转折的故事情节，就会让人看到伦理道德如何战胜社会生活里的邪恶、丑陋，领悟道德胜利的喜剧性。具体而言，当中国喜剧拉开人生舞台帷幕的时候，上演的常常是代表道德理想的善良与代表社会现实的邪恶、丑陋发生的交战。一般来说，善良因为常常只有道德、理想的充足意义，邪恶、丑陋却常常有历史、现实的深厚背景，所以，这种交战常常展开的是善良受害于邪恶、丑陋的悲剧运行情势。中国喜剧意识要将悲剧性冲突转化为喜剧性的解决，就必须依靠人物行动的差异与否定的关系，创造出从悲往喜发生转折的故事情节。这就是王国维所谓的"先离后合、始困终亨"。①

----

　　① 王国维：《宋元戏曲考》，《王国维文学论著三种》，商务印书馆 2001 年版，第 161 页。

或者如《中国十大古典喜剧集·前言》所说："喜剧中的正面人物开始总是比较微弱，而反面人物则气焰嚣张，不可一世。但经过几番较量之后，反面人物一步步暴露他们的弱点，由强而转弱；正面人物却经一堑，长一智，一步步掌握了对方的弱点，积累了自己的经验，由弱而转强，终于取得最后的胜利。"① 从这个意义上说，中国喜剧主要通过故事情节的发生、发展到高潮、结尾的动态转化过程来创造出喜剧性。动态转化过程的核心，就是让社会生活中应该坚持的善良，通过曲折的磨难后获得应该的幸运；让应该抛弃的邪恶、丑陋，通过复杂的较量后得到应该的惩治，从而最终通过蜿蜒曲折的变化，使社会人生中的悲剧性冲突转化为喜剧性解决，借以弹奏出伦理道德胜利的凯歌。中国《诗经》里表现出喜剧性内容的一些诗歌，就常常描写人物的初始烦恼与结局完满。中国比较经典的喜剧故事，比如《史记·滑稽列传》里优孟帮助已故楚相孙叔敖儿子摆脱贫困生活，淳于髡、优旃分别讽喻、规劝君王矫谬行、施仁义，以及西门豹治邺，等等，都是依赖巧妙设计的故事情节实现其喜剧性结局。其他比较经典的喜剧故事还比如汉魏志怪小说《列异传·宗定伯卖鬼》中的宗定伯，夜行逢鬼而遭逢险恶境遇，宗定伯大胆冒充鬼使形势险恶得以缓解。宗定伯同鬼共行数里后，鬼提出共迭相担，暴露了宗定伯作为人的重量；共同渡水时，又暴露了宗定伯作为人的涉水声。但所有危机皆被宗定伯一一机敏地化解。最后，宗定伯巧妙地获悉了鬼的天生畏忌，化鬼为羊后在市场上卖掉了鬼。充满险恶的人生遭遇终于通过故事情节的一步步发展，获得了喜剧性的化解。魏晋志怪小说《搜神记·李寄》描写东越闽中庸岭有大蛇为害。"东治都尉及属城长吏，多有死者。祭以牛羊，故不得祸。或与人梦，或下谕巫祝，欲得啖童女年十二三者。都尉令长，并共患之。然气厉不息。共请求人家生婢子，兼有罪家女养之。至八月朝祭，送蛇穴口。蛇出，吞啮之。累年如此，已用九女。"继而又开始预先寻找、招募女童时，将乐县李诞家的小女李寄，应募前往。"寄乃告请好剑及咋蛇犬。

---

① 《中国十大古典喜剧集·前言》，王季思主编：《中国十大古典喜剧集》，上海文艺出版社1982年版，第7页。

至八月朝，便诣庙中坐。怀剑，将犬。先将数石米糍，用蜜麨灌之，以置穴口。蛇便出，头大如囷，目如二尺镜。闻糍香气，先啖食之。寄便放犬，犬就啮咋；寄从后斫得数创。疮痛急，蛇因踊出，至庭而死。"① 小说先描写大蛇的凶恶张狂，官府皆无可奈何，而后描写李寄凭借非凡的勇敢和机智，经过周密的谋划、筹措，终于化险为夷，杀死了大蛇，获得了喜剧性胜利。南朝志人小说《妒记·李势女》描写桓温平蜀时，掠取成汉国君李势之女为妾，温妻南郡主因为妒忌，拔刀率众婢欲杀李女，但"见李在窗前梳头，发垂委地，姿貌绝丽；乃徐下地结发，敛手向主曰：'国破家亡，无心以至今日；若能见杀，实犹生之年。'神色闲正、辞气凄婉。主乃掷刀，前抱之曰：'阿姊见汝，不能不怜，何况老奴。'遂善遇之"。② 妻妾的悲剧性矛盾转化成了姐妹的喜剧性和睦。唐传奇小说《酉阳杂俎·语资》描写两个贼僧劫持美女，装进一个柜子后藏匿在草丛中。狩猎的宁王发现了柜子。他把美女带回去献给了"方求极色"的唐明皇，而把一头熊放置在柜里。美女受难的悲剧也就转化成了贼僧图谋奸淫而咎由自取的喜剧。唐传奇小说《玄怪录·郭元振》描写郭元振回乡途中，夜行迷路，投宿一乡祠，听见有女子啼哭。询问后得知，乡民每年要把一个美貌女子，嫁给一个所谓"乌将军"的猪妖。郭元振凭借其胆略智慧不但拯救了受害女子，而且说服乡民齐心协力消灭了猪妖。女性受害的悲剧也就转化成了剪除妖孽的喜剧。唐传奇小说《幽闲鼓吹·郭暖》描写驸马郭暖与妻子升平公主拌嘴。郭暖一时气急说："倚乃父为天子耶？我父嫌天子不作。"公主一气之下，哭奏君父。眼见得矛盾冲突极度上升，悲剧性运行情势初显端倪。殊不知皇上却告诉女儿："汝不知，他父实嫌天子不作，使不嫌，社稷岂汝家有也。"悲剧性运作情势暂时受到了遏止。郭暖父亲知晓后，一面拘拿儿子，一面上朝谢罪。皇上又告诉他说："谚云：'不痴不聋，不做阿家阿翁。'小儿女闺帏之言，大臣安用听？"③ 潜在的悲剧性危险终于彻底转化为喜剧性的解决。蒲松龄《聊斋志异》中的《连城》描

---

① 袁世硕主编：《中国古代文学作品选》（二），人民文学出版社 2002 年版，第 216—217 页。
② 转引自吴志达《中国文言小说史》，齐鲁书社 1994 年版，第 218 页。
③ 同上书，第 514 页。

写乔生与连城互相视为知己而真心相爱。连城不幸病故，乔生前往吊唁而痛绝。其魂魄来到冥间，遇见"在此典牍，颇得委任"的朋友顾生。早年顾生去世后，乔生常常帮助顾生的妻儿。所以，顾生帮乔生找到了连城，而且疏通了关节，让乔生与连城的魂魄共同返回人间。这时候，同连城一路的宾娘恳求救助。顾生周旋后，表示"诚万分无能为力矣！"宾娘的"愁颜戚容，使人肺腑酸柔"。顾生禁不住愤然曰："请携宾娘去，脱有愆尤，小生拼身受之。"① 最后，连城与宾娘自然成为乔生的妻妾。

中国戏剧成熟时期的喜剧，巧妙设计从悲往喜发生转折的故事情节的审美特征基本定型。比如高文秀的《双献头》写李逵保护的孙孔目被白衙内陷害入狱后，李逵装扮成庄稼呆汉探监，通过巧妙计谋救出了孙孔目；而后再装扮成"伺候人"混进官衙，杀死了陷害孙孔目的白衙内。康进之的《李逵负荆》描写李逵听店主王林说宋江、鲁智深抢去了他的女儿。李逵上山大闹聚义堂，并要砍倒杏黄旗。宋江为了辨明事实与李逵一同下山对质而使误会消除，使李逵心悦诚服地负荆请罪。而后，李逵在鲁智深的协助下捉拿了真正的罪犯。关汉卿的《救风尘》描写宋引章被周舍欺骗欺凌，赵盼儿凭借聪明才智、欲擒故纵，逼周舍陷入了她精心编织的圈套之中，成功营救了宋引章。《望江亭》描写手握皇帝势剑金牌的杨衙内严重威胁到了白士中的生命。白士中的妻子谭记儿装扮成渔妇，利用杨衙内的好色、贪杯，骗取了他的势剑金牌和文书，挽救了自己危难中的丈夫。王实甫的《西厢记》描写自由爱情理想与宗法礼教现实力量发生了冲突，自由爱情理想势必滑向遭受毁灭的悲剧轨道。但因为张生与莺莺的坚持不懈，红娘的巧妙斡旋，终于使悲剧改变了运行方向而转化成了喜剧。无名氏的《陈州粜米》写陈州府亢旱三年，刘衙内的儿子小衙内和女婿杨金吾往陈州粜米时，假公济私、贪污腐败，五两银子一石的米改作十两银子，八升小斗量米，加三大秤进银，还往米中掺泥土糠秕。有敢同他们论理的张憋古，被敕赐紫金锤打死。包拯来陈州勘察案件，历尽磨难。包拯装扮成庄稼老儿，途中替私娼王粉莲笼驴牵驴，套出了许多话。包拯在接官厅被小衙内吊在槐树上，亲自体察到

① 蒲松龄：《连城》，《聊斋志异选》，张友鹤选注，人民文学出版社 1978 年版，第 101 页。

了刘衙内儿子和女婿的恶行。包拯不露声色地先设计斩杀了杨金吾，再让小懒古用紫金锤打死了小衙内。包拯还利用刘衙内捧来的"只赦活的，不赦死的"的皇上赦书，巧妙地赦免了小懒古。施惠的《幽闺记》从番兵入境、忠良遭难到陀满兴福的亡命逃生，以及王氏母女和蒋氏兄妹的离散聚合，再到蒋世隆与王瑞兰的爱情被王镇强行拆散，最后到陀满兴福、蒋世隆双双考中状元而被王镇招为女婿。一连串的故事情节发展变化，才终于完成了喜剧性的圆满实现。白朴的《墙头马上》描写裴少俊到洛阳见到李千金后大为倾倒，写诗"嘲拨"，与其私会。李千金对裴少俊也一见钟情，公然同裴少俊私奔，匿居在裴尚书府的后花园中生儿育女。裴尚书以"淫奔"罪名逼迫裴少俊休了李千金。裴少俊中状元后，恳求李千金复婚。裴尚书又得知李千金就是自己曾经议结儿女婚姻的儿媳，因而也亲自上门赔罪。暗合因缘与情投意合的故事情节设计，既推动了喜剧性的实现，更强化了喜剧性的圆满结局。元代戴善夫的《风光好》写宋初翰林学士陶榖出使南唐。南唐大臣韩熙载等定下美人计，让金陵名妓秦弱兰劝酒行乐，陶学士以圣人言严辞拒绝。数日后，韩熙载授意秦弱兰装扮成驿吏寡妻相遇陶榖。陶学士一改酒席上的冷漠，迫不及待求云雨之欢。陶学士还在秦弱兰的汗巾上写下《风光好》一词。次日，南唐君臣重开酒宴。秦弱兰奉命敬酒助兴，陶学士又摆出一副冷漠姿态，秦弱兰当场演唱了《风光好》。陶学士正色斥责秦弱兰不应唱"淫词艳曲"。秦弱兰于是说出真相并出示陶学士亲笔写下的《风光好》。剧作通过婉转曲折的故事情节揭示了陶学士假道学的丑陋嘴脸，创造了意趣横生的喜剧性。高濂的《玉簪记》写靖康灾变中，陈家母女逃难途中离散。女儿陈妙常无可奈何而暂时投奔尼庵出家。庵主的侄儿潘必正因病未能考取功名，也来到尼庵暂时居住。二人相互爱慕而生恋情。潘必正姑母适时阻断了二人往来，催促侄儿赴京考试。陈妙常乘舟追上潘必正送别定情。后来，潘必正考中状元，正式娶陈妙常为妻，同时发现陈潘两家本就是儿女亲家，陈妙常的母亲同女儿失散后就投奔了潘家。漫长曲折的故事情节发展，终于实现了喜剧性的圆满结局。康海的《中山狼》描写东郭先生奉行"兼爱"处世哲学，瞒过了行猎的赵简子，救助了中箭受伤的中山狼。中山狼脱离危险后要吃掉东郭先生，又幸亏一位杖藜老人凭借其智慧，制服了恩将仇报的中山狼。

明代以后最为经典的两部喜剧，即吴炳的《绿牡丹》、李渔的《风筝误》，虽然具有了一些类似西方喜剧艺术情景画面的巧妙构思，表明中国文学喜剧意识的发展有了一些微妙变化。但是，喜剧性的根本实现，仍然是通过一连串误会消解的故事情节发展而得以完成。后人称李渔的《风筝误》"关目新奇，针线细密"，就是赞誉他编织喜剧故事情节的巧妙。李渔自己说："古人呼剧本为'传奇'者，因其事甚奇特，未经人见而传之，是以得名，可见非奇不传。"[①] 可以说，吴炳的《绿牡丹》和李渔的《风筝误》不仅是中国喜剧中的经典，而且也是中国喜剧通过巧妙设计故事情节而创造喜剧性审美特征真正达到完美的经典。

中国戏剧成熟时期的喜剧创作中凡涉及男女恋情的故事，如《墙头马上》、《西厢记》、《幽闺记》、《玉簪记》、《绿牡丹》、《风筝误》等，通常都遵循几个共同的故事情节范式。第一，情爱理想与现实生活的关系：凡好事一定多磨，多磨的一定是好事。第二，情爱的相互对象关系：才子配佳人，乌龟配王八。第三，情爱结局与社会现实的关系：金榜题名时，洞房花烛夜。这些故事情节的叙述范式，几乎就是一套中国人构建爱情喜剧的工艺学"模具"和语言学"言语"。这一套"模具"和"言语"因为密切吻合了中国喜剧意识的审美本质和"语言"规则、密切吻合了中国文化中的读者与观众的审美心理，所以，中国文化中的读者与观众必然有意无意或心领神会地获得符合主观道德目的的喜剧性感受和意趣。反过来说，如果不符合这一套爱情喜剧的工艺学"模具"和语言学"言语"，中国文化中的读者与观众也就会失去符合主观道德目的的喜剧性感受和意趣。比如《灵怪集·郭翰》描写天上的织女不满意自己同牛郎的夫妻关系，来到人间同郭翰发生了婚外恋。郭翰知道她是织女下凡，开玩笑问："牵郎何在？那敢独行？"织女回答："阴阳变化，关渠何事！且河汉隔绝，无可复知。纵复知之，不足为虑。"后来因为七夕到，几天后见到织

---

① 李渔：《风筝误》，王季思主编：《中国十大古典喜剧集》，上海文艺出版社 1982 年版，第 626 页。

女。郭翰问："相见乐乎？"织女笑着回答："天上那比人间！正以感运当尔，非有他故也。君无相忌。"再问："卿何来迟？"答："人中五日，彼一夕也。"① 织女明确表示七夕相会牛郎不过是应付天道变化而已，希望郭翰不要产生妒意。这本应该是很有喜剧性的一个作品，但因为结尾是天帝之命难违，二人不得不永诀，从而自然失落了喜剧性。从某种意义上说，中国喜剧比较符合黑格尔关于喜剧动作、对象、内容的第三种情况，"即运用外在偶然事故，这种偶然事故导致情境的错综复杂的转变，使得目的和实现，内在的人物性格和外在情况都变成了喜剧性的矛盾而导致一种喜剧性的解决"。②

当然，中国喜剧意识的故事情节设计，也常常故意使用喜剧人物形象刻画的肆意夸张、人物道白设计的讪笑打诨来渲染喜剧性的氛围，让人们在笑声中为道德战胜邪恶、丑陋做好了喜剧性的审美准备。那么，这些人物形象刻画的肆意夸张和人物道白设计的讪笑打诨，为什么不是西方喜剧的喜剧艺术情景画面呢？这是因为中国喜剧意识的故事情节，不像西方喜剧意识的故事发展犹如首尾相接的圆圈，而是更像一条从低往高的曲线。中国喜剧意识的人物形象刻画的肆意夸张和人物道白设计的讪笑打诨，也就没有发生在完整的喜剧性范畴里，或者说没有发生在从开始到结尾连续不断的喜剧性主旋律中，而是发生在从沉重悲哀到轻松愉快的主旋律中。所以，中国喜剧故事情节中人物形象刻画的肆意夸张和人物道白设计的讪笑打诨，只是发挥渲染喜剧性氛围、强化喜剧性期待的功能，终归不是密切相关于喜剧性发生的西方式艺术情景画面。

二　缺陷的揭示与美德的礼赞

西方喜剧意识的审美本质是轻松愉快的历史告别。轻松愉快告别的东西包含着情与理的双重否定。从这个意义上说，西方喜剧意识是在高声吆喝人们观看社会生活中不堪褴褛或不合时宜的人性破衣如何轻松地被抛入

① 转引自吴志达《中国文言小说史》，齐鲁书社1994年版，第296页。
② 黑格尔：《美学》第三卷下册，朱光潜译，商务印书馆1981年版，第292—293页。

了历史的垃圾堆。所以，西方喜剧意识的审美特征还表现为社会人生缺陷的生动揭示，这些生动揭示会让人直观感受到不合情理的欠缺、倾斜、失衡，从而领悟到相应的喜剧性。亚里士多德说："喜剧是对于比较坏的人的摹仿，'坏'不是指一切恶而言，而是指丑而言，滑稽是其中的一类。滑稽的事物是某种不引起痛苦或伤害的错误或丑陋，现成的例子如滑稽面具，又丑又怪，然而并不使人感到痛苦。"① 柏格森也说："滑稽是人所表现的与物相似的那一面，是人的活动所表现出来的特殊僵硬性、纯粹机械性、机械自动性和刻板性的那一面。因此，它表示一种个人或集体的缺陷，一种需要马上纠正的缺陷。笑就是纠正这种缺陷的一种良方，它作为一种社会的态度指出并制止人与生活中的心不在焉。"② "就是不从医学的范围来看，喜剧的人物，像我们所已经指出来过的，都有点心不在焉。从心不在焉到完全丧失内心平衡、成为病态，不过是不知不觉地在完成着罢了。"③ 普罗普也说："滑稽始终是和暴露引人发笑的人或物的明显的或隐蔽的缺点关联着。"④ 苏珊·朗格也说："确实，悲剧经常——也许总是——表现一种道德冲突，而喜剧通常鞭笞怪癖和邪恶。"⑤

　　古希腊戏剧演出最初往往是宗教仪式的一部分，因而也是社会政治活动的一部分，这就决定了古希腊喜剧常常表现社会政治生活中的缺陷。比如阿里斯托芬的《阿卡奈人》描写了好战将军的冥顽不化、雅典对外政策的愚蠢、政治煽动家的无耻、城邦告密敲诈的流行等等，阿里斯托芬的《鸟》剧通过想象中的乌托邦和折射中的现实世界，描写了社会政治生活里的种种招摇撞骗行径。但阿里斯托芬喜剧中的有缺陷的人物形象在喜剧舞台上的中心位置还不是非常突出。

　　古希腊喜剧后来发展成为"新喜剧"后，因为更偏重描写家庭生活、

---

① 亚理斯多德：《诗学》，罗念生译，中国戏剧出版社 1986 年版，第 10 页。
② 柏格森：《情景中的滑稽与言语中的滑稽》，《笑与滑稽》，乐爱国译，广东人民出版社 2000 年版，第 62 页。
③ 柏格森：《笑之研究》，蒋孔阳译，伍蠡甫主编：《西方文论选》下卷，上海译文出版社 1979 年版，第 283 页。
④ 普罗普：《滑稽与笑的问题》，杜书瀛等译，辽宁教育出版社 1998 年版，第 158 页。
⑤ 苏珊·朗格：《情感与形式》，刘大基等译，中国社会科学出版社 1986 年版，第 378 页。

爱情故事和世俗人物形象，所以社会人生缺陷在喜剧中主要体现为人物形象的性格缺陷，喜剧性人物形象也就开始占据喜剧舞台上的中心位置。比如米南得的《古怪人》就是具有性格缺陷的喜剧性人物形象占据舞台中心位置的经典喜剧。古罗马喜剧直接继承了"新喜剧"主要表现人物形象性格缺陷的传统，其中青年人生活放纵就是从普劳图斯的《凶宅》、《孪生兄弟》，到泰伦提乌斯的《安德罗斯女子》、《两兄弟》、《婆母》等津津乐道的话题。其中，最成功表现人物形象性格缺陷的喜剧是普劳图斯的《一坛金子》。

文艺复兴以后，伴随着人的解放而来的人性的逐步展开，西方喜剧意识表现的社会人生缺陷更加集中到人物形象的性格缺陷、心理缺陷、道德缺陷等等，具有诸如此类缺陷的喜剧性人物形象自然占据了喜剧舞台中心位置。比如莎士比亚第一时期的喜剧作品，主要是具有性格缺陷或心理缺陷的喜剧性人物形象占据喜剧舞台中心位置，第二时期的喜剧作品主要是具有道德缺陷的喜剧性人物形象占据喜剧舞台中心位置。莫里哀的喜剧则主要是具有道德缺陷的喜剧性人物形象占据喜剧舞台中心位置。从这个意义上说，西方喜剧意识的社会人生缺陷的揭示主要表现在运用有缺陷的"喜剧性人物"创造"喜剧性角色"。这些"喜剧性角色"闯入读者或观众的审美视野，就会以自己有缺陷的言行显示出可笑性，也就是英国文艺批评家赫斯列特所说的"荒谬可笑须待这种矛盾上升到造成残缺或与人不便的境地，也就是违反了习尚或意愿；正如愚昧可笑是最高程度的可笑，它不仅违反习尚，而且违反情理和理性，或者说，有意背离了我们对于那些能够识别言论、容貌、行为是否适当的人们理应抱有的期望"。[①] 更是别林斯基所言的"喜剧的主人公是脱离了自身精神天性的真实基础的人们"。[②] 同时，这些"喜剧性角色"还具有不自知的热忱，竭力按照自身的思维逻辑，努力扮演自己的喜剧性角色，从而强化了有缺陷言行的背理逆情、荒谬丑陋。正如柏格森所说："一个滑稽角色的滑稽一般总是与他对自己的忘记成正比，他越是忘记自己，也就越滑稽。滑稽的人是无意识

---

　　① 赫斯列特：《英国的喜剧作家》，伍蠡甫译，伍蠡甫主编：《西方文论选》下卷，上海译文出版社 1979 年版，第 40 页。
　　② 别林斯基：《诗的分类和分型》，《别林斯基论文学》，新文艺出版社 1958 年版，第 187 页。

的，并不知道自己在干什么。他好像中了魔法，他看不见自己，而别人却能看见他。"① 或者还如里普斯所说："某人装模作样，似乎他能够并且愿意解决重大而紧要的任务，结果却成就微末或者一无所成。于是他变得'可笑'了。""滑稽喜剧性因此主要是开玩笑或者'打诨'的喜剧性，它表演愚蠢、笨拙、懦怯怎样自以为或者装作聪明、伶俐、勇敢，使那些特质欲盖弥彰，从而贻笑大方。"② 当读者或观众以审美眼光观赏这些"喜剧性角色"的背理逆情、荒谬丑陋时，自然会产生一种洞悉一切真与假、善与恶、正确与错误、真理与谬见的自我优越性的确定，从而顿生一种伴随着怜悯与蔑视、庆幸和欣慰的喜剧感。正如苏珊·朗格所说："笑往往——而且无一例外——表示了一种突然而来的优越感。"③ 还如英国作家梅瑞狄斯所说："如果你认为我们的文明是建筑在常识上面（而这种态度正是正常心理的首要条件），你在静观人类时就会看出人们头上有一个精灵。……它的经常神气是一种悠闲自在的观察，就像在巡视着整个田野，而且有充分时间去捕捉自己心爱的食物，一点不用慌张。人类在世界上的未来并不吸引他，吸引他的是人类眼前老实不老实，像样子不像样子；而且不论在什么时候，只要人类长得过头，开得太满，感动得太厉害，自负过甚，夸夸其谈，虚伪，迂腐，小心谨慎到荒乎其唐的地步；只要他看见人类自骗自欺或者遮遮掩掩，盲目崇拜，爱上了虚荣，充满了荒谬，目光如豆地计划着，疯狂地营求着；只要他们言行不相符，破坏了那个维持他们中间相互关系的无形而可感觉到的天条；只要他们违背了正常的理性，公平的准则，假意谦虚或者空自狂妄，或者一个人如此，或者一群人如此；他们头上的那个精灵就会显出一副慈祥而严厉的神情，向他们射出一道斜照的灵光，接着发出一连串银铃似的笑声来，这就是喜剧的精灵。"④ 比如莫里哀的

---

① 柏格森：《滑稽的一般含义——相貌与动作中的滑稽——滑稽的延伸》，《笑与滑稽》，乐爱国译，广东人民出版社 2000 年版，第 12 页。

② 里普斯：《喜剧性与幽默》，刘半九译，伍蠡甫、胡经之主编：《西方文艺理论名著选编》中卷，北京大学出版社 1986 年版，第 456、461 页。

③ 苏珊·朗格：《情感与形式》，刘大基等译，中国社会科学出版社 1986 年版，第 392 页。

④ 梅瑞狄斯：《喜剧的观念及喜剧精神的效用》，周煦良译，伍蠡甫主编：《西方文论选》下卷，上海译文出版社 1979 年版，第 87—88 页。

《太太学堂》描写主人公阿尔诺耳弗一出场就这样说："我觉得自己够阔的了，我相信，很可以挑一个靠我活命的太太，处处看我的脸色，事事受我的挟制，也决不会怪罪我财产和门第都不如她的娘家。"他还洋洋自得地讲述自己如何为此选中了一个穷人家的四岁女儿，送进了修道院，按照他的方针，"尽可能把她变成一个白痴"。①《逼婚》描写主人公斯嘎纳赖勒一上场便嘱咐家人："有人给我送钱来，赶快到皆洛尼莫先生那边找我；有人问我要钱的话，就说我出门了，一整天不回来。"②而斯嘎纳赖勒的未婚妻则告诉她的情人说："我待你永远一样，你就不应该为我出嫁难过；我嫁给这个人，仅仅是为了他阔。我没有财产，你也没有，你知道，没有财产，人在世上就过不了好日子。所以，就该不惜代价，想法子弄到财产。我抓住这个机会，就为了享福。我嫁给这个馊老头子，有这么一个希望：没有多久，就把他开发了。"③《吝啬鬼》描写主人公阿尔巴贡告诉儿子、女儿，自己准备娶一位年轻姑娘玛丽雅娜（儿子的意中人），同时吩咐儿子克莱昂特娶一位有钱的寡妇，女儿艾莉丝嫁给一位年近五十的爵爷。阿尔巴贡绞尽脑汁地放高利贷，不但加利方式十分刻毒，而且还用一些废旧杂物充抵现金。阿尔巴贡发现自己的钱匣子被人偷走了，呼天抢地高声喊："哎呀！我可怜的钱，我可怜的钱，我的好朋友！人家把你活生生从我这边抢走了，我也就没有了依靠，没有了安慰，没有了欢乐。我是什么都完了，我活在世上也没有意思啦。没有你，我就活不下去。全完啦，我再也无能为力啦，我在咽气，我死啦，我叫人埋啦。"④《堂·璜》描写主人公堂·璜，背弃了自己从修道院里勾引出来的姑娘艾耳维尔，准备再欺骗其他姑娘。他得意洋洋地自我表白说："什么？你要我们死守着头一个让我们入迷的女人，为她谢绝尘世，再不看旁人一眼？坚贞不渝，从一而终，年轻轻就心如古井，对此外所有的绝色女子视而无睹，还以这种虚假的荣誉自得，未免也太不象话！……拿我来说，看见绝色女子，我就色授魂

①　莫里哀：《太太学堂》，李健吾译，《喜剧六种》，上海译文出版社1978年版，第8页。
②　莫里哀：《逼婚》，李健吾译，《喜剧六种》，上海译文出版社1978年版，第82页。
③　同上书，第107页。
④　莫里哀：《吝啬鬼》，李健吾译，《喜剧六种》，上海译文出版社1978年版，第283页。

与，情不由己，向这种销魂的暴力投顺。……我长眼睛，就为观看个个妇女的妙处，献上大自然要我们奉献的赞美和贡礼。"① 在第一幕第三场里，堂·璜同艾耳维尔还有这样一段直接凸显堂·璜丑恶灵魂的对话：

> 艾耳维尔：啊！恶棍，现在我算把你看透啦。不幸是我知人太晚，除掉伤心，也不能做出别的来。可是你要晓得，天理昭彰，报应不爽，你戏弄的上天会为我报你负心的仇的。
> 堂·璜：上天，斯嘎纳耐勒！
> 斯嘎纳耐勒：可不是，我们这种人呀，就不拿这搁在心上！②

堂·璜不但恣意勾引玩弄女性，甚至更理直气壮地直接说："虚伪是一种时髦的恶习，而任何时髦的恶习，都可以冒充道德。"③ 一个浪荡轻薄公子的丑恶灵魂活脱脱地显示出来。所以，莫里哀的《凡尔赛宫即兴》中的人物柏奈古尔说："他（莫里哀——引者注）的本心是描绘风俗，不关个人的事，他表现的人物都是空中楼阁、想象人物，照他的喜好，穿红戴绿，取悦观众。……喜剧的责任既然是一般地表现人们的缺点，主要是本世纪的人们的缺点，莫里哀随便写一个性格，就会在社会上遇到，而且不遇到也不可能。他描绘的缺点，如果一定说是根据真人写出来的话，毫无疑问，他就不必再写喜剧了。"④ 而作为剧中人物角色的莫里哀也说："你以为他在他的喜剧里面已经写尽了人世的笑料吗？就拿宫廷来说，不还有许多人的性格，他还没有碰到？比方说吧，不就有人友谊长、友谊短，万分要好，可是扭过背去，就你骂我，我骂你，还自以为作风正派？不就有人臭巴结，穷拍马屁，恭维起人来，半句得罪人的话也不挽进去，甜得就是听了的人也嫌恶心？不就有人高官厚禄，感恩知己，然

---

① 莫里哀：《堂·璜》，李健吾译，《莫里哀喜剧》第二集，湖南人民出版社1982年版，第277页。
② 同上书，第284页。
③ 同上书，第335页。
④ 莫里哀：《凡尔赛宫即兴》，李健吾译，《莫里哀喜剧》第二集，湖南人民出版社1982年版，第131页。

而随风转舵，反复无常，在你得意的时候，焚香顶礼，在你失意的时候，落井下石?"① 所以，瓜里尼在论及悲喜混杂剧时说："悲剧是伟大人物的写照，喜剧是卑贱人物的写照。"② 从这个角度看，西方喜剧的"喜剧性角色"就常常体现为一种"反面人物"。当然，也通过"反面人物"的丑恶行径，折射出恶劣的社会生态环境。比如俄国作家奥斯特洛夫斯基的喜剧《自己人——好算账》描写富商鲍尔肖夫为了赖债和骗取钱财，伪称破产，把全部财产转移到管事波德哈留辛的名义下，又用女儿为钓饵诱骗波德哈留辛替自己效劳。波德哈留辛比鲍尔肖夫更奸诈，他利用法律规定不但把全部财产据为己有，而且同鲍尔肖夫的女儿结婚后，夫妻串通一气，拒不保释因为债务入狱的岳父。这个骗上加骗故事就揭露了俄国专制社会的商业领域里尔虞我诈的恶劣现象。果戈理创作的《钦差大臣》以表面偶然的事件，显现了俄国腐朽官场的普遍丑恶现象。其中贪污成性、老奸巨猾的市长自夸骗过三个省长，他认为官吏贪污是理所当然，只是应该根据官位的高低作为贪污多寡的标准。主人公赫列斯达可夫作为一个彼得堡的花花公子，所以能够被误当作钦差，完全是因为俄国专制制度官场的腐朽丑恶，一方面是下层官吏普遍弥漫的惧上、媚上心理病症，另一方面是上层官僚普遍流行的浅薄轻浮、夸夸其谈的精神气质。喜剧没有正面人物，果戈理认为正面人物就是"笑"。果戈理这样说："奇怪的是：可惜竟没有一个人发现我剧中有一个正面人物。是的，这是剧中一个正直高尚的人物，它无往而不在。这个正直高尚的人物就是笑。"③ 果戈理的话正好说明其喜剧中没有人物形象意义上的"正面人物"，只有逗引正直高尚人物发笑的"反面人物"。正直高尚的人物所以发笑的缘由，恰如里普斯所说："一个人的身体究竟应当是身体，应当生动活泼，能适应生活机能，克尽厥职；我没有发现这一切，却发现

---

① 莫里哀：《凡尔赛宫即兴》，李健吾译，《莫里哀喜剧》第二集，湖南人民出版社1982年版，第132页。

② 瓜里尼：《悲喜混杂剧体诗的纲领》，朱光潜译，伍蠡甫主编：《西方文论选》上卷，上海译文出版社1979年版，第197—198页。

③ 果戈理：《剧场门口》，《春风》（文艺丛刊）1979年第3期。

某种窝囊、颟顸的东西，人随身携带的一团粘着脱不了身、什么用处也没有、反而妨碍他的生存和肉体机能的物质。"① 这些妨碍人的生存和机能的东西，其实也正是社会人生缺陷的生动揭示。

从某种意义上说，也就是社会人生缺陷的生动揭示常常就建构起了西方喜剧艺术情景画面。比如《威尼斯商人》中的夏洛克因为女儿杰西卡与青年罗兰佐私奔而大叫倒霉，杜伯尔来告诉他一些消息，于是就引出这样一个充分展示人生缺陷的喜剧艺术情景画面：

杜伯尔：倒霉的不单是你一个人。我在热那亚听人家说，安东尼奥——

夏洛克：什么？什么？什么？他也倒了霉吗？他也倒了霉吗？

杜伯尔：——有一艘从特里坡利斯来的大船，在途中触礁。

夏洛克：谢谢上帝！谢谢上帝！是真的吗？是真的吗？

杜伯尔：我曾经跟几个从那船上出险的水手谈过话。

夏洛克：谢谢你，好杜伯尔。好消息。好消息！哈哈！什么地方？在热那亚吗？

杜伯尔：听说你的女儿在热那亚一个晚上花去八十块钱。

夏洛克：你把一把刀戳进我心里！我再也瞧不见我的银子啦！一下子就是八十块钱！八十块钱！

杜伯尔：有几个安东尼奥的债主跟我同路到威尼斯来，他们肯定地说他这次一定破产。

夏洛克：我很高兴。我摆布摆布他；我要叫他知道些厉害。我很高兴。

杜伯尔：有一个人给我看一个指环，说是你女儿拿它向他买了一头猴子。

夏洛克：该死该死！杜伯尔，你提起这件事，真叫我心里难过；

---

① 里普斯：《喜剧性与幽默》，刘半九译，伍蠡甫、胡经之主编：《西方文艺理论名著选编》中卷，北京大学出版社 1986 年版，第 458 页。

那是我的绿玉指环，是我的妻子莉娅在我们没有结婚的时候送给我的，即使人家把一大群猴子来向我交换，我也不愿把它给人。

杜伯尔：可是安东尼奥这次一定完了。

夏洛克：对了，这是真的，一点不错。去，杜伯尔，现在离开借约满期还有半个月，你先给我到衙门里走动走动，花费几个钱。要是他误了约，我要挖出他的心来；只要威尼斯没有他，生意买卖全凭我一句话了。去，去，杜伯尔，咱们在会堂里见面。好杜伯尔，去吧，会堂里再见，杜伯尔。①

面对如此社会人生缺陷的生动揭示，读者或观众不能不开怀大笑，正如普罗普所说："笑是大自然对于人所固有的、隐秘着的、突然暴露出来的缺陷给我们的惩罚。"② 再比如莫里哀的《达尔杜弗或者骗子》更以达尔杜弗的一言一行使其道德缺陷的显示贯穿在整部喜剧里。尤其在第二幕第二场里，达尔杜弗看见道丽娜穿着袒胸的裙子，便拿出一条绢递给道丽娜说："啊！我的上帝，我求你了，在说话之前，先给我拿着这条手绢。……盖上你的胸脯。我看不下去：像这样的情形，败坏人心，引起有罪的思想。"③ 这其实是以"此地无银三百两"的方式泄露了他的伪善。果然在后来的第三幕第三场里，达尔杜弗试图勾引奥尔贡的妻子艾耳密尔时，则有了这么一个活生生表现其伪善的喜剧艺术情景画面：

艾耳密尔：据说，我丈夫打算毁约，把女儿另嫁给您，您说，真有这回事吗？

达尔杜弗：他对我提起来的；不过说实话，夫人，这不是我朝思暮想的幸福；人间极乐，美妙难言，能使我心满意足的，我看还在旁

① 莎士比亚：《威尼斯商人》，朱生豪译，《莎士比亚全集》三，人民文学出版社1978年版，第50—51页。

② 普罗普：《滑稽与笑的问题》，杜书瀛等译，辽宁教育出版社1998年版，第27页。

③ 莫里哀：《达尔杜弗或者骗子》，李健吾译，《喜剧六种》，上海译文出版社1978年版，第157页。

的地方。

艾耳密尔：那是因为您不贪恋红尘的缘故。

达尔杜弗：我胸脯里的心不是石头做的。

艾耳密尔：在我看来，我相信您一心一意礼拜上天，尘世与您无关。

达尔杜弗：我们爱永生事物的美丽，不就因此不爱人间事物的美丽；上天制造完美的作品，我们的心灵就有可能容易入迷。……您是造物主最美的自画像，我心里不能不感到热烈的爱。……哦！真个销魂的美人，我认识到了这种痴情不就那样要不得，安排妥帖，就能适应廉耻，我也就能随心所欲，成其好事。……

艾耳密尔：您这番话，非常多情，不过说实话，有一点出人意外。我以为您就该刚强自恃，稍加检点才是。像您这样一位信士，人人说是……

达尔杜弗：哎呀！我是信士，却也是人；我看见您的仙姿妙容，心荡神驰，不能自持，也就无从检点了。我知道我说这话，未免不伦不类，可是说到最后，夫人，我不是神仙。您要是怪我不该同您谈情说爱，就该责备自己貌美迷人才是。①

再到第四幕第五场里，达尔杜弗终于钻进了道丽娜与艾耳密尔共同设计好的圈套，他终于扯下了自己伪善的面纱告诉奥尔贡的妻子艾耳密尔说：如果您只有上天和我的爱情作对，移去这样一种障碍，在我并不费事，您大可不必畏缩不前。② 最后第四幕第七场里，达尔杜弗更气势汹汹地恐吓奥尔贡说："你说起话来，倒像主人，不过应该离开的，是你。房子是我的，回头就叫你知道。……你们看着好了。"③ 伪善者的丑恶嘴脸终于彻头彻尾地暴露了出来，"喜剧性角色"或"反面人物"的道德缺陷也充分地揭

---

① 莫里哀：《达尔杜弗或者骗子》，李健吾译，《喜剧六种》，上海译文出版社 1978 年版，第 160—161 页。

② 同上书，第 181 页。

③ 同上书，第 184—185 页。

示了出来。难怪哥尔多尼在《回忆录》里这样说："以纠正为目的，来暴露人类的邪恶和可笑的一面，使它受到嘲讽，使喜剧成为高尚有益的东西；这个工作，只好让给莫里哀了。"① 莫里哀自己也在《达尔杜弗》的附录《第一陈情表》中说："喜剧的责任既然是通过娱乐改正人的错误，我相信，我要把工作做好，最好就是以滑稽突梯的描画，攻击我的世纪的恶习；毫无疑问，虚伪是最通行、最麻烦和最危险的恶习之一。"②

当然，西方喜剧也有一些虽然表现社会人生缺陷，但"喜剧性角色"却不是"反面人物"的作品。比如从中世纪留传下来的优秀笑剧《巴特兰律师的笑剧》描写的"骗上加骗"的故事，莫里哀的《司卡班的诡计》描写司卡班帮助少主人，从各自父亲处巧妙骗取钱财的故事，等等；还有一些甚至根本不表现社会人生缺陷，"喜剧性角色"也不是"反面人物"的作品，比如哥尔多尼的《一仆二主》描写的小特鲁法多一仆伺候二主故事等。这些喜剧都具有中国喜剧钟情的弱者智胜强者的审美愉悦，但却没有中国喜剧强调的道德制高点和善恶界限区分，而是强调阶级意识密切关联的足智多谋，从而间接继承了表现社会政治生活缺陷的古希腊喜剧传统。另外还比如法国18世纪戏剧家博马舍，依然在思想上深受启蒙运动表现社会紧张阶级矛盾的影响，同时在艺术创作上遵循狄德罗打破悲剧与喜剧界限，建立新兴"市民剧"的主张，因而不满足西方喜剧的主流状态。他说："但是，如果讥讽所含的愉快精神，使人得到片刻的娱乐，那么，经验告诉我们，讽刺的锋芒击中了对方之后，它所引起的笑声便会消失，不会转而感动我们自己。……如果事情只到此为止，那么邪恶将不是不可救药的，因为剧作家使观众发笑的，仅仅是腐儒、笨蛋、卖俏女子、虚伪之辈、傻子、傀儡那样一些典型——一句话，所有那些在我们当前生活中的人都是滑稽可笑的。然而，用来惩戒这些人的嘲弄，是否就是用来打击邪恶的适当武器呢？一位剧作家能用笑话结果他的罪人吗？他不但不

---

① 哥尔多尼：《回忆录》，陈鹄译，伍蠡甫主编：《西方文论选》上卷，上海译文出版社1979年版，第554页。

② 莫里哀：《第一陈情表》，李健吾译，《莫里哀喜剧》第二集，湖南人民出版社1982年版，第261页。

能达到这个目的，而且还要适得其反。在多数喜剧里，我们都看到这种情况：观众发现自己所同情的不是老实人，而是恶棍，因为在两者之中，前者总是被描写得比较不能吸引人；这一点对观众的道德感来说，是可耻的。""所以，喜剧的主要道德不是太肤浅，就是什么也不是；再不然，最后就是它产生了它不应该产生的结果。"① 所以，博马舍的喜剧在表现社会人生缺陷的同时，有些偏离了"喜剧性角色"体现为"反面人物"的审美特征。比如《塞维勒的理发师》中体现社会人生缺陷的霸尔多洛，不是占据中心位置的"喜剧性角色"；《费加罗的婚姻》中体现社会人生缺陷的伯爵，也不是占据中心位置的"喜剧性角色"。喜剧也具有中国喜剧钟情的弱者智胜强者的审美愉悦，甚至还有中国喜剧强调的道德制高点和善恶界限的区分，但因为"喜剧性角色"更多的是体现强烈阶级意识的足智多谋的新仆人形象，从而在继承古罗马喜剧表现诡计多端仆人形象的基础上，更表达了维护自己的阶级利益而勇敢巧妙反抗封建贵族的时代精神，因而仍然是间接继承了表现社会政治生活缺陷的古希腊喜剧传统。

中国喜剧意识的审美特征则表现为偏重社会人生美德的纵情礼赞，这些纵情礼赞会让人感受到永恒不变的伦理道德终归战胜社会邪恶、丑陋，从而领悟道德胜利的喜剧性。正如《中国十大古典喜剧集·前言》所说，中国喜剧"其中固然有对反面人物的讽刺，对中间人物的善意揶揄，但更多的是对正面人物的正义、机智行为的赞美。他们或旁敲侧击，以弱胜强；或避实击虚，以智取胜；或反言显正，寓庄于谐"。② 中国喜剧意识的人生美德礼赞，主要表现为运用"非喜剧性人物"创造"非喜剧性角色"。这些"非喜剧性角色"闯入读者或观众的审美视野，就会凭借自己占据的道德制高点和聪明智慧，巧妙战胜社会生活中的邪恶、丑陋，从而创造出道德胜利的喜剧性。具体而言，中国喜剧拉开人生舞台帷幕时，上演的基本是无情社会现实与高尚道德理想冲突下的人生矛盾，其基本情势

① 博马舍：《论严肃戏剧》，陈鲠译，伍蠡甫主编：《西方文论选》上卷，上海译文出版社1979年版，第402—403页。

② 《中国十大古典喜剧集·前言》，王季思主编：《中国十大古典喜剧集》，上海文艺出版社1982年版，第5页。

往往是悲剧性的。但是，通过故事情节的逐步发展便会出现由悲剧向喜剧的转折变化，而发生转折变化的条件就是"非喜剧性角色"的出场和介入。也就是说，中国喜剧中的"非喜剧性角色"因为在故事情节发展中的主动参与、积极干涉而改变了故事情节的发展方向，创造了"破涕为笑"的喜剧性结局。狄德罗在谈到喜剧时说过："轻松的喜剧，以人的缺点和可笑之处方面为对象；严肃的喜剧，以人的美德和责任为对象。"① 狄德罗所说的轻松的喜剧大概更属于西方喜剧意识的主流倾向，而严肃的喜剧大概更符合中国喜剧意识的主流倾向。比如《史记·滑稽列传》中的优孟为了帮助孙叔敖的儿子摆脱贫困生活，穿戴起孙叔敖的衣冠并模仿孙叔敖的声音笑貌，正因为他的仗义执言和机智善辩才使孙叔敖的儿子从不幸转化为幸运，从而实现了扶贫济困的喜剧性。魏晋志怪小说《搜神记·李寄》描写东越闽中庸岭有大蛇为害，已经吃掉了九名女童。将乐县李诞家的小女李寄，自告奋勇应募为祭奠的牺牲品，而后凭借其非凡的勇敢和机智杀死了大蛇，消灭了地方祸害。《搜神记·葛祚碑》描写衡阳郡境有妖怪以大槎横在江水里，破坏来往船只。太守葛祚在去官前，为排除民累，准备用大斧砍伐这兴妖作怪的所谓"神木"，终于迫使妖怪不得不主动逃离。《搜神后记·斫雷公》描写章苟因为蛇偷吃了自己的饭，遂以铁锹斫蛇；受伤的蛇请求雷公霹雳帮忙，章苟遂以铁锹斫雷公；且理直气壮地责备："天使！我贫穷，展力耕垦！蛇来偷食，罪当在蛇，反更霹雳我耶？乃无知雷公也。"② 章苟的正气凛然和大无畏精神终于取得了最后的胜利。唐玄怪小说《河东记·板桥三娘子》中的旅客赵季和，因为识破了开黑店的三娘子将人变成驴的罪恶勾当，所以以其人之道还治其人之身将黑店老板娘变成了驴，从而实现了铲除黑道邪恶、为民除害的喜剧性。唐传奇小说《玄怪录·郭元振》描写郭元振听见女子啼哭，得知乡民要把一个美貌女子嫁给所谓"乌将军"的猪妖后，不但凭借胆略智慧拯救了受害女子，而且说服乡民齐心协力消灭了猪妖。唐传奇小说《柳毅传》描写具有正义

---

① 狄德罗：《论戏剧诗》，徐继曾、陆达成译，《狄德罗美学论文选》，人民文学出版社1984年版，第132页。

② 转引自吴志达《中国文言小说史》，齐鲁书社1994年版，第166页。

感的落第书生柳毅，听了落难龙女的哭诉和请求后，"气血俱动，恨无毛羽，不能奋飞"，因而慨然允诺传书到洞庭龙宫。小说尤其强调，柳毅帮助龙女是因为路见不平的义愤，所以当钱塘君借酒逼婚时，他正气凛然地严词拒绝。最后不但救助了龙女，而且与龙女结成了夫妻。蒲松龄《聊斋志异》中的《连城》，通过一个短小故事表现了多重美德的礼赞。其一是乔生与连城的真诚爱情，其二是顾生与乔生的真挚友情，其三是顾生的侠肝义胆，其四是宾娘的知恩报恩。有时候，美德的承载者甚至是心有灵犀的动物，比如《搜神后记·杨生狗》描写一条狗在主人杨生酒醉不醒面临燎原之火威胁、夜晚行走堕入深井的紧急关头，为救主人性命而不辞劳苦，终归化险为夷。南朝志怪小说《宣验记·鹦鹉灭火》描写一只鹦鹉侨居一山林时，得到山林中禽兽的爱怜。后来，鹦鹉见这山林遭火灾，便入水沾羽，飞而洒之。感动了天神，帮助扑灭了山火。

中国戏剧成熟时期的喜剧，通过"非喜剧性角色"改变故事情节发展方向，创造喜剧性转折的审美特征更加具有经典性。比如高文秀的《双献头》中的李逵装扮成庄稼呆汉探监、装扮成"伺候人"混进官衙，经过几番较量而救出了孙孔目，杀死陷害孙孔目的白衙内。无名氏的《陈州粜米》中的包拯来陈州勘察案件，历尽磨难后终于查明刘衙内儿子和女婿的恶行，而后设计斩杀了杨金吾，让小懒古用紫金锤打死了小衙内，还利用刘衙内捧来的"只赦活的，不赦死的"的皇上赦书，巧妙地赦免了小懒古。关汉卿的《望江亭》中的谭记儿装扮成渔妇，利用杨衙内的好色、贪杯，骗取了他的势剑金牌和文书，使其失去了迫害自己丈夫的凭借。王实甫的《西厢记》中的红娘勇敢戳穿了老夫人外强中干的假面，晓之以利害、动之以情理，帮助张生与莺莺实现了自由爱情梦想。石君宝的《秋胡戏妻》中的主人公罗梅英嫁给贫困秋胡后的第三日，就有媒婆来劝她另嫁有钱人而遭到了驳斥。秋胡被勾去当兵后，贪财的秋胡父母又劝她改嫁李大户，也遭到了拒绝。秋胡回家同罗梅英在桑园见面，因不相识而出言调戏，也遭到了痛斥。喜剧讽刺了秋胡父母的无耻，痛斥了李大户的倚财欺人，责备了秋胡的轻薄，凸显了罗梅英蔑视权贵、忠实爱情的美德。施惠的《幽闺记》中的陀满兴福在亡命逃生时，因为得到蒋世隆的帮助而化险为夷。蒋世隆与王瑞兰在共同逃难遇见强盗时，又恰好遇见已经成为强盗头目的陀满兴福的帮助而死里逃生。蒋世隆与王瑞兰逃难中结良缘被强行拆散后，王瑞兰幽闺拜月，甚至挑战君令父命，蒋世隆考中状元，拒绝尚书府招赘纳婿。最后，不但陀满兴福、蒋世隆双双考中状元而被王镇招为女婿，而且皇帝也感念其道德坚守而满门诏封。

从这个意义上说，中国喜剧的"非喜剧性角色"就常常表现为一种"正面人物"。中国喜剧中的正面人物推动了喜剧的运势，喜剧的运势又凸显了正面人物的美德。这种"正面人物"的美德礼赞，在中国喜剧意识里大致可以具体分为两类：一类是坚守伦理道德，善恶分明的人物形象。他们能够凭借对历史现实的明智洞察和主客地位的清醒认识，发挥自己的聪明智慧和斗争策略，看准并利用社会生活矛盾对立中的罅隙，巧妙周密地把捉、调动必然机遇和偶然巧合，最终实现悲剧性向喜剧性的转化。比如《救风尘》描写赵盼儿出场营救宋引章时，作为一个弱势的、仅仅占据伦理道德优势地位的风尘女子，同一个拥有客店、粉房、赌房的强势恶棍的矛盾冲突，无疑面临诸多的困难和妨碍。赵盼儿显然对社会现实、自我境遇、对手习性都有清醒的认识。所以，宋引章的母亲匆匆赶来求赵盼儿救助时，赵盼儿责问："既然是这般呵，谁着你嫁他来？"宋引章的母亲回答："大姐，周舍说誓来。"赵盼儿说："普天下爱女娘的子弟口，那一个不指皇天各般说咒？恰似秋风过耳早休休！"① 应该说，赵盼儿深刻理解中国伦理道德文化的自身悖论。所以，她非常聪明地选择了欲擒故纵，以其人之道还治其人之身的巧妙方式，逼周舍陷入了自己精心编织的圈套之中。赵盼儿曾向周舍赌咒发誓说："你若休了媳妇，我不嫁你呵，我着堂子里马踏杀，灯草打折臁儿骨。"② 赵盼儿甚至还自己带了酒、羊、大红罗等，既诱骗周舍产生了皇天后土明鉴婚约的庄严道德幻觉，自觉地掉入了陷阱，又替自己预留了理直气壮的脱身说法。所以，当周舍追赶上脱身

① 关汉卿：《救风尘》，王季思主编：《中国十大古典喜剧集》，上海文艺出版社 1982 年版，第 14 页。

② 同上书，第 19 页。

而去的宋引章和赵盼儿时，就有了这么一段精彩的对白：

周舍：你也是我的老婆。

赵盼儿：我怎么是你老婆？

周舍：你吃了我的酒来。

赵盼儿：我车上有十瓶好酒，怎么是你的？

周舍：你可受我的羊来。

赵盼儿：我自有一只熟羊，怎么是你的？

周舍：你受我的红定来。

赵盼儿：我自有大红罗，怎么是你的？（唱）酒和羊车上物，大红罗自将去。你一心淫滥无是处，要将人白赖取。

周舍：你曾说过誓嫁我来。

赵盼儿：（唱）俺须是卖空虚，凭着那说来的言咒誓为活路。怕你不信呵，（唱）遍花街请到娼家女，那一个不对着明香宝烛？那一个不指着皇天后土？那一个不赌着鬼戮神诛？若信这咒盟言，早死的绝门户！①

赵盼儿终于凭借自己的伦理道德优势地位和世事洞明的聪明智慧，实现了伦理道德战胜社会邪恶的喜剧性胜利。《西厢记》描写莺莺、张生与老夫人的冲突本来也可能是弱小受欺辱的悲剧，但一经红娘的巧妙应对，也就转化成了万事和谐的喜剧。《陈州粜米》描写小衙内、杨金吾与以张懒古为代表的老百姓的冲突，也本是普通善良受迫害的悲剧，但经过包拯的细心勘察、深入调查、巧妙处理，终于把悲剧转变成了大快人心的喜剧。《双献头》中孙孔目与白衙内的悲剧性冲突，也是因为李逵的勇敢和智慧而实现了喜剧性的转化。另一类是人生精神追求坚定不移的人物形象。他们或者具体表现为勇敢追求真诚的幸福爱情，比如《柳毅传》中的龙女，

---

① 关汉卿：《救风尘》，王季思主编：《中国十大古典喜剧集》，上海文艺出版社1982年版，第21页。

《玉簪记》中的陈妙常，《墙头马上》中的李千金，《西厢记》中的莺莺、张生，等等；当然，勇敢追求到的爱情需要矢志不渝的捍卫，比如《望江亭》中的谭记儿，《幽闺记》中的蒋世隆、王瑞兰，《墙头马上》中的李千金，等等。或者具体表现为对诗书礼乐文化价值观的坚决认同，比如《绿牡丹》中的车静芳、沈婉娥和谢英、顾粲，《风筝误》中的韩琦仲、詹淑娟，等等。他们的人生精神追求因为同中国文化伦理道德的高度统一，所以才可能潜藏着化凝滞为流畅，化冲突为和谐的力量，才可能推动故事情节从悲剧运势向喜剧运势的转化。中国喜剧中也有少量的作品，表面上看似乎没有悲剧性的前提，比如《幽闲鼓吹·郭暧》记驸马郭暧与妻子升平公主拌嘴事。但如果仔细分析就会发现有一个潜藏的悲剧性前提，那就是皇权专制社会的绝对君王权威。中国喜剧中还有少量的作品表面上看似乎没有正面人物形象，比如郑廷玉的《看钱奴》。但如果仔细分析就会发现有一个潜藏的正面力量，那就是掌握着人物命运、决定着事件发生的增福神。

中国喜剧通过"非喜剧性角色"的参与、干涉，创造出"破涕为笑"喜剧性结局的艺术方式，也常常表现在中国古代的笑话里。比如明代冯梦龙辑《古今笑》（《古今谭概》）载《聂以道断钞》的故事里，聂以道曾宰江右一邑。有人早出卖菜，拾得至元钞十五锭，归以奉母。母怒曰："得非盗而欺我？况我家未尝有此，立当祸至。可速送还！"子依命携往原拾处，果见寻钞者，付还其人。乃曰："我原三十锭！"争不已，相持至聂前。聂推问村人是实，乃判云："失者三十锭，拾者十五锭，非汝钞也！可自别寻。"遂给贤母以养老。闻者快之。①《诘盗智》的故事里，胡汲仲在宁海日，偶出行，有群妪聚庵诵经。一妪以失衣来诉。汲仲命以牟麦置群妪掌中，令合掌绕佛诵经如故。汲仲闭目端坐，且曰："吾令神督之。若是盗衣者，行数周，麦当芽。"中一妪屡开视其掌，遂命缚之，果盗衣者。刘宰之令泰兴也，富室亡金钗，唯二仆妇在。置之有司，咸以为冤。命各持一芦，曰："非盗钗者，当自若。果盗，则长于今二寸。"明旦视

---

① 《中国历代笑话集成》第二卷，时代文艺出版社 1996 年版，第 317 页。

之，一自若，一去其芦二寸矣。讯之，具伏。陈述古知蒲城县，有失物莫知为盗，乃绐曰："其庙有钟能辨盗，为盗者，摸之则有声。"阴使人以墨涂而帷焉。令囚入帷摸之，唯一囚无墨，执之果盗。① 所以，德里克·布里威尔说："笑话书以真正淡泊的心境，继续表现了永远存在的人类的荒谬性、自我矛盾性、恐惧感、满足感以及挫折感。"②

---

① 《中国历代笑话集成》第二卷，时代文艺出版社1996年版，第366页。

② 德里克·布里威尔：《英格兰16世纪至17世纪的笑话书》，简·布雷默、赫尔曼·茹登伯格编：《搞笑——幽默文化史》，北塔等译，社会科学文献出版社2001年版，第167页。

第四章

中西喜剧意识的审美风格

中西喜剧意识因为具有不同的审美本质，所以也具有不同的审美风格。概括而言，中西喜剧意识的审美风格主要表现为戏谑自嘲与讽刺批判、轻松释放的诙谐与抑圣为狂的苦涩。

一 戏谑自嘲与讽刺批判

西方喜剧意识的审美本质因为牵涉到历史合理问题的复杂性，即历史曲折中的错裂罅隙与人主观判断中的隐秘欲望的复杂纠缠，所以，西方喜剧意识的审美风格主要表现为戏谑自嘲。其具体的解释不妨借鉴鲁迅先生所说："如果貌似讽刺的作品，而毫无善意，也毫无热情，只使读者觉得一切世事，一无足取，也一无可为，那就并非讽刺了，这便是所谓'冷嘲'。"① 西方喜剧意识的审美本质因为是"愉快地和自己的过去告别"，而已经愉快告别的东西自然是"一无足取，也一无可为"，也无须保持"善意和热情"。这种"一无足取，也一无可为"，且无须保持"善意和热情"的方式，可以归纳为两个方面，西方喜剧意识戏谑自嘲的审美风格也就主要表现为两个方面。

第一，西方喜剧意识首先针对同历史理性进步和社会制度变迁密切相关的社会政治生活弊病。这些政治生活弊病，不是某一个人偶然的、可以

---

① 鲁迅：《什么是"讽刺"？——答文学社问》，《且介亭杂文二集》，人民文学出版社 1973 年版，第 90—91 页。

改善的道德缺陷，而是相应社会政治群体必然的、终归将失去合理性的历史谬误，从而自然引发喜剧意识戏谑自嘲的审美风格。比如古希腊阿里斯托芬《阿卡奈人》描写的好战将军的冥顽不化、外交政策的愚蠢、政治煽动家的无耻、城市生活的堕落、城邦告密敲诈的流行，中世纪的韵文故事《神父阿米斯》、《驴的遗嘱》，文艺复兴时期卜伽丘《十日谈》中第三天"劳丽达"的故事、第四天"潘比妮娅"的故事、第九天"爱莉莎"的故事描写的宗教政治群体的伪善，文艺复兴时期拉伯雷《巨人传》描写的经院文化教育对人心智的戕害、社会政治斗争的愚蠢褊狭、法律诉讼和判决的有始无终、教会的藏污纳垢，以及斯威夫特的小说《格列佛游记》描写的人类社会政治的促狭愚昧、奸诈残忍、贪婪卑鄙，等等，都是必然的、终归将失去合理性的社会政治生活的严重弊病，从而都体现了喜剧意识戏谑自嘲的审美风格。

第二，西方喜剧意识其次针对体现社会人生缺陷的"喜剧性人物"。这些"喜剧性人物"的言行举止直接让人感受到明显不合情理的欠缺、倾斜、失衡，从而自然引发喜剧意识戏谑自嘲的审美风格。比如古罗马普劳图斯的《凶宅》，泰伦提乌斯的《安德罗斯女子》、《两兄弟》、《婆母》等，都通过描写青年人的放纵生活，表现了对社会人生缺陷的戏谑自嘲。普劳图斯的《一坛金子》更是直接继承"新喜剧"传统，充分彰显了"喜剧性人物"性格缺陷的自我否定性，在引发戏谑自嘲的同时，更增强了辨别真伪美丑的能力。所以，哥尔多尼在《喜剧剧院》通过人物安赛莫的口说："喜剧的发明原是为了根除社会罪恶，使坏习惯显得可笑。当古代喜剧是这样作法时，人们都很喜欢，因为人们从舞台上看到了模仿一个人物，都在自己或在别人身上找到它的原形。"① 德国文艺理论家莱辛也说："假如喜剧无法医好那些绝症，能使健康人保持健康状况，也就满足了。"② 文艺复兴时期的莎士比亚喜剧中喜欢表现的虚假造作或招摇撞骗的人物形象，比如《温莎的风流娘儿们》中的福斯塔夫，《终成眷属》中

---

① 哥尔多尼：《喜剧剧院》，张君川译，伍蠡甫主编：《西方文论选》上卷，上海译文出版社 1979 年版，第 551 页。

② 莱辛：《汉堡剧评》，张黎译，上海译文出版社 1981 年版，第 152 页。

的帕洛，《第十二夜》中的马伏里奥，等等，也都是显示戏谑自嘲审美风格的"喜剧性人物"。17世纪莫里哀的喜剧、18世纪哥尔多尼的喜剧都喜欢表现具有鲜明性格缺陷的人物形象，比如莫里哀《太太学堂》中的阿尔诺耳弗，《吝啬鬼》中的阿尔巴贡，《堂·璜》中的堂·璜，《达尔杜弗或者骗子》中的达尔杜弗，等等；哥尔多尼《老顽固》中的顽固分子们，《女店主》中的侯爵、伯爵、骑士，等等，应该都是显示西方喜剧戏谑自嘲审美风格的经典"喜剧性人物"。

　　如果"喜剧性人物"体现出的社会人生缺陷与社会政治生活弊病有密切关系，引发的戏谑自嘲审美风格则更加浓郁。比如莎士比亚《亨利四世》中的福斯塔夫，就是一个"封建关系解体的时期""无衣无食的雇佣兵和形形色色的冒险家"形象。[①] 莫里哀的喜剧应该是"喜剧性人物"表现社会人生缺陷和社会政治生活弊病密切结合的经典，从而也是西方喜剧表现戏谑自嘲审美风格的经典。比如《达尔杜弗或者骗子》中的"喜剧性人物"达尔杜弗，既是一个披着虔诚天主教徒外衣，维护反动专制政体，敌视自由进步思想的骗子，又是一个披着虔诚天主教徒外衣，践踏伦理道德的登徒子。他甚至肆无忌惮地撕掉了自己的伪装，厚颜无耻地诱惑奥尔贡的妻子艾耳密尔说："如果您只有上天和我的爱情作对，去掉这样一种障碍，在我并不费事，您大可不必畏缩不前。""说到最后，解除您的顾虑并不困难。您放心好了，事情绝对秘密。只有张扬出去的坏事才叫坏事。世人的议论是获罪于天的根源，私下里的犯罪不叫犯罪。"[②]

　　中国喜剧意识的审美本质因为是表现道德胜利的乐观性，即坚信永恒的道德法庭可以审判不合乎伦理道德的行径。所以，中国喜剧意识的审美风格主要表现为讽刺批判。其具体的解释不妨也借鉴鲁迅先生所说："讽刺作者虽然大抵为被讽刺者所憎恨，但他却常常是善意的，他的讽刺，在

---

　　① 恩格斯：《致斐·拉萨尔》，《马克思恩格斯选集》第四卷，人民出版社1972年版，第345页。

　　② 莫里哀：《达尔杜弗或者骗子》，李健吾译，《喜剧六种》，上海译文出版社1978年版，第181、182页。

希望他们改善，并非要捺这一群到水底里。"① 中国人一直有通过诗（文学）的讽喻以达上听的久远传统。班固《汉书·艺文志》载："故古有采诗之官，王者所以观风俗，知得失，自考正也。"②《国语·周语》也记载召公谏厉王使卫巫监谤时这样说："是古为川者决之使导，为民者宣之使言。故天子听政，使公卿至于列士献诗。"③《诗经》里就有"家父作诵，以究王讻，式讹尔心，以畜万邦"的讽喻。④ 郭绍虞先生在编撰《中国历代文论选》中说，《诗经》中明确谈到诗歌目的的例句有十一条，其中八例为讽。所以，《毛诗序》言："上以风化下，下以风刺上，主文而谲谏，言之者无罪，闻之者足以戒，故曰风。"⑤ 宋代诗人梅尧臣说："自下而磨上，是之谓国风；雅章及颂篇，刺美以道同。"⑥ 孔子所谓的"兴观群怨"就包含了诗可以通过"怨刺"，达到伦理改善的目的。所以班固说："周道始缺，怨刺之诗起。"⑦《孟子·告子下》里也有所谓"《小弁》之怨，亲亲也。亲亲，仁也。……亲之过大而不怨，是愈疏也"。⑧ 孟子也强调"怨刺"的改善目的。唐代诗人白居易说自己"身是谏官，手请谏纸，启奏之外，有可以救济人病，裨补时阙，而难于指言者，辄咏歌之，欲稍稍递进闻于上。上以广宸聪，副忧勤；次以酬恩奖，塞言责；下以复吾平生之志"。⑨ 白居易还说："且古之为文者，上以纽王教，系国风，下以存炯

---

① 鲁迅：《什么是"讽刺"？——答文学社问》，《且介亭杂文二集》，人民文学出版社 1973 年版，第 90 页。

② 班固：《汉书·艺文志》，郭绍虞主编：《中国历代文论选》第一册，上海古籍出版社 1979 年版，第 5 页。

③ 《国语·周语》，袁世硕主编：《中国古代文学作品选》（一），人民文学出版社 2002 年版，第 80 页。

④ 《诗经·小雅·节南山》，郭绍虞主编：《中国历代文论选》第一册，上海古籍出版社 1979 年版，第 7 页。

⑤ 《毛诗序》，郭绍虞主编：《中国历代文论选》第一册，上海古籍出版社 1979 年版，第 63 页。

⑥ 梅尧臣：《答韩三子华韩五持国韩六玉汝见赠述诗》，郭绍虞主编：《中国历代文论选》第二册，上海古籍出版社 1979 年版，第 237 页。

⑦ 班固：《汉书·礼乐志》，郭绍虞主编：《中国历代文论选》第一册，上海古籍出版社 1979 年版，第 69 页。

⑧ 《孟子·告子下》，郭绍虞主编：《中国历代文论选》第一册，上海古籍出版社 1979 年版，第 31—32 页。

⑨ 白居易：《与元九书》，郭绍虞主编：《中国历代文论选》第二册，上海古籍出版社 1979 年版，第 98 页。

戒，通讽谕。故惩劝善恶之柄，执于文士褒贬之际焉；补察得失之端，操于诗人美刺之间焉。"① 白居易还有诗曰："惟歌生民病，愿得天子知。"② 清代的王夫之在阐发"兴观群怨"的关系时说："以其怨者而群，群乃益挚。"③ 清代的程廷祚在谈到《诗经》里的"怨刺"时也说："若夫诗之有刺，非苟而已也。盖先王之遗泽，尚存于人心，而贤人君子弗忍置君国于度外，故发为吟咏，动有所关。""民风君德，变矣，而有刺诗，则变而不失其正。……然则诗人自不讳刺，而诗之本教，盖在于是矣。"④ "诚有爱君之心，则虽国风之刺奔刺乱，无所不刺，亦犹人子执谏父母而涕泣随之也。"⑤ 所以，中国喜剧意识的审美风格主要是"善意的"、"希望改善"的讽刺批判。具体而言，这种"善意的"、"希望改善"的讽刺批判一般不是针对同历史进步、社会制度密切相关的社会政治生活，而是社会道德生活。比如中国早期《诗经·小雅》的《宾之初筵》中对宴饮贵族丑态毕露的描写。司马迁的《史记·滑稽列传》中的优旃、优孟的故事，等等，虽然针对的是社会政治领域里的贵族、君王，但贵族、君王的行为不是源自社会历史问题，而是伦理道德问题。在西门豹治邺的故事里，西门豹需要治理的虽然是官吏与女巫勾结赋敛百姓的政治问题，但西门豹同官吏与女巫展开决定胜负较量的战场还是伦理道德的舞台。另外，中国早期有一些体现喜剧意识的寓言，因为针对社会政治问题，而显示了戏谑自嘲的审美风格，比如《韩非子·五蠹》中的"守株待兔"故事，说明了"欲以先王之政，治当世之民"的不合时宜，同时还阐明了拘泥偶然机遇而不求主动努力的惰性。《韩非子·外储说左上》中的"郑人买履"故

---

① 白居易：《策林六十八》，郭绍虞主编：《中国历代文论选》第二册，上海古籍出版社1979年版，第109页。
② 白居易：《寄唐生》，郭绍虞主编：《中国历代文论选》第二册，上海古籍出版社1979年版，第108页。
③ 王夫之：《诗绎》，郭绍虞主编：《中国历代文论选》第一册，上海古籍出版社1979年版，第24页。
④ 程廷祚：《诗论六》，郭绍虞主编：《中国历代文论选》第一册，上海古籍出版社1979年版，第14页。
⑤ 程廷祚：《诗论十三》，郭绍虞主编：《中国历代文论选》第一册，上海古籍出版社1979年版，第14页。

事，说明了观念和实践的关系问题。《吕氏春秋·察今》中"刻舟求剑"的故事，说明不顾变迁、墨守成规的迂腐。但是中国早期更多体现喜剧意识的故事，还是直接针对社会道德生活的讽刺批判。比如《孟子·梁惠王上》中的五十步笑百步的故事，《孟子·公孙丑上》里的"揠苗助长"的故事，《孟子·离娄下》里的"齐人有一妻一妾"的故事，《韩非子·内储说上》里的"南郭吹竽"故事，《吕氏春秋·自知》中的"掩耳盗铃"故事，等等。

中国戏剧成熟时期的喜剧基本继承和发扬了主要针对社会道德生活的讽刺批判。比如元代关汉卿的《救风尘》讽刺批判了社会现实里纨绔子弟的卑鄙无赖和玩弄女性的丑陋灵魂，《望江亭》讽刺批判了权势人物的好色贪杯和愚蠢无耻。无名氏的杂剧《陈州粜米》讽刺批判了权势人物的贪婪凶残。郑廷玉的《看钱奴》讽刺批判了金钱对人性的深度毒化。白朴的《墙头马上》讽刺批判了传统礼教的虚伪和势利。王实甫的《西厢记》讽刺批判了传统礼教的虚伪和权势人物的色厉内荏。明代康海的《中山狼》讽刺批判了忘恩负义的社会世风。高濂的《玉簪记》讽刺批判了传统礼教与戒律企图压抑人性自由、青春生命的徒劳无益。吴炳的《绿牡丹》讽刺批判了世宦子弟不学无术的愚蠢无耻。清代李渔的《风筝误》讽刺批判了膏粱子弟饱食终日、无所用心的无聊，等等。这种主要针对社会道德生活的讽刺批判，也是其他喜剧性小说作品、民间笑话等共同追求的审美风格。所以，我们也就不难理解，蒲松龄的小说为什么在揭露社会政治黑暗的同时，又表明只要在官场中铲除了虎官狼吏，就可以出现清明政治；在抨击科举制度弊端的同时，又描写青年人因为取得功名、官位而出现了矛盾化解的大团圆结局；在批判传统礼教背理逆情、肯定青年男女追求自由爱情、自主婚姻正当性的同时，又津津乐道一夫多妻制度下的妻妾和睦生活。

二　轻松释放的诙谐与抑圣为狂的苦涩

西方喜剧意识的审美本质因为是向过往历史的愉快告别，这就决定了西方喜剧在审美风格上表现为轻松释放的诙谐。所以，里普斯说："先前已经强调过这一点，喜剧性并非使人欢快，有如高尚的行为或者伟大的情操，而是'使人开心'。先前还补充说过，这种特别的喜悦，可能具有最紧张的性质；但是它始终和那种更庄重、更深刻的喜悦有区别；它始终是轻松的，内容贫乏的，稀薄的，空洞的，而且它始终浮在表面，是一阵与心灵无关的痒痒。"① 英国文艺批评家赫斯列特也说："严肃就是我们习惯于集中精神，期待既定的、一系列的事件，它们在此起彼伏中具有某种规律和重大兴趣。当这种精神集中被增加到超出其平常的强度，致使善与恶或事物与愿望的强烈对立足以引起感情的过分紧张时，它就成为可哀的或悲剧的了。荒谬可笑或喜剧之事则是这精神的集中出乎意外地得到松弛或和缓，而且达到了低于平常的强度，这是因为我们一系列的思想突然颠倒秩序，使精神失去戒备，忽然进入趣味盎然的快感，而来不及或无意于作苦痛的思考。"②

西方喜剧意识轻松释放的诙谐，主要表现为喜剧从头至尾展示出正确错误、真假、美丑等两种对立力量的明显不均衡。具体而言，就是正确、真、美的代表与错误、假、丑的代表，无须紧张较量已经因为分别占据主导地位与非主导地位而胜负分明，从而使人们暂时挣脱了现实生活的紧张压抑，获得了心灵情感的轻松释放。比如阿里斯托芬《阿卡奈人》的剧情从开始到结尾，代表和平的阿提卡农民狄开俄波利斯一直占据主导地位，代表战争的拉马科斯一直位居非主导地位。《鸟》剧里甚至人与天神的关系也是人位居主导地位，神位居非主导地位。泰伦提乌斯《两兄弟》中的得墨亚与弥克奥的关系中，宽容温和的弥克奥一直占主导地位，严厉粗暴的得墨亚一直占非主导地位。另外比如普劳图斯的《凶宅》描写青年菲洛拉切斯的放纵行为与父亲道德准则发生了冲突，只能希望奴隶特拉尼奥的帮助来摆脱困境。从表面上看，菲洛拉切斯显然处在矛盾冲突的非主导地位。但因为菲洛拉切斯的放纵行为只是青年人成长过程中的错误，更因为

---

① 里普斯：《喜剧性与幽默》，刘半九译，伍蠡甫、胡经之主编：《西方文艺理论名著选编》中卷，北京大学出版社 1986 年版，第 455 页。

② 赫斯列特：《英国的喜剧作家》，伍蠡甫译，伍蠡甫主编：《西方文论选》下卷，上海译文出版社 1979 年版，第 39—40 页。

菲洛拉切斯是父亲的儿子，他只要表示惭愧，就一定会得到父亲的原谅。从实质上看，菲洛拉切斯与父亲的关系中，依然处在主导地位。泰伦提乌斯的《安德罗斯女子》描写儿子潘菲卢斯的婚姻选择与父亲的设想安排发生了冲突，儿子希望奴隶达乌斯的帮助能摆脱困境。从表面上看，潘菲卢斯显然处在矛盾冲突的非主导地位。但因为潘菲卢斯真正爱格吕克里乌姆并使其怀孕。潘菲卢斯的父亲并不知道潘菲卢斯与格吕克里乌姆的真实关系，一旦知道了潘菲卢斯与格吕克里乌姆的真实关系，父亲就一定会同意儿子的婚姻选择。从实质上看，潘菲卢斯依然处在矛盾冲突的主导地位。莎士比亚的《温莎的风流娘儿们》中的福斯塔夫与福德的妻子、培琪的妻子的关系，从一开始就是被捉弄者与捉弄者的关系，福斯塔夫与福德的关系也是被捉弄者与捉弄者的关系。《终成眷属》中招摇撞骗的帕洛与勃特拉姆的大臣的关系也是被捉弄者与捉弄者的关系。《第十二夜》中奥丽维娅的管家马伏里奥与侍女玛利娅和托比、费边的关系也是被捉弄者与捉弄者的关系。《威尼斯商人》中的犹太高利贷者夏洛克与冒充律师的鲍西娅的关系也是被捉弄者与捉弄者的关系。《驯悍记》中的彼特鲁乔在驯服凶悍蛮横凯瑟丽娜的过程中，充当教师的路森修追求比恩卡的过程中，都始终因为充足的智谋而占据主导地位。莫里哀的《太太学堂》里自鸣得意的阿尔诺耳弗表面上控制着天真的阿涅丝，实际上阿涅丝和奥拉斯的爱恋却占据着天然的制高点。所以，当阿尔诺耳弗责备情感单纯的阿涅丝不应该爱上奥拉斯，同时表示自己想要娶阿涅丝时，阿涅丝非常坦率地告诉他说："不过干脆把话对你直说了吧，和他成亲，比和你成亲，更合我的心思。和你成亲，又痛苦，又气闷；你把婚姻描绘成一个可怕的样子，可是婚姻上了他的嘴啊，哎呀！就喜盈盈的，让人直想成亲。"①《达尔杜弗或者骗子》中披着宗教伪善外衣的骗子达尔杜弗，虽然控制了奥尔贡和奥尔贡的母亲，但奥尔贡的妻子、儿子及聪明的女仆道丽娜等，却都保持着清醒的头脑，所以，他们才可能共同设计戳穿骗子的丑恶嘴脸。《吝啬鬼》中的阿尔巴贡自己准备娶一位年轻姑娘玛丽雅娜（儿子的意中

---

① 莫里哀：《太太学堂》，李健吾译，《喜剧六种》，上海译文出版社1978年版，第66页。

人），让儿子克莱昂特娶一位有钱的寡妇，让女儿艾莉丝嫁给一位年近
五十的爵爷。但是，年轻情侣们不但不听从其摆布，而且一直悄悄制定
办法，甚至偷走了阿尔巴贡视为生命的钱匣子作为斗争的武器。哥尔多
尼的《女店主》中女店主米兰多莉娜同侯爵、伯爵、骑士等人的关系，
也是米兰多莉娜一直占据主导地位，侯爵、伯爵、骑士等人一直位居非
主导地位。这一切喜剧性的发生皆符合怀利·辛菲尔所说的"在古老的
喜剧中，有一种争斗或称'对驳'（ago n）的场面，其中一个骗子或
'阿拉仲'（alazon），以亵渎的眼光盯着不准观望的神圣仪式。阿拉仲或
与年轻的国王或与被称为'埃伊龙'（eiron）的'佯装无知的人'展开
争论，被击败后便逃之夭夭。阿拉仲是一个自夸自擂的人，他宣称要多
多分享争论的胜利。佯装人埃伊龙的责任则是贬低阿拉仲，使之陷入混
淆不清的难堪境地。"① 因为两种对立力量的明显不均衡，所以，正确错
误、真假、美丑两种对立力量常常不正经对待，表现为一种非客观生活
而主观情感的喜剧性真实。这种喜剧性真实预先引导读者或观众忽略了
客观生活的严肃追问，心甘情愿地接受了主观情感的轻松释放。这也是
西方喜剧意识的审美特征喜欢巧妙建构喜剧艺术情景画面的重要原因。

　　中国喜剧意识的审美本质因为是庄严的道德胜利，所以决定了中国喜剧
在审美风格上表现为抑圣为狂的苦涩。中国古人始终坚定地将抽象的伦理道
德作为历史动因和目的。从某种意义上说，中国文化的伦理道德就是具有准
宗教性质的盲目迷信。中国古人还坚信"天地之大德曰生"、"生生谓之
易"，提倡"天行健，君子自强不息"。但是，中国文化的伦理道德理想与
宇宙自然信念、人生境界提倡，终归难以解决社会历史现实中的根本矛盾。
《老子》里就有所谓"天之道，损有余而补不足，人之道则不然，损不足以
奉有余"② 的经典表述。庄子也抨击社会现实是所谓"彼窃钩者诛，窃国者
为诸侯"。③ 所以，中国古人的道德理想、乐观精神无疑皆包含着儒家"知

---

① 怀利·辛菲尔：《喜剧人物的状貌》，《喜剧：春天的神话》，傅正明、程朝翔等译，中国
戏剧出版社 1992 年版，第 254 页。
② 王弼注：《老子》，上海古籍出版社 1989 年版，第 18 页。
③ 郭象注：《庄子·胠箧》，上海古籍出版社 1989 年版，第 56 页。

其不可为而为之"的悲壮色彩。中国文学一直有"哀怨"、"忧愤"的久远传统，所谓"男女有所怨恨，相从而歌。饥者歌其食，劳者歌其事"，①"言作诗者，所以舒心志愤懑，而卒成于歌咏"，②"诗三百篇，大抵圣贤发愤之所为作也。此人皆意有所郁结，不得通其道，故述往事，思来者"③，"不能发声哭，转作乐府诗"④，"盖人之情，悲愤积于中而无言，始发为诗"⑤，"不志兴亡志滑稽，仰天狂笑碧空低"⑥。明代著名思想家、文学家李贽总结说："且夫世之真能文者，比其初皆非有意于文也。其胸中有如许无状可怪之事，其喉间有如许欲吐而不敢吐之物，其口头又时时有许多欲语而莫可所以告语之处，蓄极积久，势不能遏。一旦见景生情，触目兴叹；夺他人之酒杯，浇自己之垒块；诉心中之不平，感数奇于千载。既已喷玉唾珠，昭回云汉，为章于天矣，遂亦自负，发狂大叫，流涕恸哭，不能自止。"⑦ 所以，蒲松龄宣称自己"集腋成裘，妄绪幽冥之录；浮白载笔，仅成孤愤之书；寄托如此，亦足悲矣！"⑧ 中国文学的喜剧意识也因此而渗透着抑圣为狂的苦涩滋味。庄子就认为天下世人皆为"沉浊"，不可以"庄语"，而以"谬悠之说，荒唐之言，无端崖之词"⑨ 来表达他的思想。正如掀髯叟为"题为游戏主人纂集"的《笑林广记》作《序》而言："大块茫茫，流光瞬息，而其间覆雨翻云，错互变灭，几令

---

① 何休：《春秋公羊传·宣公十五年解诂》，郭绍虞主编：《中国历代文论选》第一册，上海古籍出版社 1979 年版，第 5 页。

② 孔颖达：《诗大序正义》，郭绍虞主编：《中国历代文论选》第一册，上海古籍出版社 1979 年版，第 5 页。

③ 司马迁：《报任安书》，王利器主编：《史记注译》，三秦出版社 1988 年版，第 2753 页。

④ 白居易：《寄唐生》，郭绍虞主编：《中国历代文论选》第二册，上海古籍出版社 1979 年版，第 108 页。

⑤ 陆游：《澹斋居士诗序》，郭绍虞主编：《中国历代文论选》第一册，上海古籍出版社 1979 年版，第 84 页。

⑥ 海上漱石生：《繁华杂志题辞》，郭绍虞主编：《中国历代文论选》第四册，上海古籍出版社 1980 年版，第 301 页。

⑦ 李贽：《杂说》，郭绍虞主编：《中国历代文论选》第三册，上海古籍出版社 1980 年版，第 121 页。

⑧ 蒲松龄：《聊斋志异自序》，郭绍虞主编：《中国历代文论选》第三册，上海古籍出版社 1980 年版，第 331 页。

⑨ 郭象注：《庄子·天下》，上海古籍出版社 1989 年版，第 168 页。

天地为之戚容，河山为之黯色。抱此六尺躯，不能胸出智珠，郭清滔溺，犹自栩栩燕笑，徒资谭柄，是为可慨也已！……且余壹不知天壤间，何者当歌，何者当泣，第念红尘鹿鹿，触绪增愁。所谓'人世难逢开口笑'，不独余悼之戚之。苟得是编，而一再浏览焉。"① 中国皇权专制社会的长期专制统治更使中国人发泄心理压抑的途径始终具有狂欢节性质，而"在狂欢节的潜在结构中，隐含着一些斗争和反抗的因素"。② 所以"巴赫金强调说，狂欢节的核心是颠倒现实，即把既定的社会和宗教秩序颠倒过来"。③ 李渔在谈到填词的"机趣"时，要求"勿使有道学气"。而"所谓无道学气者，非但风流跌宕之曲，花前月下之情，当以板腐为戒；即谈忠孝节义与说悲哭哀怨之情，亦当抑圣为狂，寓哭于笑"。④ 李渔在为《古今笑史》作《序》时更具体说明了"抑圣为狂，寓哭于笑"的审美接受心理。他说："是编之辑，出于冯子犹龙，其初名为《谭概》，后人谓其网罗之事，尽属诙谐，求为正色而谈者，百不得一，名为《谈概》，而实则《笑府》，亦何浑朴其貌而艳冶其中乎？遂以《古今笑》易名，从时好也。噫！谈笑两端，固若是其异乎！吾谓谈锋一辍，笑柄不生，是谈为笑之母。无如世之善谈者寡，善笑者众，咸谓以我之谈，博人之笑，是我为人役，苦在我而乐在人也。试问伶人演剧，座客观场，观场者乐乎？抑演剧者乐乎？同一书也，始名《谈概》，而问者寥寥，易名《古今笑》，而雅俗并嗜，购之唯恨不早：是人情畏谈而喜笑也明矣。"⑤ 李渔的喜剧意识实践也充分体现了"抑圣为狂，寓哭于笑"的审美风格。所以，他在《风筝误》的尾声中总结说："传奇原为消愁设，费尽杖头歌一阕；何事将钱买哭声，反令变喜成悲咽。"⑥ 民国李铎著《破涕录》，自己作《序》

---

　　① 《中国历代笑话集成》第四卷，时代文艺出版社 1996 年版，第 1—2 页。

　　② Y. M. 贝尔塞：《节日与反叛：16、17 世纪的民间机智故事》，简·布雷默、赫尔曼·茹登伯格编：《搞笑——幽默文化史》，北塔等译，社会科学文献出版社 2001 年版，第 81 页。

　　③ 阿伦·古雷维克：《巴赫金及其狂欢理论》，简·布雷默、赫尔曼·茹登伯格编：《搞笑——幽默文化史》，北塔等译，社会科学文献出版社 2001 年版，第 83 页。

　　④ 李渔：《闲情偶寄》，江巨荣、卢寿荣校注，上海古籍出版社 2000 年版，第 36 页。

　　⑤ 《中国历代笑话集成》第二卷，时代文艺出版社 1996 年版，第 712 页。

　　⑥ 李渔：《风筝误》，王季思主编：《中国十大古典喜剧集》，上海文艺出版社 1982 年版，第 624 页。

说："余辑《破涕录》，夫岂得已哉！顾今日者，国事蜩螗，大道榛芜，官邪之朝，忌嫉清议。代表舆论之机关，视如贯心之毒矢。必欲芟荑蕴崇，以摧折其萌蘖，掩垂绝之呻吟，使呐之而不敢吐诸喉舌之间。若夫杜牧罪言，贾谊痛哭，韩非《说难》，不韦《孤愤》，其足以激荡民心，转移国步之不平鸣，举不为时势所容纳，即无町畦之辞，以为爱书，将凡直道之民，公评月旦，乃于己勿利，稍有异同者，则悉被以莠言乱政之科条也。噫！又何异祖龙坑儒，箝制万口者乎？我生不辰，丁此浊世，但知明哲，奚裨救时？爰述笑谈，藉破岑寂，事非幽怪，意属滑稽。寓讽刺于嘲讪，略释胸中抑郁，命名之旨，胥在是矣。嗟乎！云海苍茫，空作楚囚之泣；河山危殆，愿效杜宇之啼。无国无家，孰宾孰主？虽曰'破涕'，夫岂得已哉！"① 英国作家梅瑞狄斯说："讽刺家是一个道德代理人，往往是一个社会清道夫，在发泄胸中的牢郁不平之气。"② 梅瑞狄斯的话比较适合说明中国喜剧意识的审美风格。具体而言，中国喜剧意识抑圣为狂的苦涩大致表现为三种方式。

第一种方式就是喜剧从头至尾皆有不可揣测的悲喜可能性。这种不可揣测的悲喜可能性，或者是因为悲喜矛盾力量对比不明朗，必须经过人物的主观努力争取和客观机缘巧合，才可能实现喜剧的结局。中国最早的宫廷俳优制造奇情异趣和"滑稽调笑"的方式是"弄臣"扮丑。弄臣扮丑的原因就是世事炎凉、人生险恶而不得不披上滑稽戏谑的外衣，以应付不可揣测的悲喜可能性。比如《史记·滑稽列传》中的优孟惟妙惟肖地模仿孙叔敖的声音笑貌来向帝王传达已故楚相妻、子的困境，从而表达自己的抑郁愤懑。其中的苦涩意蕴至少有两个方面。一是中国古代皇权专制社会为官的人生悖论：贪赃官员害国害民，清廉官员贫苦穷困。二是中国古代皇权专制社会表达意见的人生悖论：说假话者坑君坑人却可能利己，讲真言者益君益人则可能害己。中国古代文学里的许多悲剧，无疑就是优孟面临不测险恶命运的明证。所以，中国最早的宫廷俳优故意制造奇情异趣和

---

① 《中国历代笑话集成》第五卷，时代文艺出版社 1996 年版，第 212 页。

② 梅瑞狄斯：《喜剧的观念及喜剧精神的效用》，周煦良译，伍蠡甫主编：《西方文论选》下卷，上海译文出版社 1979 年版，第 85 页。

"滑稽调笑"，大都是在逗君主高兴的同时委婉表达其真诚劝谕，比如《史记·滑稽列传》中优旃劝阻秦始皇扩大狩猎场的故事，劝阻秦二世用漆涂饰城墙的故事，等等。

这种不可揣测的悲喜可能性，或者是喜剧从头至尾展示悲喜矛盾力量的前后不均衡，即开始时悲剧的发展趋势占主导地位，经过人物的艰难努力和剧情的曲折发展，最后发生悲剧向喜剧的转化。比如魏晋志怪小说《搜神记·李寄》描写东越闽中庸岭有大蛇为害。"东治都尉及属城长吏，多有死者。……都尉令长，并共患之。然气厉不息。"① 官府的无可奈何彰显了大蛇的凶恶张狂，而应募前往的李寄不过是一普通小女子，不能不让人产生凶多吉少的悲剧预期。但是，李寄终归凭借自己非凡的勇敢和机智，杀死了大蛇。这种不可揣测的悲喜可能性在中国戏剧成熟时期的喜剧里表现得非常充分。比如关汉卿的《望江亭》、《救风尘》，无名氏的《陈州粜米》，高文秀的《双献头》都是开始时悲剧的发展趋势占主导地位，经过主人公的艰难努力和剧情的曲折发展，才完成了悲剧情势向喜剧解决的转化。康海的《中山狼》、王实甫的《西厢记》则都是主人公面临悲剧方向的险恶处境，因为他人的介入或周旋才幸运地发生了喜剧性的转化。施惠的《幽闺记》从番兵入境引发的忠良遭难到陀满兴福亡命逃生，王氏母女和蒋氏兄妹离散聚合到蒋世隆与王瑞兰爱情被王镇强行拆散，主人公一直深陷苦难境遇。最后因为陀满兴福、蒋世隆双双考中状元而被王镇招为女婿，主人公的悲剧命运才发生了喜剧性的转换。甚至吴炳的《绿牡丹》、李渔的《风筝误》虽然描写认同诗书礼乐文化价值观的优秀青年群体，最终皆圆满实现了"金榜题名"、"洞房花烛"的美妙结局，但此前的"寄人篱下"的苦涩，尤其是《绿牡丹》中的谢英，不愿帮助不学无术的柳希潜骗娶才貌出众的车静芳而捉弄了柳希潜，结果被柳希潜赶出了寄居馆舍的苦楚，绝非喜剧文本中高密度的叙事时间所能完全道说。

第二种方式就是喜剧在讽刺人生百态的丑恶时，始终透露出心灵理想

---

① 袁世硕主编：《中国古代文学作品选》（二），人民文学出版社 2002 年版，第 216 页。

面对社会现实的无可奈何感、同情怜悯感。所以，整个喜剧的展开皆交织着让人痛苦思索、紧张忧虑的苦涩意味。比如魏晋时期刘义庆的《幽明录》的"新鬼觅食"的故事中包含的无可奈何感，就正如杨义先生所说："这种沉重的历史荒谬感包含在新鬼觅食由憨变黠的故事之中，散发着熟知世故的民间幽默感，在一抹喜剧的笑痕背后，隐藏着多少人间祸祸福福的悲哀。"①后来清代吴敬梓的小说《儒林外史》将无可奈何感、同情怜悯感表现得更加充分。所以，清代有天目山樵说："读者宜处处回光返照，有则改之，无则加勉，勿负著书者一肚皮眼泪，则批书者之所望也。"②比如小说第三回写范进准备赴乡试，没有盘缠而去同丈人商量，被胡屠户一口啐在脸上，骂了个狗血喷头。范进自觉不甘心，所以瞒着丈人到城里参加了乡试。出场回家时，家里人已经饿了两三天，范进又被胡屠户骂了一顿。范进中举后，竟然因喜悦而疯癫。胡屠户作为范进平日最惧怕的人，在众人的百般鼓励下壮起胆子，打范进一个嘴巴，使其清醒过来，却觉得打女婿的手隐隐的疼起来，心理懊恼道："果然天上'文曲星'是打不得的，而今菩萨计较起来了。"③喜剧性的描绘里虽然充满了世态人情的强烈讽刺，却也同时包藏着中国传统文人生命价值实现的无可奈何感。再比如小说第四回写汤知县请中举后的范进吃饭。他不知道范进母亲刚去世，所以，用的都是银镶杯箸。范进退前缩后不肯举箸。知县先让换一双象牙箸，范进依然不举箸。知县又让换一双白色竹箸，方才罢了。"知县疑惑他居丧如此尽礼，倘或不用荤酒，却是不曾备办。落后看见他在燕窝碗里拣了一个大虾元子送在嘴里，方才放心。"④这其中固然有嘲讽中国文人穷愁潦倒，却仍拘泥传统礼数的迂腐，但观小说中范进的人生处境，他并不是一个虚荣伪善的人，所以其嘲讽中未免充溢着同情怜悯的苦涩意味。小说与其说在嘲讽范进，不如说是在嘲讽当时的官场应酬和文化传统。如同亨克·德里森所言："众所周知，在政治迫害和经济困难的条件

---

①　杨义：《中国古典小说史论》，人民出版社 1998 年版，第 120 页。

②　天目山樵：《儒林外史新评》，郭绍虞主编：《中国历代文论选》第三册，上海古籍出版社 1980 年版，第 459 页。

③　吴敬梓：《儒林外史》，人民文学出版社 1958 年版，第 34—36 页。

④　同上书，第 47 页。

下，政治幽默就会层出不穷。"① 再如小说第五回至第六回写严监生病危临死时，他从被窝里伸出两个手指，总不肯断气。众人皆不解其意思，但妻子赵氏心里明白。她分开众人，走上前道："爷，只有我能知道你的心事。你是为那灯盏里点的是两茎灯草，不放心，恐费了油。我如今挑掉一茎就是了。"② 说罢，她忙走去挑掉一茎。众人看严监生时，点一点头，把手垂下，登时就没了气。表面上看，这似乎是讽刺严监生的吝啬。但是，通过小说前面关于严监生所作所为的描写，我们知道，严监生并非真正是自私贪婪、吝啬刻薄的人。比如严监生的哥哥严贡生使用无赖行径欺负邻里而被多人告上官府后逃走，严监生不敢怠慢前来拿人的官差，他留官差吃了酒饭，再用两千钱打发去了。然后，严监生又花去了十几两银子替哥哥解决了邻里的纠纷。后来，严监生的妻子患病，每日里四五个医生所用皆是人参、附子等药。妻子病危时，严监生请妻子的两个兄弟前来商议扶妾做正房事，又拿出两封银子，各一百两送给二位舅爷。妻子去世时，两个舅奶奶还趁乱将严监生家的一些衣服、金珠，以及严监生妾掉落地上的赤金冠一掳精空。妻子的丧葬费用计四五千两银子。同时，妾赵氏为了感激两位舅爷帮着扶正了自己，又将田里新收的米，每家送了两石，火腿，每家四只，其他鸡、鸭、小菜尚不算在内。严监生后来无意中发现逝妻王氏多年俭省积聚的私房银子五百两，感念再三，哀哭不已，终于精神颠倒、恍惚不宁，而后觉心口疼痛。此后，严监生仍然每晚撑着算账，直到三更。他渐渐饮食不进，骨瘦如柴，却舍不得银子吃人参。两位舅爷前来探看，严监生又叫赵氏拿出几封银子，每位送了两封。严监生死后，哥哥严贡生回来也收到弟弟遗赠的两套簇新的缎子衣服和二百两银子。所以，小说描写严监生自我克制的极度俭省，不能不让人感觉悲悯同情的苦涩。反过来，真正自私贪婪、吝啬刻薄的人，在家财万贯时仍然极度克己俭省，同样会令人产生另一种怜悯的苦涩意味。比如中国戏剧成熟时期郑廷玉的《看钱奴》

---

① 亨克·德里森：《幽默、笑话和田野工作：来自人类学的反思》，简·布雷默、赫尔曼·茹登伯格编：《搞笑——幽默文化史》，北塔等译，社会科学文献出版社2001年版，第323页。
② 吴敬梓：《儒林外史》，人民文学出版社1958年版，第62页。

描写主人公贾仁临终时与儿子有这样的对话：

> 贾仁：我儿，我这病觑天远，入地近，多分是死的人了。我儿，你可怎么发送我？
>
> 小末：若父亲有些好歹，您孩儿习一个好杉木棺材与父亲。
>
> 贾仁：我的儿，杉木价高，我左右是死的人，晓得甚杉木柳木！我后门头不有那一个喂马槽，尽好发送了！
>
> 小末：那喂马槽短，你偌大一个身子，装不下。
>
> 贾仁：哦，槽可短，要我这身子短，可也容易。拿斧子来把我这身子拦腰剁作两段，折叠着，可不装下也！我儿也，我嘱咐你，那时节不要咱家的斧子，借别人家的斧子剁。
>
> 小末：父亲，俺家里有斧子，可怎么问人家借？
>
> 贾仁：你那里知道，我的骨头硬，若使我家的斧子剁卷了刃，又得几文钱钢！①

我们知道，贾仁最终把自己累积的财产全部遗留给了养子贾长寿。比较莫里哀《吝啬鬼》中的阿尔巴贡自己准备娶一位年轻姑娘玛丽雅娜（儿子的意中人），让儿子克莱昂特娶一位有钱的寡妇，让女儿艾莉丝嫁给一位年近五十的爵爷，贾仁的极度克己俭省不能不使人感受到怜悯的苦涩。类似怜悯的苦涩还隐藏在中国民间流行的笑话里。比如明代冯梦龙所辑《广笑府》中的《一钱莫救》故事："一人性极鄙吝，道遇溪水新涨，吝出渡钱，乃拼命涉水。至中流，水急冲倒，漂流半里许。其子在岸旁，觅舟救之。舟子索钱，一钱方往，子只出五分，断价良久不定。其父垂死之际，回头顾其子大呼曰：'我儿我儿，五分便救，一钱莫救！'"② 明代赵南星撰《笑赞》中的《买靴》故事："兄弟二人攒钱买了一双靴，其兄常穿之，其弟不肯空出钱，待其兄夜间睡了，却穿上到

---

① 郑廷玉：《看钱奴》，王季思主编：《中国十大古典喜剧集》，上海文艺出版社 1982 年版，第 218 页。

② 王利器、王贞珉选注：《中国古代笑话选注》，北京出版社 1984 年版，第 287 页。

处行走，遂将靴穿烂。其兄说：'我们再将出钱来买靴。'其弟曰：'买靴误了睡。'"① 其喜剧意蕴也如同清代郑弘烈为题作"鉴湖钩叟赵恬养涉笔"的《增订解人颐新集》作《序》而言："《易》曰：'憧憧往来，朋从尔思。'盖谓人生知识而后，患得患失，一种俗情横塞胸臆，睡梦中尚且争名较利，况醒时而摆脱缰索乎？终其身于忧愁困苦之中，而不能快然一解颐者宜也。"②

　　第三种方式就是中国喜剧的主流运势里，往往有直接表现悲剧意蕴的场景或插曲，间接引发悲剧感受的故事。正如《中国十大古典喜剧集·前言》所说："但是在现实生活中，即使是代表正义的力量，取得最后的胜利，也总是曲折前进的多，一帆风顺的少。反映到舞台上，就在喜剧中出现悲剧性的场子。"③ 直接表现悲剧意蕴场景的比如魏晋志怪小说《搜神记·李寄》描写东越闽中庸岭有大蛇为害。每年八月初一不得不祭以十二三岁女童一名，已经吃掉了九名女童。继而又开始预先寻找、招募女童时，"将乐县李诞家，有六女，无男。其小女名寄，应募欲行，父母不听。寄曰：'父母无相，惟生六女，无有一男，虽有如无。女无缇萦父母之功，既不能供养，徒费衣食，生无所益，不如早死。卖寄之身，可得少钱，以供父母，岂不善耶？'父母慈怜，终不听去。寄自潜行，不可禁止"。尽管李寄最终凭借自己的非凡勇敢和机智杀死了大蛇，但其别离父母的场景，终归让人不难体会到中国传统文化中女性生命存在意义的黯淡。所以，李寄得到的现实褒奖不过是"越王闻之，聘寄女为后，拜其父为将乐令，母及姊皆有赏赐"。④ 戏剧成熟时期的喜剧《西厢记》中的"赖婚"、"长亭"送别，《幽闺记》中的"罔害鲔良"、"亡命全忠"、"相泣路岐"、"子母途穷"、"抱恙离鸾"、"幽闺拜月"，《玉簪记》中的"遇难"、"投庵"、"促试"、"追别"，等等，皆使人产生浓郁的悲伤感受，从而使喜剧里始终有连绵不绝的苦涩滋味。

---

①　王利器、王贞珉选注：《中国古代笑话选注》，北京出版社 1984 年版，第 246 页。
②　《中国历代笑话集成》第三卷，时代文艺出版社 1996 年版，第 125 页。
③　王季思主编：《中国十大古典喜剧集》，上海文艺出版社 1982 年版，第 7 页。
④　袁世硕主编：《中国古代文学作品选》（二），人民文学出版社 2002 年版，第 216—217 页。

所以，《幽闺记》的开场就有"西江月"唱词：轻薄人情似纸，迁移世事如棋。今来古往不胜悲，何用虚名虚利？遇景且须行乐，当场谩共衔杯。莫教花落子规啼，懊恨春光去矣![①] 直接表现悲剧意蕴插曲的比如《西厢记》中的崔莺莺在回应张生派仆人报喜书信时，别有意味地让仆人带去了汗衫、裹肚、袜儿、瑶琴、玉簪、斑管，其目的无非是告诫张生"是必休忘旧"。[②] 其中无疑包含着中国妇女长期依附性命运的苦涩意味。还比如《西厢记》中的郑恒是崔夫人的侄儿，郑尚书的长子，也是崔相国曾经许诺的未来女婿。郑恒父母亡故后，从京师赴河中府，知道了所发生的变故，无可奈何的绝望驱使其使用不良计谋，妄图骗娶崔莺莺，其结局的凄惨无疑表现出一种人生难测、世态炎凉的辛酸苦涩：

> 将军：那厮若不去啊，只候拿下。
>
> 郑恒：不必拿，小人自退亲事与张生罢。
>
> 崔夫人：相公息怒，赶出去便罢。
>
> 郑恒：罢罢！要这性命怎么，不如触树身死。妻子空争不到头，风流自古恋风流；三寸气在千般用，一日无常万事休。（郑恒倒下）
>
> 崔夫人：俺不曾逼死他，我是他亲姑娘，他又无父母，我做主葬了者。着唤莺莺出来，今日做个庆喜的茶饭，着他两口儿成合者。[③]

再比如《看钱奴》中的周荣祖夫妇到东岳庙还愿，巧遇二十年不见面的儿子长寿。已经是有钱子弟的贾长寿把父母当作叫花子打骂，赶出了所歇息的干净地儿。贾长寿还理直气壮地告诉老两口说："我富汉打杀你这穷汉，只当拍杀个苍蝇相似。"[④] 父子通过二十年前卖儿子的中间人得到

---

① 施惠：《幽闺记》，王季思主编：《中国十大古典喜剧集》，上海文艺出版社 1982 年版，第 241 页。

② 王实甫：《西厢记》，王季思主编：《中国十大古典喜剧集》，上海文艺出版社 1982 年版，第 143 页。

③ 同上书，第 157 页。

④ 郑廷玉：《看钱奴》，王季思主编：《中国十大古典喜剧集》，上海文艺出版社 1982 年版，第 220 页。

相认后，父亲因为遭遇贾长寿的打骂要告官。贾长寿告诉中人说："他若不告我，我便将这一匣子金银都与他；若告我，我拼的把这金银官府上下打点使用，我也不见的便输与他。"① 其中不难感受到人世沧桑、人情淡薄的辛酸苦涩。甚至已经充分成熟的经典喜剧《绿牡丹》、《风筝误》里也不乏苦涩的暗示。比如《绿牡丹》中的才士谢英寄人篱下的拮据生活，才女车静芳、沈婉娥不得施展才学的郁闷，反过来，世宦子弟柳希潜、车本高虽不学无术，却饱食终日、无忧无愁；《风筝误》中收养在戚家的韩琦仲勤奋努力，膏粱子弟戚友先却只喜欢斗鸡走狗、赌钱嫖妓，其中不乏世道不平、命运不公的辛酸苦涩。

间接引发悲剧感受的故事，比如白朴的《墙头马上》描写宦门之女李千金与裴尚书之子裴少俊私自在裴家后花园同居且生儿育女，裴尚书以"淫奔"罪名逼迫裴少俊休了李千金。关汉卿的《谢天香》描写柳永进京赶考，将情人谢天香托付给友人开封府尹钱可。钱可原本想拆散谢天香与柳永的恋情，结果为谢天香的才情折服，决定以娶谢天香为妾的名义照顾谢天香。三年后，柳永归来，蒙在鼓里的谢天香才得知真情。石子章《竹坞听琴》写道姑郑彩鸾与书生秦悠然相恋。郑州尹梁公弼担心秦悠然深陷恋情而贻误功名，谎称郑彩鸾是鬼怪，迫使秦悠然离开郑彩鸾而赴京赶考。梁公弼请郑彩鸾去衙门附近的白云观而给予保护。最后，得官归来的秦悠然在梁公弼的主持下同郑彩鸾完婚。上述喜剧的结局虽然是"有情人终成眷属"，但其中仍然流露了中国传统文化所谓"红颜祸水"而蔑视女性的辛酸苦涩。

中国喜剧意识抑圣为狂的苦涩，使民间流行的许多笑话里都有些令人恐惧的血腥味，但因为它们包含着善恶昭彰的道德胜利，所以，中国人通常仍然称它们为笑话。这种状况有些类似于巴赫金所构建的中世纪文化图景。这幅文化图景包含相互对立的两个极，一极是官方的不苟言笑，一极是民间的通俗狂欢。这种通俗狂欢犹如阿伦·古雷维克所说："一旦历史学家试图研究发生在某个特定时期、特定地点的狂欢节，情形就不一样

---

① 郑廷玉：《看钱奴》，王季思主编：《中国十大古典喜剧集》，上海文艺出版社 1982 年版，第 225 页。

了。不仅是快乐和幽默，不仅是节日气氛和大众休闲，而且是残忍、憎恶和屠杀，可能反而是狂欢节的要素。"① 比如明代冯梦龙辑《古今笑》（《古今谭概》）所载《杀婢妾》的故事描写石太尉崇，每邀宴集，令美人进酒。宴饮不尽，使黄门斩美人。王丞相与大将军尝共访崇。丞相素不能饮，辄自勉强，至于沉醉。至大将军，故不饮，以观其气色。已斩三人，丞相劝敦使尽。敦曰："彼自杀人，于我何与？"② 《父僧误》的故事描写京师有少尼与一男子情好，欲长留之，不得，乃醉而髡其首，以弟子畜之。后其妻踪迹至寺，得夫以归。夫深自惭悔，且嘱妻："勿泄，俟吾发长。"时其子商于外，妇每怪姑倍食，又数闻人音，穴壁窥之，正见姑与一僧同卧，忿恚，具白其子。子大怒，取刀入室，抚两人首，其一僧也，即奋刃断僧首。母觉而止之，不及，告以故。子验其首而大悔。有司谓"虽非弑逆，然母奸不应子杀。"遂坐死。③ 《婆奸媳》的故事描写万历辛卯间，闾门外有父子同居者。子商于外，妇事舅姑极柔婉，姬遂疑翁与妇通，乃夜取翁衣帽自饰，潜入妇寝所，试抱持之。妇不得脱，怒甚，以手指毁其面。姬负痛，始去，明旦托病不起。妇潜归父母家，诉之。父往察，翁面无损，归让其女不实。女惹，竟自经。父讼于官，翁亦无以自明。邻里称姬面有伤痕，执姬鞫之，事乃白。时吴中宣传为"婆奸媳"。④ 还如阿伦·古雷维克所说："我们可以说，在大众文化内部，既有快乐，又有恐惧；既有狂欢，又有恐怖。""正是因为大多数人不能摆脱这种对永恒的诅咒的恐惧，所以从某种程度上来说，他们的恐惧在心理上是由他们对笑和幸福的态度来平衡的。快乐和恐惧两者内在地而且是密切地相连。"⑤

中国喜剧为了冲淡悲剧的苦涩、强化喜剧的滑稽，不得不经常采用人物

---

① 阿伦·古雷维克：《巴赫金及其狂欢理论》，简·布雷默、赫尔曼·茹登伯格编：《搞笑——幽默文化史》，北塔等译，社会科学文献出版社 2001 年版，第 81 页。

② 《中国历代笑话集成》第二卷，时代文艺出版社 1996 年版，第 269 页。

③ 同上书，第 97 页。

④ 同上书，第 98 页。

⑤ 阿伦·古雷维克：《巴赫金及其狂欢理论》，简·布雷默、赫尔曼·茹登伯格编：《搞笑——幽默文化史》，北塔等译，社会科学文献出版社 2001 年版，第 83 页。

形象刻画的肆意夸张，人物道白设计的讪笑打诨等来渲染喜剧性氛围，让人们在笑声中迎接道德胜利的喜剧性。比如喜剧《救风尘》描写周舍为虐待宋引章制造舆论根据时，说宋引章套被子的时候，不仅把自己而且把隔壁的王婆婆都套进被子里去了。《李逵负荆》描写冒充梁山好汉的鲁智恩、宋刚上场时自我介绍说："柴也不贵，米也不贵。两个油嘴，正是一对。"① 《幽闺记》描写坊正上场时的开场白："身充坊正霸乡都，财物鸡鹅那得无？物取小民穷骨髓，钱剥百姓苦皮肤。当权若不行方便，后代儿孙作马驴。"当巡警官告诉坊正捉拿陀满兴福时，他大声叫道："东西南北四隅里卖豆腐的王公听着：但有人拿得陀满兴福者，有官有赏。窝藏者，与本犯同罪。"巡警官责问他为什么只叫卖豆腐的王公？坊正解释说："小的老婆吃斋，卖豆腐的王公，每日挑了豆腐，在小的门首经过，小的老婆问他赊一块儿吃，他再不肯。老婆说，家长老官儿，今后有甚么官府事，报他一名。故此只报他的名字。"② 《幽闺记》还在"抱恙离鸾"里描写翁医生上场时自白："医得东边才出丧，医得西边已入殓，南边流水买棺材，北边打点又气断。祖宗三代做郎中，十个医死九个半。你若有病请我医，想你也是该死汉。小子姓翁，祖居山东，药性医书看过，难经脉诀未通。做土工是我姐丈，卖棺材的是我外公。我若一日不医死几个，叫我外婆姐姐在家里喝风。"③ 翁医生给人诊脉时叫伸出脚，为男性诊病却说什么"产后惊风"、"月数不通"，下药时错让人口服痔疮药，等等，皆令读者或观众在忍俊不禁的同时，充分明白自己是在喜剧的规定氛围里，从而期待着喜剧性故事情节的完满结局。中国喜剧意识的故事情节设计，在使用喜剧人物形象刻画的肆意夸张和人物道白设计的讪笑打诨来渲染喜剧性氛围时，其细节甚至达到了自相矛盾的地步，如吴炳的《绿牡丹》为突出两个纨绔子弟的不学无术，说他们分别将"牡丹赋"三字念为"杜再贼"、"壮舟贼"。但是，两个纨绔子弟挖苦

---

① 康进之：《李逵负荆》，王季思主编：《中国十大古典喜剧集》，上海文艺出版社 1982 年版，第 171 页。

② 施惠：《幽闺记》，王季思主编：《中国十大古典喜剧集》，上海文艺出版社 1982 年版，第 250 页。

③ 同上书，第 293—294 页。

顾粲选刻诗本时，居然又说出"项斯今不借韩嘘"及"洛阳纸价今非故"的妙句来。难怪乎剧本的旁批说："既然牡丹赋三字都不识，如何知道项斯及洛阳纸价。"① 如此之类的主观设计而引起的矛盾在《绿牡丹》和李渔的《风筝误》以及其他喜剧剧作中尚有不少。或许可以说，这些不合逻辑的肆意夸张和尽情渲染的讪笑打诨，就是中国喜剧"言语"和"模具"中的"虚词"和"粘合剂"，它们起着十分重要的"语法"和"粘合"作用。所以，读者或观众自然有意无意、心领神会地放弃了事实情理的细节追问，以此获得符合主观道德目的的喜剧性愉快。

---

① 吴炳：《绿牡丹》，王季思主编：《中国十大古典喜剧集》，上海文艺出版社 1982 年版，第 455 页。

第五章

中西方关于喜剧意识的理论思考

我们通过中西文学喜剧性作品具体探讨了中西喜剧意识的审美意蕴。中西方人如何围绕文学实践活动中的喜剧意识展开其审美理论思考，也是一个值得认真梳理的问题。

西方人围绕文学实践活动中的喜剧意识展开的审美理论思考，依然在古希腊就拉开了序幕。马克思说："有粗野的儿童，有早熟的儿童。古代民族中有许多是属于这一类的。希腊人是正常的儿童。"[①] 所谓"希腊人是正常的儿童"，其实是指希腊人心理素质的健全发育。心理素质健全发育的标志一方面是审美意识、艺术想象的灿烂辉煌，因而悲剧、喜剧、音乐、雕刻等高度繁荣；另一方面是科学思维、理性精神的健全完善，因而科学、哲学等空前发展。所以，古希腊人围绕文学实践活动中的喜剧意识展开的审美理论思考，体现出相当的理论高度。比如亚里士多德就直接阐发了喜剧的审美本质问题。他说："喜剧是对于比较坏的人的模仿，'坏'不是指一切恶而言，而是指丑而言，滑稽是其中的一类。滑稽的事物是某种不引起痛苦或伤害的错误或丑陋，现成的例子如滑稽面具，又丑又怪，然而并不使人感到痛苦。"[②] 亚里士多德所谓的"坏"、"丑"，指出了喜剧

---

① 马克思：《〈政治经济学批判〉导言》，《马克思恩格斯选集》第二卷，人民出版社 1972 年版，第 114 页。

② 亚理斯多德：《诗学》，罗念生译，中国戏剧出版社 1986 年版，第 10 页。

表现的是没有伦理合情的东西；所谓"不引起痛苦或伤害"，指出了喜剧表现的是没有历史合理的东西。应该说，亚里士多德关于喜剧意识审美本质的思考，初步奠定了西方喜剧意识理论思考的基本方向。中世纪末期的意大利文学家但丁基本遵循亚里士多德的逻辑思路，从语言修辞的角度做了一定的补充说明，他说："悲剧语言崇高雄伟，喜剧语言松弛卑微。"①16 世纪意大利的剧作家瓜里尼、17 世纪法国的剧作家高乃依也基本遵循亚里士多德的逻辑思路，从戏剧内容、人物形象、情节构思等角度做了一些补充说明。瓜里尼说："悲剧所写的是王侯，是严肃的行动，是可恐惧可哀怜的情节，而喜剧所写的则是私人的事，是笑谑；这些就是悲剧和喜剧在剧种上的差别。"②"悲剧是伟大人物的写照，喜剧是卑贱人物的写照。"③高乃依说："喜剧和悲剧的不同之处，在于悲剧的题材需要崇高的、不平凡和严肃的行动；喜剧则只需要寻常的、滑稽可笑的事件。悲剧要求表现剧中人所遭遇的巨大的危难，喜剧则满足于对主要人物的惊慌和烦恼的模拟。"④17 世纪的英国思想家霍布斯、19 世纪德国的古典哲学家康德则分别从审美心理的角度充实了喜剧的审美本质思考。霍布斯说："笑的情感显然是由于发笑者突然想起自己的能干。人有时笑旁人的弱点，因为相形之下，自己的能干愈益显出。人听到'诙谐'也发笑，这中间的'巧慧'就在使自己的心里见出旁人的荒谬。这里笑的情感也是由于突然想起自己的优胜。""所以我可以断定说：笑的情感只是在见到旁人的弱点或是自己过去的弱点时，突然念到自己某优点所引起的'突然的荣耀'感觉（sudden glory）。人们偶然想起自己过去的蠢事也常发笑，只要他们现在不觉得羞耻。人们都不欢喜受人嘲笑，因为受嘲笑就是受轻视。"⑤康德说："在一切引起活泼的撼动人的大笑里必须有某种荒谬背理的东西存

---

①　但丁：《致斯加拉大亲王书》，杨岂深译，伍蠡甫主编：《西方文论选》上卷，上海译文出版社 1979 年版，第 160 页。

②　瓜里尼：《悲喜混杂剧体诗的纲领》，朱光潜译，伍蠡甫主编：《西方文论选》上卷，上海译文出版社 1979 年版，第 196 页。

③　同上书，第 197—198 页。

④　高乃依：《论戏剧的功用及其组成部分》，孙伟译，伍蠡甫主编：《西方文论选》上卷，上海译文出版社 1979 年版，第 254 页。

⑤　霍布斯：《人类本性》，引自《朱光潜全集》一卷，安徽教育出版社 1987 年版，第 458 页。

在着（对于这些东西自身，悟性是不会有何种愉快的）。笑是一种从紧张的期待突然转化为虚无的感情。正是这一对于悟性绝不愉快的转化却间接地在一瞬间极活跃地引起欢快之感。"① 20世纪美国的美学家苏珊·朗格延续了霍布斯的思考，她说："笑往往——而且无一例外——表示了一种突然而来的优越感。"② 俄国的文论家普罗普补充了康德的思考，他说："对康德的理论要加一个说明，就是只有在落空的期待不招致严重的或者悲剧性的后果时，才能引人发笑。""康德的观点加以扩充，可以表述如下：当我们以为有点什么，而其实什么也没有的时候，我们就会笑。"③ 著名心理学家弗洛伊德从无意识领域出发，通过探讨喜剧心理发生因素之一的机智，从深层心理学角度进一步补充了霍布斯、康德的思考，他说："当我们断定在形成并维持精神抑制的过程中需要一种'心理消耗'（psy-chic ex penditure）时，我们几乎是不加思索的。现在，如果我们发现使用倾向机智的两种情况都能够产生乐趣，那末就可以设想，这种作为结果而产生的乐趣与心理消耗的节省相对应。""减少业已存在的心理消耗和节省将要付出的心理消耗是推论出所有机智技巧、同时推论出这些技巧中的全部乐趣的两个原则。""我们认为只有当先前占据某些心理渠道的所有心理能量已经无用武之地，以至于使它可以自由地发泄出来时，人们才会发笑。""那个在其身体活动中付出太多的消耗而在精神活动中又付出太少的消耗的人对我们来说就显得滑稽可笑了；而且不容否认，在此两种情况下，我们的笑都是那种欣然体会到的优越感的表达，这种优越感又是在与他人进行比较时我们所具有的。"④ 19世纪德国的古典哲学家黑格尔从哲学的理论高度进一步延伸了从亚里士多德以来的喜剧审美本质思考。他说："喜剧只限于使本来不值什么的，虚伪的，自相矛盾的现象归于自毁灭。"⑤ "比较富于喜剧性的情况是这样：尽管主体以非常认真的样子，采

①　康德：《判断力批判》上卷，宗白华译，商务印书馆1964年版，第180页。

②　苏珊·朗格：《情感与形式》，刘大基等译，中国社会科学出版社1986年版，第392页。

③　普罗普：《滑稽与笑的问题》，杜书瀛译，辽宁教育出版社1998年版，第132、133页。

④　弗洛伊德：《机智及其与无意识的关系》，张增武、阎广林译，上海社会科学院出版社1989年版，第101、110、128、175页。

⑤　黑格尔：《美学》第一卷，朱光潜译，商务印书馆1979年版，第84页。

取周密的准备，去实现一种本身渺小空虚的目的，在意图失败时，正因为它本身渺小无足轻重，而实际上他也并不感到遭受到什么损失，他认识到这一点，也就高高兴兴地不把失败放在眼里，觉得自己超然于这种失败之上。"① 马克思根据历史唯物主义的历史观，在亚里士多德、黑格尔的喜剧审美本质思考基础上，更清晰明确地指出："当旧制度还是有史以来就存在的世界权力，自由反而是个别人偶然产生的思想的时候，换句话说，当旧制度本身还相信而且也应当相信自己的合理性的时候，它的历史是悲剧性的。""历史不断前进，经过许多阶段才把陈旧的生活形式送进坟墓。世界历史形式的最后一个阶段就是喜剧。"② "黑格尔在某个地方说过，一切伟大的世界历史事变和人物，可以说都出现两次。他忘记补充一点：第一次是作为悲剧出现，第二次是作为笑剧出现。"③ 马克思还以希腊文学艺术中神与人的故事为例具体解释说："在埃斯库罗斯的《被锁链锁住的普罗米修斯》里已经悲剧式地受到一次致命伤的希腊之神，还要在琉善的《对话》中喜剧式地重死一次。历史为什么是这样的呢？这是为了人类能够愉快地和自己的过去诀别。"④ 马克思认为，悲剧是人的自由理想与尚具历史合理性的历史现实的对立矛盾，这时候，自由理想不得不牺牲于历史现实。当历史现实失去了历史合理性时，自由理想就会凭借自己深长久远的永恒价值而否定本该被历史埋葬却仍然垂死挣扎的历史现实，由此酿造出"人类能够愉快地和自己的过去诀别"的喜剧性。马克思的理论阐释应该是西方喜剧审美本质思考的经典总结，后来关于这个问题的研究都只是局部性的补充说明。比如19世纪法国哲学家柏格森说："喜剧的目的，可就完全不同了。在这里，类型就存在于作品的本身当中。喜剧所描写的性格，是我们曾经碰到过，而且还会碰到的性格。它注意相似性。它的目

---

① 黑格尔：《美学》第三卷下册，朱光潜译，商务印书馆1981年版，第292页。
② 马克思：《〈黑格尔法哲学批判〉导言》，《马克思恩格斯选集》第一卷，人民出版社1972年版，第5页。
③ 马克思：《路易·波拿巴的雾月十八日》，《马克思恩格斯选集》第一卷，人民出版社1972年版，第603页。
④ 马克思：《〈黑格尔法哲学批判〉导言》，《马克思恩格斯选集》第一卷，人民出版社1972年版，第5页。

的是要把类型呈现在我们眼前。如果需要,它也创造新的类型。"① "悲剧描写个性,喜剧描写类型"② "停留于表面,喜剧的观察不过是皮相,人与人相交结而又彼此相类似的皮相。" "喜剧的方法和目的,与归纳科学具有同样的性质:它们都是经常向外界观察,它们的后果也都经常具有普遍性。"③ 柏格森的意思可以作如是理解:悲剧因为揭示人类社会虽不合情却合理的复杂矛盾,因而更诉诸形而上的思考,方法和目的同演绎科学具有同样性质,诉诸伦理情感的中心人物则具有特殊性格,审美特征表现为缜密的故事情节。喜剧则因为揭示既不合情又失去历史合理依据的东西,因而更诉诸生活现象的观察,方法和目的同归纳科学具有同样性质,代表历史谬误的中心人物则只有普遍类型,审美特征表现为自足的艺术情景。所以,柏格森还说:"因为悲剧英雄谁也不像,所以谁也不会像他。可是,相反的,喜剧诗人一旦苦心创造了他的中心人物,他却有一种很显著的本能,去创造另一些具有同一类型性格的人物,使他们像卫星一样环绕着中心人物打转。许多喜剧的标题,不是用多数名词,就是用集合名词。"④ "就是不从医学的范围来看,喜剧的人物,像我们所已经指出来过的,都有点心不在焉。从心不在焉到完全丧失内心平衡、成为病态,不过是不知不觉地在完成着罢了。"⑤ "把机械僵硬的东西强加给自然界,把刻板僵化的条条框框强加给社会,而这种机械僵硬的东西、刻板僵化的条条框框就是我们得到的两种会使人发笑的东西。"⑥ "如果某种情感并不会使我们动情,反而会使我们感到滑稽,那么肯定存在着某种僵化的东西,阻碍着心灵之间的沟通。到了一定的时候,这种僵化就会像木偶的动作那样表现出来,而使我们发笑。"⑦ 再比如19世纪俄国美学家别林斯基也说:"喜剧

---

① 柏格森:《笑之研究》,蒋孔阳译,伍蠡甫主编:《西方文论选》下卷,上海译文出版社1979年版,第282页。

② 同上书,第283页。

③ 同上书,第285页。

④ 同上书,第282页。

⑤ 同上书,第283页。

⑥ 柏格森:《滑稽的一般含义——相貌与动作中的滑稽——滑稽的延伸》,《笑与滑稽》,乐爱国译,广东人民出版社2000年版,第33页。

⑦ 柏格森:《性格中的滑稽》,《笑与滑稽》,乐爱国译,广东人民出版社2000年版,第99页。

的内容是不含有任何合理的必然性的偶然事件，是幻象的世界，或者是似乎存在，实则是不存在的现实世界，喜剧的主人公是脱离了自己精神天性的真实基础的人们。""喜剧的要素是生活现象和生活实质、生活目的之间的矛盾。在这个意义上说，喜剧中的生活是作为对本身的否定而呈现的。"① 别林斯基所说的"喜剧内容"，其实就是指失去了历史合理性的社会人生现象。"喜剧的要素"也就是失去历史深厚基础而苟延残喘的现象同充满新生创造力的人生理想的矛盾冲突。"喜剧中的生活"也就是失去了合理存在依据还未彻底埋葬的旧生活形式。"喜剧的主人公"也就是扮演着失去历史合理性，而同时又根本缺乏心灵合情性的自我否定的人物角色。所以，别林斯基进一步说："悲剧在其情节的狭小范围内只集中英雄事迹的崇高而诗意的片断，喜剧则主要地描写日常生活中的散文，和生活中细琐的和偶然的事件。"② 德国文论家里普斯、俄国文论家普罗普、美国的美学家桑塔耶纳也都从喜悦性情感的心理发生角度进一步补充了马克思的理论阐释。里普斯说："真正作为喜剧性的对立面的，却是惊人的大。喜剧性乃是惊人的小。后一句话还须作进一步的规定。我们一般说：喜剧性是小，是较少感人性，较少重要性、严重性，故此不是崇高性，它代替了一种相对的大，代替了感人性、重要性、严重性、崇高性。它是这样一种小，即装作大，吹成大，扮演大的角色，另一方面却仍然显得是一种小，一种相对的无，或者化为乌有。同时，主要在于这种化为乌有是突然发生的。这里可以区分出两种可能性。一种是：一种大或者一种较大在被期待着，而一种小却出场了，它似乎是来满足这种期待的，但是另一方面又由于它的小，仍然不能显得是一种大。另一种是：并非因为一种较大在被期待着，而是'按照它的自身'，即由于它的本性或者来历，或者由于和它有关的任何想象等等，某物显得是一种大，或者作为一种大出现，但是另一方面，又丝毫没有表现成这种大，反过来在我看来倒变成一种'无'。""我期待着它，就是说，我专心致志于它；我作好精神准备来理解它，所以在我内心腾出为着接纳它所必需的'空间'，或者，把它根据

---

① 别林斯基：《诗的分类和分型》，《别林斯基论文学》，新文艺出版社 1958 年版，第 187 页。
② 同上。

它的性质所要求的理解力全部交给它支配。但是现在，代替巨大的自然奇迹，却出现了某种渺小的、毫无意义的东西。""在喜剧性中，正如在悲剧性中，除去喜悦要素，同时还存在着嫌恶要素和它的附加物。""一个小代替了被期待的大。我的期待到这时候便落空了。而落空本身永远是嫌恶的根据。所以这种嫌恶要素，在喜剧性中，是和喜悦要素在一起的。不如说，这种要素和那种喜悦要素合而为一，构成一种新的感情，也就是喜剧的感情。""但是嫌恶要素的大小，却又取决于我期待出现一个大的热切程度，取决于我一般地或者目前对这个大感到兴味的强烈或深沉程度。也许兴味并不怎么强烈或者深沉。于是嫌恶要素便或多或少地从属于喜悦要素，最后以致完全不可觉察：我便感到自己仅仅是被逗乐了。""某人装模作样，似乎他能够并且愿意解决重大而紧要的任务，结果却成就微末或者一无所成。于是他变得'可笑'了。""一切喜剧性的这个共同点，即喜剧对象先'装'成一个大，接着显得却是一个小或相对的无，——也可以这样来表述：在喜剧性中，相继地产生了两个要素；先是愕然大惊，后是恍然大悟。实际上，可以更一般地这样表述喜剧性。愕然大惊在于，喜剧对象首先为自己要求过分的理解力；恍然大悟在于，它接着显得空空如也，所以不能再要求理解力了。""喜剧性也是一种'不应有'或者否定；它在我们看来是一种化为乌有。""喜剧性是否定，是我们眼中的一种化为乌有。由此看来，我们在喜剧性中，并没有得到什么，反而是失掉什么。"① 普罗普说："我们知道，缺陷引人发笑；但是只有这样的缺陷，它的存在和形态不使我们感到受辱和激起愤怒，也不引起怜悯和同情，才引人发笑。""人们琐细的日常生活小事中由同样琐细的原因造成的挫折才是滑稽。""绝大多数理论家断言，滑稽是以形式和内容、外观和本质等等之间的矛盾为条件的。""产生笑的第二个条件，是看到我们周围世界里有某种与我们身上的固有本能相矛盾、不适宜的东西。简单说来，笑是由看到人类日常生活中的某些缺点而引起的。""这两种因素之间的矛盾便是产生滑稽和由滑稽引起笑的基本条件、基本土壤。""由此可以看出，一些理论

---

① 里普斯：《喜剧性与幽默》，刘半九译，伍蠡甫、胡经之主编：《西方文艺理论名著选编》中卷，北京大学出版社1986年版，第454—463页。

家断言喜剧性决定于某种卑俗的、猥琐的东西，某些缺点的存在，他们的意见是正确的。"① 桑塔耶纳说："丑也不例外，因为丑决不是任何真正痛苦的原因。丑本身也是一种乐趣的来源。假如丑态的联想确实使人反感，丑的存在便成为一种真正苦难，我们对它就要采取一种实际的道德态度了。因此，我们明白，快乐决不是一种真正道德禁令的对象。"② "荒诞之言用得最适当的地方是在明知其为荒诞不经之事中。"③ 最后，现代捷克文学家米兰·昆德拉和法国荒诞派戏剧家欧仁·尤内斯库，分别从 20 世纪的审美感受出发，表达了喜剧意识审美本质思考的一些新补充说明。米兰·昆德拉说："悲剧把对人的伟大的美好幻想奉献给我们，带给我们安慰。喜剧则更为残酷：它粗暴地将一切的无意义揭示给我们。"④ 欧仁·尤内斯库说："我自己从来也不能理解别人在悲剧与喜剧之间所作的界说。由于喜剧就是荒诞直观，我便觉得它比悲剧更为绝望。喜剧不提供出路。""对于某些人来说，悲剧在某种意义上可能会显得对人有安慰作用，因为，如果悲剧要表现被征服的人、被命运压碎了的人的软弱无力，那么它就是承认了存在某种宿命、某种命运、某种主宰着宇宙的不可理解而纯属客观的法则。"⑤

　　在喜剧意识审美本质的思考逐步扩展、深入的同时，围绕审美功能的思考也取得了相应的进展。因为西方人对历史与人伦二律背反原则有深刻的理解，西方文学更倾向认识客观必然的审美自由理想，所以喜剧理论更倾向阐释社会历史法则的审美本质思考，不注重说明社会效用的审美功能探讨，最初的审美功能判定甚至是反面的否定。比如柏拉图在探讨文学模仿方式对人性格的影响时，尤其厌恶喜剧的模仿。他说："虽然你自己本来是羞于插科打诨的，但是在观看喜剧表演甚或在日常谈话中听到滑稽笑话时，你不会嫌它粗俗反而觉得非常快乐。""因为这里同样地，你的理性

———————

　　① 普罗普：《滑稽与笑的问题》，杜书瀛等译，辽宁教育出版社 1998 年版，第 45、78、158—161 页。

　　② 桑塔耶纳：《美感》，缪灵珠译，中国社会科学出版社 1982 年版，第 17 页。

　　③ 同上书，第 170 页。

　　④ 米兰·昆德拉：《小说的艺术》，孟湄译，生活·读书·新知三联书店 1992 年版，第 181 页。

　　⑤ 欧仁·尤内斯库：《戏剧经验谈》，闻前译，中国社会科学出版社 1989 年版，第 623 页。

由于担心你被人家看作小丑，因而在你跃跃欲试时克制了的你的那个说笑本能，在剧场上你任其自便了，它的面皮愈磨愈厚了。于是你自己也不知不觉地在私人生活中成了一个爱插科打诨的人了。"①

后来，随着对喜剧艺术理解的逐步深入，许多艺术家开始从正面强调喜剧的道德功用。比如 17 世纪法国喜剧大师莫里哀在他的《太太学堂的批评》中，通过一个人物余拉妮说："舞台上搬演的种种滑稽画面，人人看了，都该不闹脾气。这是一面公众镜子，我们千万不要表示里面照的只是自己。"② 18 世纪意大利喜剧作家哥尔多尼在《女店主》中，则通过主人公米兰多莉娜也说："诸位先生，我希望你们通过在这里看到的一切，使你们的心灵得到安宁，受到裨益。当你们怀疑自己快要屈服，快要堕落的时候，希望你们想一想从这个捉弄人的把戏中得到的启示，想一想我这个女店主吧！"③ 哥尔多尼还通过《喜剧剧院》中的人物安赛莫的口说："喜剧的发明原是为了根除社会罪恶，使坏习惯显得可笑。当古代喜剧是这样作法时，人们都很喜欢，因为人们从舞台上看到了模仿一个人物，都在自己或在别人身上找到它的原形。"④ 18 世纪德国的启蒙作家莱辛则说："假如喜剧无法医好那些绝症，能使健康人保持健康状况，也就满足了。""预防也是一帖良药，而全部劝化也抵不上笑声更有力量，更有效果。"⑤俄国文学家果戈理、文艺理论家别林斯基也分别认为，喜剧的审美功能就是使人体会到社会人生行为本应该合情合理的同时，更坚定了弥补、纠正、改善社会的自由心灵理想。果戈理说："到处隐藏着喜剧性，我们就生活在它们当中，但却看不见它；可是，如果有一位艺术家把它移植到艺术中来，搬到舞台上来，我们就会自己对自己捧腹大笑，就会奇怪以前竟

① 柏拉图：《理想国》，郭斌和、张竹明译，商务印书馆 1986 年版，第 406 页。
② 莫里哀：《〈太太学堂〉的批评》，李健吾译，《莫里哀喜剧》第二集，湖南人民出版社 1982 年版，第 98 页。
③ 哥尔多尼：《女店主》，万子美译，《哥尔多尼喜剧三种》，上海译文出版社 1989 年版，第 220 页。
④ 哥尔多尼：《喜剧剧院》，张君川译，伍蠡甫主编：《西方文论选》上卷，上海译文出版社 1979 年版，第 551 页。
⑤ 莱辛：《汉堡剧评》，张黎译，上海译文出版社 1981 年版，第 152 页。

没有注意到它。"① "奇怪的是：可惜竟没有一个人发现我剧中有一个正面人物。是的，这是剧中一个正直高尚的人物，它无往而不在。这个正直高尚的人物就是笑。"② 别林斯基说："在喜剧里，生活所以被写成它实际上的那种样子，就为的使我们想到生活应该有的样子。"③

中国人围绕文学实践活动中的喜剧意识展开的审美理论思考，依然在喜剧意识萌芽时期就拉开了序幕。中国古人应该属于马克思所说的"早熟的儿童"。黑格尔说："中国很早就已经进展到了它今日的情状；但是因为它客观的存在和主观运动之间仍然缺少一种对峙，所以无从发生任何变化，一种终古如此的固定的东西代替了一种真正的历史的东西。"④ 鲁迅先生说："吾中国爱智之士，独不与西方同，心神所注，辽远在于唐虞，或径入古初，游于人兽杂居之世；谓其时万祸不作，人安其天，不如斯世之恶浊阽危，无以生活。其说照之人类进化史实，事正背驰。"⑤ 所谓"早熟"，主要是指中国人心理素质未充分遵循科学规律健全发育，其主要标志是思想始终羁留于血缘宗亲基础上的等级伦理关系，醉心于社会伦理秩序和道德规范的建构，始终在伦理学领域耗费心机。还如黑格尔所说："中国纯粹建筑在这一种道德的结合上，国家的特性便是客观的'家庭孝敬'。中国人把自己看作是属于他们家庭的，而同时又是国家的儿女。在家庭之内，他们不是人格，因为他们在里面生活的那个团结的单位，乃是血统关系和天然义务。在国家之内，他们一样缺少独立的人格；因为国家内大家长的关系最为显著，皇帝犹如严父，为政府的基础，治理国家的一切部门。"⑥ 中国唐代著名诗人李商隐也曾惊世骇俗地发问："孔氏于道德仁义外有何物？"⑦ 中国古人围绕文学实践活动中的喜剧意识展开的审美

① 杜雷林：《果戈理论艺术》，《文学的战斗传统》，新文艺出版社 1953 年版，第 179 页。
② 果戈理：《剧场门口》，《春风》（文艺丛刊）1979 年第 3 期。
③ 别林斯基：《诗的分类和分型》，《别林斯基论文学》，新文艺出版社 1958 年版，第 187 页。
④ 黑格尔：《历史哲学》，王造时译，上海世纪出版集团上海书店出版社 2006 年版，第 110 页。
⑤ 鲁迅：《摩罗诗力说》，郭绍虞主编：《中国历代文论选》第四册，上海古籍出版社 1980 年版，第 448 页。
⑥ 黑格尔：《历史哲学》，王造时译，上海世纪出版集团上海书店出版社 2006 年版，第 114 页。
⑦ 李商隐：《容州经略使元结文集后序》，郭绍虞主编：《中国历代文论选》第二册，上海古籍出版社 1979 年版，第 189 页。

理论思考，基本是围绕伦理道德的审美功能说明。司马迁在《滑稽列传》中开章明义称："孔子曰：'六艺于治一也，礼以节人，乐以发和，书以道事，诗以达意，易以神化，春秋以义。'太史公曰：'天道恢恢，岂不大哉！谈言微中，亦可以解纷。'"① 他还为其自序曰："不流世俗，不争势利，上下无所凝滞，人莫之言，以道之用，作滑稽列传。"② 南北朝时期的文艺理论家刘勰在《文心雕龙·谐讔》中说："魏文因俳说以著笑书，薛综凭宴会而发嘲调，虽抃［推］笑衽席，而无益时用矣。""及优旃之讽漆城，优孟之谏葬马，并谲辞饰说，抑止昏暴。是以子长编史，列传滑稽，以其辞虽倾回，意归义正也。"刘勰显然特别强调滑稽与讽喻的关系，他主张"振危释惫"、"颇益讽诫"，反对"无所匡正"、"无益规补"而"空戏滑稽，德音大坏"。③ 唐代著名文学家柳宗元也在《读韩愈所著毛颖传后题》中说："而俳又非圣人之所弃者。《诗》曰：'善戏谑兮，不为虐兮。'《太史公书》有《滑稽列传》，皆取乎有益于世者也。"④ 从某种意义上说，"讽喻"其实就是中国文学喜剧意识实现伦理道德审美功能的重要途径。所以，汉代郑玄认为："刺过讥失，所以匡救其恶。"⑤ 唐代诗人皮日休强调："诗之刺也，闻之足以戒乎政。"⑥ 吴自牧描述宋杂剧的演出情形说："此本是鉴戒，又隐于谏诤，故从便跳露，谓之无过虫耳。若欲驾前承应，亦无责罚。一时取圣颜笑。凡有谏诤，或谏官陈事，上不从，则此辈妆做故事，隐其情而谏之，于上颜亦无怒也。"⑦

　　围绕伦理道德的审美功能说明而展开的喜剧意识理论思考，还有明代

　　① 司马迁：《史记·滑稽列传》，中华书局 1982 年版，第 3197 页。

　　② 司马迁：《史记·太史公自序》，中华书局 1982 年版，第 3318 页。

　　③ 周振甫注：《文心雕龙注释》，人民文学出版社 1981 年版，第 159—160 页。

　　④ 柳宗元：《读韩愈所著毛颖传后题》，郭绍虞主编：《中国历代文论选》第二册，上海古籍出版社 1979 年版，第 142 页。

　　⑤ 郑玄：《诗谱序》，郭绍虞主编：《中国历代文论选》第一册，上海古籍出版社 1979 年版，第 70 页。

　　⑥ 皮日休：《正乐府序》，郭绍虞主编：《中国历代文论选》第二册，上海古籍出版社 1979 年版，第 114 页。

　　⑦ 吴自牧：《梦粱录》卷二十，郑振铎：《中国俗文学史》，商务印书馆 2005 年版，第 265—266 页。

郭子章撰《谐语·序》所言："顾谐有二：有无益于理乱，无关于名教，而御人口给者，班生所谓口谐倡辩是也；有批龙鳞于谈笑，息蜗争于顷刻，而悟主解纷者，太史公所谓谈言微中是也。"[1]　明代李卓吾编次，笑笑先生增订，哈哈道士校阅《山中一夕话·序》所言："窃思人生世间，与之庄言危论，则听之寥寥，与之谑浪诙谐，则欢声满座，是笑征话之圣，而话实笑之君也。""此书行世，行看传诵海宇，脍炙尘寰，笑柄横生，谈锋日炽，时游乐国，黼黻太平，不为无补于世。"[2]　明代赵南星撰《笑赞·题词》言："时或忆及，为之解颐，此孤居无闷之一助也。然亦可以谈名理，可以通世故，染翰舒文者能知其解，其为机锋之助良非浅鲜。"[3]　清代戏剧家李渔也强调，喜剧的逗笑应该"于嘻笑诙谐之处，包含绝大文章；使忠孝节义之心，得此愈显"。[4]　清代闲斋老人在《儒林外史序》中也说："篇中所载之人不可枚举，而其人之性情心术，一一活现纸上。读之者无论是何人品，无不可取以自镜。传云：'善者，感发人之善心；恶者，惩创人之逸志。'是书有焉。甚矣！"[5]　清代石成金撰《笑得好·自叙》言："人性皆善，要知世无不好之人，其人之不好者，总由物欲昏蔽，俗习熏陶，染成痼疾，医药难痊，墨子之悲，深可痛也。即有贤者，虽以嘉言法语，大声疾呼，奈何迷而不悟，岂独不警于心，更且不入于耳，此则言如不言，彼则听如不听，其堪浩叹哉！正言闻之欲睡，笑话听之恐后，今人之恒情。夫既以正言训之而不听，曷若以笑话怵之为得乎。予乃著笑话书一部，评列警醒，令读者凡有过愆偏私，朦昧贪痴之种种，闻予之笑，悉皆惭愧悔改，俱得成良善之好人矣。因以《笑得好》三字名其书。或有怪予立意虽佳，但语甚刻毒，令闻者难当，未免破笑成怒，大非圣言含蕴之比，岂不以美意而种恨因乎？予谓沉疴痼疾，非用猛药，何能起死回生；若听予之笑，不自悔改而反生怒恨者，是病已垂危，医进良药，尚迟疑

---

[1]　《中国历代笑话集成》第一卷，时代文艺出版社 1996 年版，第 250 页。
[2]　同上书，第 191 页。
[3]　同上书，第 388 页。
[4]　李渔：《闲情偶寄》，江巨荣、卢寿荣校注，上海古籍出版社 2000 年版，第 76 页。
[5]　闲斋老人：《儒林外史序》，郭绍虞主编：《中国历代文论选》第三册，上海古籍出版社 1980 年版，第 452 页。

不服，转咎药性之猛烈，思欲体健身安，何可得哉？但愿听笑者，入耳警心，则人性之天良顿复，遍地无不好之人，方知刻毒语言，有功于世者不小。全要闻笑即愧即悔，是即学好之人也。"① 清代陈庚著《笑史》，谢金衔所作《弁言》称："见其文词曲当，最足以启学士之慧心。义趣旁通，尤易以发颛蒙之善念。"② 李为所作《弁言》称："其事不越人伦日用之常，而其言多托之子虚乌有之例，以为不如是，不足以发人笑，不足以发人笑，必不足令人有所观感，而劝善以惩恶。是大体仿之《说林》、《笑林》，而用意则有深焉者矣。夫《国语》曾载优孟之衣冠，《史记》亦录滑稽之列传，可知天下事法语不如巽语之善入涕泣，而道不如谈笑而之感人。将见是书一出，读之者为之解颐，闻之者为之抚掌或因笑而知劝，或因笑而加惩，其有裨于人心世道岂浅鲜哉。"③ 路璜所作《弁言》称："始悟人情厌故喜新、玩常矜奇，所在皆然。故谋易药石之口而谈笑出之，虽未必为天下尽有之事，而为天下必有之情，不可无之理，实足以启聋振聩，迷津中奇创之一航也。于此叹是书之征事为尤难，而先生之用心为倍苦矣。"④ 陈庚自己所作《弁言》称："史之纪事也直而实，善者善，恶者恶，非不判然易晓也。而独惜厌常者，往往不喜入目。以故劝惩日少，积而为世道人心之患。……庚用是幡然改策，就世俗中所喜尚之谐词，所欣赏之奇文，规放焉而著为《笑史》，非故曲学以逢世也，盖诚见夫直实而言者之厌听，有不若谈笑而道者之动闻，为易施其补救耳。虽比事属词，间凭意造，似于纪实之义鲜当。然吾谓意想所及之事，即无非天地所有之事。何也？尝见天地所有之事，每为意想所不及。即知意想所及之事，自为天地所必有矣。然且无论夫事之有与不有也，亦唯先问夫人信与不信。万一上天默启斯人，使皆因其事之解笑而遂信之。信其事，并信其事之善恶，而一旦知所劝而反笑为涕，知所惩而反笑为惧，有不啻梦里觉来者，则正无所以取号而寓属望之意也。"⑤

① 《中国历代笑话集成》第三卷，时代文艺出版社1996年版，第129—130页。
② 同上书，第254页。
③ 同上。
④ 同上书，第256页。
⑤ 同上书，第257页。

中国历史文化发生时期还有同儒家思想形成互补的道家思想。李泽厚先生说：“表面看来，儒、道是离异而对立的，一个入世，一个出世；一个乐观进取，一个消极退避；但实际上它们刚好相互补充和协调。不但‘兼济天下’与‘独善其身’经常是后世士大夫的互补人生路径，而且悲歌慷慨与愤世嫉俗，‘身在江湖’而‘心存魏阙’，也成为中国历代知识分子的常规心理以及其艺术意念。”① 冯友兰先生也说：“因为儒家‘游方之内’，显得比道家入世一些；因为道家‘游方之外’，显得比儒家出世一些。这两种趋势彼此对立，但是也互相补充。”② 重要的是，老庄为代表的道家思想因为在历史与人伦、理性与感性、人与自然等二元对立项中，钟情沉迷于后一项，因而天然地同文学艺术的审美自由有相应的亲和性，从而使中国喜剧意识的审美思考有些突破围绕伦理道德的审美功能说明，扩展到了“心灵自由、情感解放”的审美本质思考。比如刘勰的《文心雕龙·谐讔》就通过说明谐辞的意义开宗明义地表明：“谐之言皆也。辞浅会俗，皆悦笑也。”③ 元末戏剧作家高明，则在其名作《琵琶记》的开场说：“论传奇，乐人易，动人难。”戏剧评论家陈继儒在《琵琶记》第四十一出评语中说：“《西厢》、《琵琶》俱是传神文字，然读《西厢》令人解颐；读《琵琶》令人酸鼻。”④ 清代喜剧作家李渔在《风筝误》的收场诗中也说：“惟我填词不卖愁，一夫不笑是吾忧；举世尽成弥勒佛，度人秃笔始勘投。”⑤ 当然，李渔同时强调喜剧的逗笑应该“妙在水到渠成，天机自露。‘我本无心说笑话，谁知笑话逼人来，’斯为科诨之妙境耳”。⑥ 近人梁启超先生则在西方文学为参照的条件下说：“凡人之情，莫不惮庄严而喜谐谑，故听古乐则惟恐卧，听郑、卫之音则靡靡而忘

① 李泽厚：《美的历程》，中国社会科学出版社1984年版，第65页。
② 冯友兰：《中国哲学简史》，北京大学出版社1996年版，第20页。
③ 刘勰：《文心雕龙·谐讔》，周振甫注：《文心雕龙注释》，人民文学出版社1981年版，第159页。
④ 高明：《琵琶记》，王季思主编：《中国十大古典悲剧集》（上），上海文艺出版社1982年版，第107、225页。
⑤ 李渔：《风筝误》，王季思主编：《中国十大古典喜剧集》，上海文艺出版社1982年版，第624页。
⑥ 李渔：《闲情偶寄》，江巨荣、卢寿荣校注，上海古籍出版社2000年版，第76页。

倦焉。此实有生之大例，虽圣人无可如何者也。善为教者，则因人之情而利导之，故或出之以滑稽，或托之于寓言，孟子有好货好色之喻，屈平有美人芳草之辞，寓讽谏于诙谐，发忠爱于馨艳，其移人之深，视庄言危论，往往有过，殆未可以劝百讽一而轻薄之也。"① 王国维也说："盖元剧之作者，其人均非有名位学问也，其作剧也非有藏之名山，传之其人之意也。彼以意兴所至为之，以自娱娱人。"② 这里的所谓"悦笑"、"乐人"、"解颐"，以及符合"人情物理"的"逗笑"、"谐谑"、"滑稽"、"诙谐"、"自娱娱人"都可以理解为有关心灵自由、情感解放的审美本质说明。

因为中国人对伦理道德理想与社会历史现实巨大差距的清醒认识，中国文学更倾向超越客观必然的审美自由理想。所以，喜剧意识的"心灵自由，情感解放"作用只是帮助人们通过苦涩的笑来暂时忘却、缓解人生的苦痛。元代的胡祗遹《赠宋氏序》说："百物之中莫灵、莫贵于人，然莫愁苦于人。鸡鸣而兴，夜分而寐，十二时中纷纷扰扰，役筋骸，劳志虑；口体之外，仰事俯畜、吉凶庆吊乎乡党闾里，输税应役于官府边戍，十室而九不足。眉颦心结，郁抑而不得舒。七情之发，不中节而乖戾者，又十常八九。得一二时安身于枕席，而梦寐惊惶，亦不少安。朝夕昼夜，起居瘄瘵，一心百骸，常不得其和平。所以无疾而呻吟，未半百而衰。于斯时也，不有解尘网、消世虑，熙熙皞皞，畅然怡然，少导欢适者一去其苦，则亦难乎其为人矣！此圣人所以作乐，以宣其抑郁，乐工伶人亦可爱也。"③ 明代文学家冯梦龙也在《广笑府·序》中言："古今来莫非话也，话莫非笑也。两仪之混沌开辟，列圣之揖让征诛，见者其谁耶？夫亦话之而已耳。后之话今，亦犹今之话昔。话之而疑之，可笑也；话之而信之，尤可笑也。经书子史，鬼话也，而争传焉；诗赋文章，淡话也，而争工焉；褒讥伸抑，乱话也，而争趋避焉。或笑人，或笑于人，

---

① 梁启超：《译印政治小说序》，郭绍虞主编：《中国历代文论选》第四册，上海古籍出版社 1980 年版，第 205 页。
② 王国维：《宋元戏曲考》，《王国维文学论著三种》，商务印书馆 2001 年版，第 160 页。
③ 胡祗遹：《紫山大全集》卷八，影印文渊阁四库全书，台湾商务印书馆 1986 年版，第 171 页。

笑人者亦复笑于人，笑于人者亦复笑人，人之相笑宁有已时？《广笑府》，集笑话十三也，编犹云薄乎云尔。或阅之而喜，请勿喜；或阅之而嗔，请勿嗔。尧与舜，你让天子；我笑那汤与武，你夺天子；他道是没有个傍人儿觑，觑破了这意思儿，也不过是个十字街头小经纪。还有什么龙逢、比干、伊和吕，也有什么巢父、许由、夷与齐，只这般唧唧哝哝的，我也那里工夫笑着你！我笑那李老聃五千言的《道德》，我笑那释迦佛五千卷的文字，干惹得那些道士们去打云锣，和尚们去打木鱼，弄儿穷活计。那曾有什么青牛的道理，白牛的滋味，怪的又惹出那达摩老臊胡来，把这些干屎橛的渣儿，嚼了又嚼，洗了又洗。又笑那孔子的老头儿，你絮叨叨说什么道学文章，也平白地把好些活人都弄死。又笑那张道陵、许旌阳，你便白日升天也成何济，只这些未了精精儿，到头来也只是一淘冤苦的鬼。住住住！还有一古今世界一大笑府，我与若皆在其中供话柄。不话不成人，不笑不成话，不笑不话不成世界。"[1]冯梦龙辑《古今笑·自叙》言："龙子犹曰：人但知天下事不认真做不得，而不知人心风俗皆以太认真而至于大坏。……后世凡认真者，无非认作一件美事。既有一美，便有一不美者为之对，而况所谓美者又未必真美乎！……一笑而富贵假，而骄吝恡求之路绝；一笑而功名假，而贪妒毁誉之路绝；一笑而道德亦假，而标榜倡狂之路绝；推之一笑而子孙眷属亦假，而经营顾虑之路绝；一笑而山河大地皆假，而背叛侵凌之路绝。即挽末世而胥庭之，何不可哉，则又安见夫认真之必是，而取笑之必非乎？非谓认真不如取笑也，古今来原无真可认也。无真可认，吾但有笑而已矣。无真可认而强欲认真，吾益有笑而已矣。野菌有异种，曰'笑矣乎'，误食者辄笑不止，人以为毒。吾愿人人得笑矣乎而食之，大家笑过日子，岂不太平无事亿万世？"[2]李渔也通过自己的喜剧创作实践，颇有真切感受地说："予生忧患之中，处落魄之境，自幼至长，自长至老，总无一刻舒眉，惟于制曲填词之倾，非但郁藉以舒，愠为之解，且

① 《中国历代笑话集成》第一卷，时代文艺出版社 1996 年版，第 542 页。
② 《中国历代笑话集成》第二卷，时代文艺出版社 1996 年版，第 3 页。

尝僭作两间最乐之人，觉富贵荣华，其受用不过如此，未有真境之为所欲为，能出幻境纵横之上者。"① 李渔在《与陈学山少宰》信里自诩为"谈笑功臣"。李渔为《古今笑史》作《序》时也说："是编之辑，出于冯子犹龙，其初名为《谭概》，后人谓其网罗之事，尽属诙谐，求为正色而谈者，百不得一，名为《谈概》，而实则《笑府》，亦何浑朴其貌而艳冶其中乎？遂以《古今笑》易名，从时好也。噫！谈笑两端，固若是其异乎！吾谓谈锋一辍，笑柄不生，是谈为笑之母。无如世之善谈者寡，喜笑者众，咸谓以我之谈，博人之笑，是我为人役，苦在我而乐在人也。试问伶人演剧，座客观场，观场者乐乎？抑演剧者乐乎？同一书也，始名《谈概》，而问者寥寥，易名《古今笑》，而雅俗并嗜，购之唯恨不早：是人情畏谈而喜笑也明矣。"② 清代郑弘烈为题作"鉴湖钩叟赵恬养涉笔"的《增订解人颐新集》作《序》而言："《易》曰：'憧憧往来，朋从尔思。'盖谓人生知识而后，患得患失，一种俗情横塞胸臆，睡梦中尚且争名较利，况醒时而摆脱缰索乎？终其身于忧愁困苦之中，而不能快然一解颐者宜也。"③ 掀髯叟为"题为游戏主人纂集"的《笑林广记》作《序》而言："大块茫茫，流光瞬息，而其间覆雨翻云，错互变灭，几令天地为之戚容，河山为之黯色。抱此六尺躯，不能胸出智珠，郭清滔溺，犹自栩栩燕笑，徒资谭柄，是为可慨也已！……且余壹不知天壤间，何者当歌，何者当泣，第念红尘鹿鹿，触绪增愁。所谓'人世难逢开口笑'，不独余悼之戚之。苟得是编，而一再浏览焉。"④ 近人严复、夏曾佑初步比较理解中西方文化、文学后说："而上帝之心，往往不可测。奸雄得志，贵为天子，富有四海，穷凶极丑，晏然以终。仁人志士，椎心泣血，负重吞污，图其所志，或一击而不中，或没世而无闻，死灰不然，忍而终古。若斯之伦，古今百亿。此则为人所无可如何，而每不乐谈其事。若其事为人心所虚构，则善者必昌，不善者必亡；即稍存实事，略作依违，亦必嬉笑怒

---

① 李渔：《闲情偶寄》，江巨荣、卢寿荣校注，上海古籍出版社 2000 年版，第 63—64 页。
② 《中国历代笑话集成》第二卷，时代文艺出版社 1996 年版，第 712 页。
③ 《中国历代笑话集成》第三卷，时代文艺出版社 1996 年版，第 125 页。
④ 《中国历代笑话集成》第四卷，时代文艺出版社 1996 年版，第 1—2 页。

骂,托迹鬼神。天下之快,莫快于斯,人同此心,书行自远。故书之言实事者不易传,而书之言虚事者易传。"①民国李铎著《破涕录》,徐枕亚所作《序》言:"客有问于余者曰:'李子之《破涕录》中,多闾巷猥琐之谈,村野粗俗之语,比之志怪搜神之作,更觉荒唐。揆之讽世警俗之心,亦无寄托。愚夫稚子读之而神怡,道学缙绅见之而色变也。以李子之才之学,欲从事著述,何书不可为,而乃出之以滑稽游戏,窃东方、淳于之故智,摇唇鼓舌,哓哓不休。既无功于社会,且有损于人心。李子独何取于是乎?'余应之曰:'唯唯否否,不然。李子之著此书,盖别有深意,所谓哭不得而笑,笑有甚于哭者也。夫志士之所具者,良心;人生之难开者,笑口。吾辈不幸生此五浊世界,莽莽中原,剩一片荆天棘地,茫茫前路,费几回仔苦停辛,一点良心既不能自泯,百年笑口,又胡以自开?追念遗烈,学岘山之涕者;有人顾瞻国步,作新亭之泣者;有人慨念身世,下穷途之泪者;有人忧国忧家,各怀苦趣。斯人斯世,欲唤奈何?不数年而中国之志士且将憔悴以尽,只余一辈软媚人,赓歌扬拜而乐升平矣。李子忧之,爰著是书,以惠吾至亲至爱之同胞,为荡愁涤烦之资料,消磨此可怜日月,延长此垂死光阴。庶几,中华民国共和之真种子,不遽绝于此日;而支离破碎之山河,以一哭送之者,犹不如姑以一笑存之也。然则李子之书,实大有功于社会,大有益于人心,乌得以荒唐二字概之哉?'"②李铎自己为《破涕录》作《序》说:"余辑《破涕录》,夫岂得已哉!顾今日者,国事蜩螗,大道榛芜,官邪之朝,忌嫉清议。代表舆论之机关,视如贯心之毒矢。必欲芟荑蕴崇,以摧折其萌蘖,掩垂绝之呻吟,使呐之而不敢吐诸喉舌之间。若夫杜牧罪言,贾谊痛哭,韩非《说难》,不韦《孤愤》,其足以激荡民心,转移国步之不平鸣,举不为时势所容纳,即无町畦之辞,以为爰书,将凡直道之民,公评月旦,乃于己勿利,稍有异同者,则悉被以莠言乱政之科条也。噫!又何异祖龙坑儒,箝制万口者乎?我生不辰,丁此浊世,但知明哲,奚裨救时?爰述笑谈,藉破岑寂,事非

① 严复、夏曾佑:《国闻报馆附印说部缘起》,郭绍虞主编:《中国历代文论选》第四册,上海古籍出版社1980年版,第204页。
② 《中国历代笑话集成》第五卷,时代文艺出版社1996年版,第210页。

幽怪，意属滑稽。寓讽刺于嘲讪，略释胸中抑郁，命名之旨，胥在是矣。嗟乎！云海苍茫，空作楚囚之泣；河山危殆，愿效杜宇之啼。无国无家，孰宾孰主？虽曰'破涕'，夫岂得已哉！"① 所以，中国人关于喜剧意识审美本质的思考，终归在近现代以前没有得到充分的开展。

中国现代美学家朱光潜先生因为具有深厚的西方美学思想修养，所以，他从审美心理学的角度推进了"心灵自由、情感解放"的审美本质思考。他说："康德的期望消失说和斯宾塞的精力过剩说，就心境由紧张而弛缓一个意义说，和'自由说'（liberty theory）有关联。""推广一点说，现实世界和实际生活都是人生一种约束。笑也有时起于解脱这较广义的约束。现实世界是有条理法则的，所以乖舛错误常能引起我们发笑。现实世界好比一池静水，可笑的事好比偶然吹起的微波，笑就是对于这种微波的欣赏。文化和自然常处在对敌的地位。文化愈进步，生活愈繁复，约束也愈紧张，自然也就愈不容易呈现。现代人个个都不免带有几分假面孔，把自然倾向压下去，来受礼俗制度以及种种实际需要的支配。维持这种紧张状况须费大量心力，所以是一件苦事。在嬉笑戏谑时，我们暂时把面具揭开，来享受一霎时的自由人的欢乐，所以彭约恩说：'笑是自由的爆发，是自然摆脱文化的庆贺。'"②

真正站在相当的理论高度展开喜剧意识审美本质理论思考的是中国现代文学家思想家鲁迅，以及《中国十大古典喜剧集》的编撰者。鲁迅先生因为开阔的文化视野和新颖的思想观念，其喜剧意识的审美本质界定具有兼容并包的概括性。鲁迅说："悲剧将人生的有价值的东西毁灭给人看，喜剧将那无价值的撕破给人看。"③ 我们可以站在西方文学实践的立场上说，悲剧是人的自由理想与历史现实的亘古对立中，历史现实具有合理性，自由理想具有合情性时，自由理想不得不牺牲于历史现实，从而也就

① 《中国历代笑话集成》第五卷，时代文艺出版社1996年版，第212页。
② 朱光潜：《文艺心理学》，《朱光潜全集》一卷，安徽教育出版社1987年版，第467—468页。
③ 鲁迅：《再论雷峰塔的倒掉》，《鲁迅全集》第一卷，人民文学出版社1981年版，第192—193页。

酝酿出所谓"将人生的有价值的东西毁灭给人看"的悲剧。但是，当历史现实拥有的合理性随着历史进步而消失时，自由理想也就同时拥有了合情性与合理性，因而可以轻松地将失去合理性的历史现实送入坟墓，从而也就酝酿出所谓"将那无价值的撕破给人看"的喜剧。我们也可以站在中国文学实践的立场上说，所谓"有价值"就是伦理道德，"毁灭"就是伦理道德的受害；"无价值"也就是与伦理道德相对立的社会邪恶或丑陋，"撕破"就是伦理道德战胜社会邪恶或丑陋。《中国十大古典喜剧集》的编撰者则在其"前言"中这样说："当现实中的反动势力十分强大，代表正义的人物坚持斗争，刚强不屈，直至最后牺牲，引起人们的深哀剧痛，这就是现实生活中的悲剧性矛盾。把这种矛盾搬上舞台，必然表现为不平凡的、严肃的戏剧冲突和坚强的崇高的人物形象。相反，当现实生活里貌似强大的反面人物，骨子里却已暴露了弱点；代表正义的人物，表面似乎很微弱，却有可能针对他们的弱点，采取有效的手段来反击，结果取得意外的胜利，引起人们快意的微笑。这就是现实生活中的喜剧性矛盾。"①应该说，这段话是站在中国文学实践立场上，针对中国喜剧意识审美本质的理论说明。所谓正义人物与反动势力的矛盾斗争就是道德与邪恶、丑陋的矛盾斗争。当道德处于弱势地位，邪恶、丑陋处于强势地位时，其矛盾斗争的结果就是悲剧；反之，则是喜剧。当然，道德与邪恶、丑陋之间的强弱地位转换，包含着复杂的主客观社会历史、文化观念的错裂罅隙或机缘巧合。

---

① 王季思主编：《中国十大古典喜剧集》，上海文艺出版社 1982 年版，第 5 页。

主要参考文献

一 中文著作

《马克思恩格斯选集》第1—4卷，人民出版社1972年版。

《马克思恩格斯全集》第2卷，人民出版社1957年版。

《马克思恩格斯全集》第3卷，人民出版社1960年版。

《马克思恩格斯全集》第42卷，人民出版社1979年版。

[英] 罗素：《西方哲学史》上卷，何兆武、李约瑟译，商务印书馆1963年版。

[英] 罗素：《西方哲学史》下卷，马元德译，商务印书馆1976年版。

[美] 梯利：《西方哲学史》，葛力译，商务印书馆1995年版。

[德] 黑格尔：《哲学史讲演录》第一卷，贺麟、王太庆译，商务印书馆1959年版。

[德] 黑格尔：《哲学史讲演录》第二卷，贺麟、王太庆译，商务印书馆1960年版。

[德] 黑格尔：《哲学史讲演录》第三卷，贺麟、王太庆译，商务印书馆1959年版。

[德] 黑格尔：《哲学史讲演录》第四卷，贺麟、王太庆译，商务印书馆1978年版。

[德] 文德尔班：《哲学史教程》上卷，罗达仁译，商务印书馆1987年版。

[德] 文德尔班：《哲学史教程》下卷，罗达仁译，商务印书馆1993年版。

［德］文德尔班：《古代哲学史》，詹文杰译，上海三联书店 2009 年版。

［英］W. C. 丹皮尔：《科学史及其与哲学和宗教的关系》上、下册，李珩译，商务印书馆 1975 年版。

［古希腊］柏拉图：《巴曼尼得斯篇》，陈康译注，商务印书馆 1982 年版。

［古希腊］柏拉图：《理想国》，郭斌和、张竹明译，商务印书馆 1986 年版。

［古希腊］亚里士多德：《形而上学》，吴寿彭译，商务印书馆 1959 年版。

［古希腊］亚里士多德：《范畴篇　解释篇》，方书春译，商务印书馆 1959 年版。

［古希腊］亚里士多德：《尼各马科伦理学》，苗力田译，中国社会科学出版社 1990 年版。

［古罗马］马可·奥勒留：《沉思录》，何怀宏译，中国社会科学出版社 1989 年版。

［古罗马］奥古斯丁：《忏悔录》，周士良译，商务印书馆 1963 年版。

［古罗马］托马斯·阿奎那：《阿奎那政治著作选》，马清槐译，商务印书馆 1963 年版。

［英］霍布斯：《利维坦》，黎思复、黎廷弼译，商务印书馆 1985 年版。

［英］斯宾诺莎：《伦理学》，贺麟译，商务印书馆 1983 年版。

［法］帕斯卡尔：《思想录》，何兆武译，商务印书馆 1985 年版。

［英］休谟：《人性论》上、下卷，关文运译，商务印书馆 1980 年版。

［英］洛克：《人类理解论》上、下册，关文运译，商务印书馆 1959 年版。

［法］霍尔巴赫：《自然政治论》，陈太先、眭茂译，商务印书馆 1994 年版。

［法］卢梭：《社会契约论》，何兆武译，商务印书馆 1980 年版。

［法］卢梭：《论人类不平等的起源和基础》，李常山译，商务印书馆 1962 年版。

［意大利］维柯：《新科学》，朱光潜译，人民文学出版社 1986 年版。

［德］康德：《纯粹理性批判》，蓝公武译，商务印书馆 1960 年版。

［德］康德：《实践理性批判》，韩水法译，商务印书馆 1999 年版。

［德］康德：《判断力批判》上、下卷，宗白华、韦卓民译，商务印书馆 1964 年版。

［德］黑格尔：《小逻辑》，贺麟译，商务印书馆 1980 年版。

［德］黑格尔：《自然哲学》，梁志学等译，商务印书馆 1980 年版。

［德］黑格尔：《法哲学原理或自然法和国家学纲要》，范扬、张企泰译，
　　商务印书馆 1961 年版。

［德］黑格尔：《历史哲学》，王造时译，上海世纪出版集团上海书店出版
　　社 2006 年版。

［德］黑格尔：《精神现象学》上、下卷，贺麟、王玖兴译，商务印书馆
　　1979 年版。

［英］麦克斯·缪勒：《宗教学导论》，陈观胜、李培茱译，上海人民出版
　　社 1989 年版。

［法］列维-布留尔：《原始思维》，丁由译，商务印书馆 1981 年版。

［法］列维-斯特劳斯：《野性的思维》，李幼蒸译，商务印书馆 1987 年版。

［奥地利］弗洛伊德：《图腾与禁忌》，杨庸一译，中国民间文艺出版社
　　1986 年版。

［瑞士］皮亚杰：《发生认识论原理》，王宪钿等译，商务印书馆 1981 年版。

［法］迪尔凯姆：《社会学方法的准则》，狄玉明译，商务印书馆 1995 年版。

［英］达尔文：《物种起源》，周建人等译，商务印书馆 1995 年版。

［英］达尔文：《人类的由来》上、下册，潘光旦、胡寿文译，商务印书
　　馆 1983 年版。

［美］摩尔根：《古代社会》上、下册，杨东莼、马雍、马巨译，商务印
　　书馆 1977 年版。

［日］福泽谕吉：《文明论概略》，北京编译社译，商务印书馆 1959 年版。

［苏］兹拉特科夫斯卡雅：《欧洲文化的起源》，陈筠、沈澂译，生活·读
　　书·新知三联书店 1984 年版。

［法］让-皮埃尔·韦尔南：《希腊思想的起源》，秦海鹰译，生活·读书·
　　新知三联书店 1996 年版。

［美］阿伦·布洛克：《西方人文主义传统》，董乐山译，生活·读书·新
　　知三联书店 1997 年版。

［德］马克斯·韦伯：《儒教与道教》，王容芬译，商务印书馆 1995 年版。

［美］南乐山：《在上帝面具的背后——儒道与基督教》，辛岩、李然译，
　　社会科学文献出版社 1999 年版。

［加拿大］秦家懿、［瑞士］孔汉思：《中国宗教与基督教》，吴华译，生
　　活·读书·新知三联书店 1990 年版。

［英］鲍桑葵：《美学史》，张今译，商务印书馆 1985 年版。

［德］黑格尔：《美学》第 1—3 卷，朱光潜译，商务印书馆 1979 年版。

［美］卫姆塞特、布鲁克斯：《西洋文学批评史》，颜元叔译，中国人民大
　　学出版社 1987 年版。

《柏拉图文艺对话集》，朱光潜译，人民文学出版社 1963 年版。

［古希腊］亚理斯多德：《诗学》，罗念生译，中国戏剧出版社 1986 年版。

［法］布瓦洛：《诗的艺术》，任典译，人民文学出版社 1959 年版。

［德］莱辛：《拉奥孔》，朱光潜译，人民文学出版社 1979 年版。

［德］莱辛：《汉堡剧评》，张黎译，上海译文出版社 1981 年版。

［德］席勒：《审美教育书简》，冯至、范大灿译，北京大学出版社 1985
　　年版。

［法］丹纳：《艺术哲学》，傅雷译，人民文学出版社 1963 年版。

《别林斯基论文学》，新文艺出版社 1958 年版。

［德］叔本华：《作为意志和表象的世界》，石冲白译，商务印书馆 1982
　　年版。

［德］尼采：《悲剧的诞生——尼采美学文选》，周国平译，生活·读书·
　　新知三联书店 1986 年版。

［美］约翰·维克雷编：《神话与文学》，潘国庆等译，上海文艺出版社
　　1995 年版。

［苏］叶·莫·梅列金斯基：《神话的诗学》，魏庆征译，商务印书馆 1990
　　年版。

［苏］乌格里诺维奇：《艺术与宗教》，王先睿等译，生活·读书·新知三
　　联书店 1987 年版。

《弗洛伊德论美文选》，张唤民、陈伟奇译，知识出版社 1987 年版。

［英］格罗塞：《艺术的起源》，蔡慕晖译，商务印书馆 1984 年版。

［英］科林伍德：《艺术原理》，王至元、陈华中译，中国社会科学出版社
　　1985 年版。

［美］鲁道夫·阿恩海姆：《艺术与视知觉》，滕守尧、朱疆源译，中国社
　　会科学出版社 1984 年版。

［美］苏珊·朗格：《情感与形式》，刘大基等译，中国社会科学出版社
　　1986 年版。

［美］苏珊·朗格：《艺术问题》，滕守尧、朱疆源译，中国社会科学出版
　　社 1983 年版。

［英］克莱夫·贝尔：《艺术》，周金环等译，中国文联出版公司 1984 年版。

［美］乔治·桑塔耶纳：《美感》，缪灵珠译，中国社会科学出版社 1982
　　年版。

［美］M. H. 艾布拉姆斯：《镜与灯》，郦稚牛等译，北京大学出版社 1989
　　年版。

［捷克］米兰·昆德拉：《小说的艺术》，孟湄译，生活·读书·新知三联
　　书店 1992 年版。

［法］欧仁·尤内斯库：《戏剧经验谈》，闻前译，中国社会科学出版社
　　1989 年版。

［德］克尔凯郭尔等：《悲剧：秋天的神话》，程朝翔等译，中国戏剧出版
　　社 1992 年版。

［德］雅斯贝尔斯：《悲剧的超越》，亦春译，工人出版社 1988 年版。

［法］诺思罗普·弗莱等：《喜剧：春天的神话》，傅正明、程朝翔等译，
　　中国戏剧出版社 1992 年版。

［法］柏格森：《笑——论滑稽的意义》，徐继曾译，中国戏剧出版社 1980
　　年版。

［法］柏格森：《笑与滑稽》，乐爱国译，广东人民出版社 2000 年版。

［奥地利］弗洛伊德：《机智及其与无意识的关系》，张增武、阎广林译，
　　上海社会科学院出版社 1989 年版。

［美］诺曼·N. 霍兰德：《笑——幽默心理学》，潘国庆译，上海文艺出
　　版社 1991 年版。

［俄］普罗普：《滑稽与笑的问题》，杜书瀛等译，辽宁教育出版社 1998 年版。

［美］玛哈特·L. 阿伯特：《幽默与笑——一种人类学的探讨》，金鑫荣译，南京大学出版社 1992 年版。

［美］保罗·麦吉：《幽默的起源与发展》，阎广林等译，南京大学出版社 1992 年版。

［美］简·布雷默、赫尔曼·茹登伯格编：《搞笑——幽默文化史》，北塔等译，社会科学文献出版社 2001 年版。

《爱默生散文选》，姚暨荣译，天津百花文艺出版社 1995 年版。

全增嘏主编：《西方哲学史》上册，上海人民出版社 1983 年版。

全增嘏主编：《西方哲学史》下册，上海人民出版社 1985 年版。

《西方哲学原著选读》上卷，北京大学哲学系外国哲学史教研室编译，商务印书馆 1981 年版。

《西方哲学原著选读》下卷，北京大学哲学系外国哲学史教研室编译，商务印书馆 1982 年版。

吕大吉：《西方宗教学说史》，中国社会科学出版社 1994 年版。

朱狄：《原始文化研究》，生活·读书·新知三联书店 1988 年版。

李泽厚：《批判哲学的批判》，人民文学出版社 1979 年版。

雷永生等：《皮亚杰发生认识论述评》，人民出版社 1987 年版。

朱光潜：《西方美学史》上、下卷，人民文学出版社 1979 年版。

蒋孔阳：《德国古典美学》，商务印书馆 1980 年版。

《朱光潜全集》第一卷、第二卷，安徽教育出版社 1987 年版。

《朱光潜美学文集》第一卷、第二卷，上海文艺出版社 1982 年版。

朱光潜：《悲剧心理学》，人民文学出版社 1983 年版。

滕守尧：《审美心理描述》，中国社会科学出版社 1985 年版。

新国主编：《西方文论史》，高等教育出版社 1994 年版。

伍蠡甫：《欧洲文论简史》，人民文学出版社 1985 年版。

石璞：《西方文论史纲》，四川大学出版社 1992 年版。

伍蠡甫、胡经之主编：《西方文艺理论名著选编》上卷，北京大学出版社

1985 年版。

伍蠡甫、胡经之主编:《西方文艺理论名著选编》中卷,北京大学出版社
　　1986 年版。

伍蠡甫、胡经之主编:《西方文艺理论名著选编》下卷,北京大学出版社
　　1987 年版。

伍蠡甫主编:《西方文论选》上、下卷,上海译文出版社 1979 年版。

杨周翰、吴达元、赵萝蕤主编:《欧洲文学史》上、下卷,人民文学出版
　　社 1979 年版。

朱维之、赵澧主编:《外国文学史》,南开大学出版社 1985 年版。

吴景荣、刘意青主编:《英国十八世纪文学史》,外语教学与研究出版社
　　2000 年版。

龚翰熊主编:《欧洲小说史》,四川大学出版社 1997 年版。

龚翰熊:《文学智慧——走近西方小说》,四川出版集团、巴蜀书社 2005 年版。

龚翰熊:《西方文学研究》,福建人民出版社 2005 年版。

谢柏梁:《世界悲剧文学史》,上海文艺出版社 1983 年版。

罗念生:《论古希腊戏剧》,中国戏剧出版社 1985 年版。

杨周翰编:《莎士比亚评论汇编》,中国社会科学出版社 1979 年版。

王树昌编:《喜剧理论在当代世界》,新疆人民出版社 1989 年版。

李泽厚:《中国古代思想史论》,人民出版社 1986 年版。

葛兆光:《中国思想史》,复旦大学出版社 2001 年版。

杨荣国:《中国古代思想史》,人民出版社 1973 年版。

冯契、任继愈、汤一介、张岱年等编:《中国哲学史通览》,东方出版中心
　　1994 年版。

任继愈:《中国哲学史》,人民出版社 1979 年版。

冯友兰:《中国哲学简史》,北京大学出版社 1996 年版。

张岱年:《中国哲学大纲》,中国社会科学出版社 1982 年版。

钱穆:《中国文化史导论》(修订本),商务印书馆 1994 年版。

梁漱溟:《中国文化要义》,上海人民出版社 2003 年版。

梁漱溟:《东西文化及其哲学》,商务印书馆 1999 年版。

成中英：《论中西哲学精神》，东方出版中心 1991 年版。

余英时：《士与中国文化》，上海人民出版社 1987 年版。

《论语注疏》，《十三经注疏》，中华书局影印本 1980 年版。

《孟子注疏》，《十三经注疏》，中华书局影印本 1980 年版。

《老子》，上海古籍出版社 1989 年版。

《庄子》，上海古籍出版社 1989 年版。

叶朗：《中国美学史大纲》，上海人民出版社 1985 年版。

敏泽：《中国美学思想史》，齐鲁书社 1989 年版。

李泽厚：《美的历程》，中国社会科学出版社 1984 年版。

郭绍虞：《中国文学批评史》，上海古籍出版社 1979 年版。

郭绍虞主编：《中国历代文论选》第一册、第二册，上海古籍出版社 1979
　　年版。

郭绍虞主编：《中国历代文论选》第三册、第四册，上海古籍出版社 1980
　　年版。

《毛诗正义》，《十三经注疏》，中华书局影印本 1980 年版。

《春秋左传正义》，《十三经注疏》，中华书局影印本 1980 年版。

《史记选》，人民文学出版社 1957 年版。

王利器主编：《史记注译》，三秦出版社 1988 年版。

班固：《汉书》，中华书局标点本 1983 年版。

周振甫：《文心雕龙注释》，人民文学出版社 1981 年版。

游国恩等主编：《中国文学史》，人民文学出版社 1964 年版。

中国科学院文学研究所编：《中国文学史》，人民文学出版社 1962 年版。

郑振铎：《中国俗文学史》，商务印书馆 2005 年版。

吴志达：《中国文言小说史》，齐鲁书社 1994 年版。

鲁迅：《中国小说史略》，人民文学出版社 1973 年版。

张庚、郭汉城主编：《中国戏曲通史》，中国戏剧出版社 1981 年版。

谢柏梁：《中国悲剧史纲》，学林出版社 1993 年版。

杨义：《中国古典小说史论》，人民出版社 1998 年版。

朱伟明：《中国古典喜剧史论》，中国社会科学出版社 2001 年版。

李渔：《闲情偶寄》，江巨荣、卢寿荣校注，上海古籍出版社 2000 年版。

《王国维文学论著三种》，商务印书馆 2001 年版。

陈瘦竹、沈蔚德：《论悲剧与喜剧》，上海文艺出版社 1983 年版。

《中国古典悲剧喜剧论集》，上海文艺出版社 1983 年版。

朱东润主编：《中国历代文学作品选》，上海古籍出版社 1979 年版。

袁世硕主编：《中国古代文学作品选》（四册），人民文学出版社 2002 年版。

吴楚材、吴调侯选：《古文观止》上、下册，中华书局 1959 年版。

臧晋叔编：《元曲选》，中华书局 1979 年版。

刘荫柏：《元代杂剧史》，花山文艺出版社 1990 年版。

周贻白选注：《明人杂剧选》，人民文学出版社 1958 年版。

王季思主编：《中国十大古典喜剧集》，上海文艺出版社 1982 年版。

冯梦龙：《古今小说》上、下册，上海古籍出版社 1987 年版。

《古代白话小说选》上、下册，上海古籍出版社 1979 年版。

《中国古代笑话选注》，王利器、王贞珉选注，北京出版社 1984 年版。

《中国历代笑话集成》第 1—5 卷，时代文艺出版社 1996 年版。

二　外文著作

Allardyce Nicoll, *The Theory of Drama*, George G. Harrap, London, 1931.

Alleen Pace Nilsen and Don L. F. Nilsen, *Encyclopedia of 20th Century American Humor*, Oryx Press, 2000.

Alfred Bates, *The Drama*; *Its History, Literature and Influence on Civilization-Greek Drama*, New York AMS Press, 1970.

Benjamin Huninger, *The Origin of the Theatre*, Green Wood Press, Connecticut, 1955.

Casrlson Marrin, *Theories of the theory*; *A Historical and Critical Survey*, *from the Greeks to the Present*, Cornell University Press, Ithaca, 1984.

Eduard Zeller, *Outlines of the history of Greek Philosophy*, the World Publishing Company, Cleveland and New York, 1931.

Edward Shils, *Tradition*, University of Chicago Press, 1981.

Henry Bamford Parkes, *God and Men*, *The Origins of Western Culture*, New York, 1959.

Herbert J. Muller, *The Spirit of Tragedy*, Alfred A. Knoft, New York, 1956.

John Burnet, *Early Greek Philosophy*, the World Publishing Company, Cleveland and New York, 1930.

Richard Levin ed, *Tragedy*: *Play*, *Theory*, *and Criticism*, Harcourt & World Inc. , New York, 1965.

Robert T. Anderson, *Traditional Europe*: *A study in Anthropology and History*, Wadsworth Publishing Company, Inc. , Belmont, California, 1971.

Steven Cahn ed, *Classics of Western Philosophy*, Hackett Publishing Company, Indiana, 1990.

Werner Jaeger Paideia, *The Ideals of Greek Culture* Vol. 1, Oxford University Press, London, 1945.

后　记

　　本著作的研究内容发端于 20 世纪 90 年代初开始的中西悲剧精神、喜剧意识比较研究，其初步成果《中西悲剧精神之比较》、《中西喜剧意识的美学特征比较》先后在《文艺研究》上发表。因为当时作者感到自己对西方文学的宏观把握和微观研究尚不够深入，所以暂时中断此课题的继续研究，转而从事外国文学的基础问题研究，尤其是从人类文化发生学的角度，探讨西方人的历史文化实践活动的发生发展同西方人的审美文化心理、人文艺术精神乃至文学艺术实践活动的密切关系。经过十余年的努力，完成了专著《宙斯的霹雳与基督的十字架——希腊神话和〈圣经〉对西方文学的发生学意义》（学林出版社 1999 年版）、《荒原上有诗人在高声喊叫——西方现代主义文学研究》（中国社会科学出版社 2004 年版）。在此基础上，作者在 2000 年重新启动了中西悲剧精神的比较研究。其间有幸在几近知天命之年成为北京师范大学文学院比较文学与世界文学专业刘象愚先生的博士研究生。中西悲剧精神的比较研究也就作为作者的博士论文选题《论中西悲剧精神的审美意蕴》在 2005 年完成。其后，论文在进一步修改、充实的基础上，获批山东省社会科学规划研究 2005 年重点项目。2008 年，著作《历史与人伦的痛苦纠缠——比较研究中西悲剧精神的审美意蕴》在中国社会科学出版社出版。中西喜剧意识的比较研究随后重新启动。经过几年时间后，课题有幸再获批山东省社会科学规划研究 2012 年重点项目。在此，我要真诚地感谢山东省 2012 年社会科学规划研究项目学科组、山东省哲学社会科学规划领导小组给予我的鼓励和支持，同时感谢许许多多的前辈、朋友多年来对我的鼓励和支持。

马小朝

2015 年 10 月